KB272683

에스테르의 편지들

Les Lettres d'Esther

by Cécile Pivot

에스테르의 편지들

편지로 쓴 여섯 개의 삶

Les Lettres d'Esther
Cécile Pivot

세실 피보　　　　　　　　백선희 옮김

mujintree
뮤진트리

■ 일러두기

– 이 책은 세실 피보의 《Les Lettres d'Esther》(Calmann-Lévy, 2020)를 우리말
로 옮긴 것이다.
– 본문의 모든 주석은 옮긴이의 주다.
– 본문에 나오는 도서·영화의 제목은 원제목을 번역 표기하는 것을 원칙으
로 하되, 국내에 소개된 작품은 그 제목대로 표기했다.

나의 부모님에게

에스테르

계획했던 대로 된 건 하나도 없었다. 파리에서 딱 한 번 모였을 때 알아차렸어야 했는데. 그들은 내가 생각했던 것처럼 글쓰기를 잘해보려고 나의 편지 쓰기 아틀리에에 등록한 게 아니었다. 어쨌든 그런 이유만은 아니었다. 그들에게 이 모임은 구명줄 같은 것이었다. 이해받지 못하고, 죽음을 떠나보내지 못하고, 삶이 멈춰버렸고, 사랑에 상처 입은 그들을 구해줄 구명줄. 내가 이 사실을 깨달았을 때는 이미 늦었다. 그들 한 사람 한 사람과 이미 친밀한 관계를 맺었고, 그들의 이야기에 빠져 있었기 때문이다. 그렇지만 어쨌든, 아버지의 죽음 이후 이 일은 내게도 구명줄이 되지 않았나?

내가 나를 과대평가했던가 보다. 모두가 나와 편지를 주고받고 싶어할 거라 생각했는데, 그런 마음을 느낀 건 장뿐이었다. 내가 단호한 태도를 보일 줄 알았는데, 두 번째 편지 상대를 거부한 사뮈엘에게는 전혀 그렇지 못했다. 그리고 그들이 내 조언을 간절히 원할 줄 알았는데, 그들은 내 말을 한 귀로만 듣고 다른 일에 정신이 팔려있었다.

정확히 어느 순간에 내가 이 모든 편지들을 모아서 책을 만들기로 마음먹었는지 모르겠다. 아마도 독백 연습을 한 이후였던 것 같다. 한참 망설이다가 동의한 쥘리에트만 빼고, 잔느, 사뮈엘, 장과 니콜라는 실명을 쓰지 않는다는 조건으로 머뭇거리지 않고 내 제안에 동의했다. 사뮈엘은 자기 이름을 그대로 쓰겠다고 했다.

나는 출판을 준비하면서 편지들을 교정했고, 말하자면 매끄럽게 다듬었는데, 고유의 문체는 최대한 살리려고 애썼다. 사뮈엘은 같은 말을 자주 반복하고, 쥘리에트는 문장 연결을 어려워하며(과거와 현재를 잇는 걸 어려워한 것처럼), 니콜라는 진솔하고(실생활에서도 마찬가지일 것 같고), 잔느는 감탄사를 좋아하고, 장은 부사를 즐겨 쓴다.

가독성을 높이기 위해 각 편지 상단에 편지의 발신자와 수신자의 이름을 표기했다.

나는 이 책이 우리 중 막내인 사뮈엘의 이야기로 끝나길 바랐다. 그가 마지막 말을 했으면 싶었다. 우선, 그의 글에서 드러나는 직관적인 지성과 감수성을 높이 평가하기도 하고, 몇 가지 점에서 이 친구와 내가 닮았기 때문이다. 우리는 사랑하는 사람의 죽음을 극복하지 못했고 터무니없는 죄책감을 어깨에 짊어지고 있었다. 또한 사뮈엘이 단 몇 달 만에 그렇게 달라지리라고는, 그토록 자발적이고 너그러운 마음으로 제 삶을 받아들이리라고는 누구도 상상하지 못했기 때문이다. 장 또한 제 삶의 흐름을 바꿀 방법을 스스로 찾았다. 나는 이 글쓰기 모임이 그들에게 든든한 지지대가 되었으리라고 믿고 싶다. 꼭 필요할 때 얻은 지지대였기를.

나는 마흔두 살이고, 내 이름은 에스테르 위르뱅이다.

광고

나는 작가도 아니고 교수도 아니다. 지원자들에게 나의 전문성에 대해 신뢰를 주어야만 했다. 서간집 기록관리사로 서의 나의 경험을 활용하고 그들에게 내가 좋아하는 프랑수아 트뤼포의 《서간집》과 기욤 아폴리네르의 《루에게 보낸 편지》를 인용할 생각이었다. 그리고 릴의 내 서점 세타리르 C'est à Lire[1]에서 일과를 마친 후 저녁에 북부 지역 작가들을 초청하여 진행한 글쓰기 아틀리에에 대해서도 말할 생각이었다. 편지 쓰기라는 주제라, 혹시라도 외로운 노인들만 모여들어 서랍에서 누렇게 변한 편지지를 꺼내 들고 남의 얘기나 대화에는 관심 없이 그저 자기 추억만 풀어낼까 봐 걱

---

1) '읽어야만 할 것'이라는 의미다.

정했다.

　아틀리에를 운영하는 방식에 대해 나는 꽤 확고한 생각이 서 있었다. 2019년 1월 5일, 내 서점 사이트에 며칠 전에 올린 공고가 지역 일간지 네 곳에 실렸다. 〈라 부아 뒤 노르 La Voix du Nord〉의 광고부에 전화를 걸었더니, 더 큰 효과를 낼 '묶음 상품'을 제안해온 것이다. "서간체 장르에 특화된 글쓰기 아틀리에에 등록해 머릿속 생각을 정리하고 이야기를 들려주고 감정을 표현하는 법을 배워 보세요. 거주 지역에 상관없이 참여하실 수 있습니다. 2019년 2월 4일부터 5월 3일까지 진행됩니다."

　스무 통의 답장을 받았다. 지원자들은 연령이 다양했고, 여성보다 남성이 조금 더 많았다. 모든 지원자에게 나는 똑같은 말을 전했다. 에스테르 위르뱅, 릴의 서점 주인, 서간집 전문 출판 교정자이자 기록물 관리사. 내가 글쓰기 아틀리에를 진행하는 건 처음이며, 내 역할은 각자의 개성을 존중하며 지원자의 글을 함께 다듬는 일이 될 거라고 알렸다. 무엇보다 지원자들이 적확한 말을 찾고 문장에 리듬을 입히도록 도울 것이라고. 그러기 위해 나는 그들의 편지에 접근할 수 있어야 한다고 했다. 다음 달 파리에서 한 번 만남을 가질 계획을 세웠는데, 아마도 유일한 만남이 될 것이다. 그들이 편지를 쓸 때마다 나는 전화나 이메일로 피드백을 줄 생각이었기 때문이다.

가장 특이한 답장은 파리의 정신과 의사 아델린 몽제르몽이 보낸 것이다. 그녀는 아틀리에의 운영방식에 관해 이런저런 질문을 한 뒤, 나의 이력을 묻고, 자신의 환자에 대해 말했다.

- 그 환자는 분만 후 우울증을 앓고 있어요. 그게 어떤 병인지 아시는지요?

- 어, 아뇨. 잘 알지 못합니다. 그게….

그녀는 말이 빨랐다. 형식적으로 내게 질문을 했지만, 내 대답에는 그다지 관심이 없었다. 그녀는 언제나 그런 식이었다.

- 좋아요. 제가 간단하게 설명드리지요. 혹시 이 주제에 관심이 있으시면 책을 몇 권 추천해드릴 수 있습니다. 참, 서점을 운영하시죠! 그 병은 산후우울증이라고도 해요. 원인이 복합적인 심각한 우울증입니다. 어머니와 아기 사이의 유대감에 해를 끼치지요. 38세인 제 환자의 병은 아기가 생후 5개월일 때 발견되었어요. 우선 정신과 병동에 입원했죠. 얼마 후 환자는 퇴원해서 집으로 돌아갔는데, 퇴원이 시기상조였어요. 지금은 딸과 함께 일주일에 며칠씩 산모 심리치료를 받고 있죠. 제가 그곳에서 진료하고 있어서 이 환자를 만나게 된 겁니다. 딸은 이제 생후 8개월 반이 되었는데,

어머니는 여전히 염려스러운 상태입니다.

아델린 몽제르몽의 목소리에서 살짝 짜증이 느껴졌다. 아마도 환자의 퇴원을 반대했던 모양이다.

— 환자가 집으로 돌아갔을 때 남편이 힘이 되지 못했던가 봐요. 환자는 출산 직후처럼 대단히 취약한 상태로 돌아갔고, 불안 증세도 다시 나타났죠. 며칠 전에 두 사람을 만났어요. 환자는 가족이 사는 아파트를 떠나서 혼자 살고 싶다고 했어요. 기한은 정해두지 않고요. 남편도 딸도 없이 말입니다. 당연히 남편은 예상하지 못했죠.

— 두 사람이 진료를 받으러 오기 전에 그 얘기를 나누지 않았던가 봐요?

— 안 했대요. 내 진료실에서 남편에게 알리고 싶어 했죠. 환자는 적절한 말을 찾아 자기 생각을 표현하는 걸 어려워합니다. 아주 취약한 상태죠. 남편은 몇 달째 아내의 불안과 공황 발작을 견디고 있고요. 그는 할 수 있는 걸 하고 있지만, 아내를 돕는 게 쉽지 않죠. 자기 아내에게 닥친 일을 잘 받아들이지 못합니다. 남편에게도 제 동료 의사에게 상담을 받아보라고 권했는데, 그는 딱 잘라 거부했어요. 아쉽지만 크게 걱정하지는 않습니다. 대처능력이 있는 사람이니까요. 두 사람의 별거가 일시적일지 아니면 결정적일지는 미래가 말해줄 테지요. 소통에 어려움을 겪고 있긴 해도 이 부부의

관계는 견고합니다. 저는 이들에게 별거하는 동안 서로에게 편지를 써보라고 제안했어요. 솔직히 그게 어떤 결과를 낳을지는 저도 잘 모르겠어요. 두 사람이 다른 방식으로 서로의 말에 귀를 기울이게 되지 않을까 생각했죠. 그저 상대의 말을 듣게 되지 않을까 싶어요. 지금은 안 되지만요. 그러던 중에 선생님의 광고를 보게 된 겁니다.

　- 그렇지만 굳이….

　- 꼭 들어맞는 광고였죠. 제 환자가 조금이라도 힘들거나 난감해지면 대화를 중단할까 봐 걱정이거든요. 아틀리에에서, 그것도 여성이 운영하는 아틀리에에서 글을 쓰게 된다면 훨씬 마음이 놓일 것 같습니다.

　- 정확히 저한테서 뭘 기대하시는지요?

　- 이 부부를 아틀리에에 받아주시면 좋겠습니다.

　- 뭐라 말씀드려야 할지 모르겠네요. 예민한 문제인데, 제가 심리상담사도 아니고….

　- 잘 압니다. 그저 다른 사람들에게 하듯이 하시면 됩니다. 저는 저대로 계속 제 환자를 지켜볼 겁니다.

　- 제가 두 사람의 사생활에 끼어들게 될 텐데요….

　- 다른 지원자들의 경우도 마찬가지죠. 하지만 그건 선생님에게 문제가 안 될 겁니다. 이 부부처럼 선생님도 그 문제는 안심하셔도 좋습니다. 때때로 민감할 수도 있다는 점은

저도 잘 의식하고 있습니다.

— 게다가 이분들은 제가 드리는 글쓰기 조언은 전혀 신경 쓰지 않겠지요….

— 시도해볼 필요는 있을 것 같아요. 모든 걸 해보아야죠.

그녀는 집요했다. 나는 결국 뜻을 굽히고 몽제르몽 박사에게 그러겠다고 대답했다.

며칠 뒤, 그들이 등록했을 때 각자의 이름을 알게 되었다. 쥘리에트와 니콜라 에스토베르는 몇 시간 간격으로 각각 내게 메일을 보냈다. 그들은 몽제르몽 박사의 소개를 받았다면서 그 이상은 말하지 않았다. 다른 네 사람도 뒤를 이어 메일을 보내왔다. 평생 출장을 다니며 지내는 사업가 장 보몽. 리옹 출신 최면치료사 알리스 팡크롤, "뭐라도 할 일을 찾아야 하는데, 이 아틀리에에나 참여해볼까?" 해서 지원했다는 사뮈엘 지앙. 목소리를 들으니 젊은 사람은 아닌 것 같은데, 누구보다 열정적인 잔느 뒤퓌. 나는 지원자가 더 많기를 바랐었다. 책을 쓰겠다거나 아니면 벽장 속에서 잠자고 있는 원고가 있다고 말하는 사람이 한 명도 없는 것도 놀라웠다. 대개 글쓰기 모임 참석자들의 주된 동기가 그렇지 않나? 어쩌면 이 아틀리에가 편지 쓰기를 위한 것이어서 다른 기대를 불러일으켰는지도 모르겠다. 그게 어떤 기대일지 나는 궁금했다.

파리에서 만날 날짜와 시간, 장소를 정하기란 쉽지 않았다. 아무 조건을 내걸지 않은 건 잔느 뒤퓌뿐이었다. 그녀는 공기처럼 자유롭다고, 전화로 내게 웃으며 말했다. 장 보몽은 출장 중이어서 참석하기 어려울 거라고 미리 알려왔다. 우리는 결국 1월 31일 18시 30분에 상티에의 호텔-레스토랑 체인점인 옥스톤에서 만나기로 정했다. 안뜰과 겨울 정원을 갖추고 있고 여러 개의 별실도 있는 곳인데, 사촌 라파엘이 추천해준 장소다. 나는 이참에 거기서 멀지 않은 사촌의 집에서 이틀을 묵었다.

모임 전에 나는 지원자들에게 이메일을 보내면서 다음의 질문에 대해 생각해 보라고 청했다. "당신은 무엇에 맞서 싸웁니까?" 동의만 한다면 지원자들은 몇 마디로 다른 사람들 앞에서 소리 내어 대답해야 할 것이다. 내가 이 질문을 좋아하는 건 누구나 자신을 지키려고 무언가에 맞서 싸운다고 믿고 있기 때문이다. 또한 이 질문은 대답하는 사람에게 큰 자유를 허용하기 때문이다. 답변을 회피하거나, 뻔한 말을 하거나, 아니면 자신의 내밀한 부분을 드러낼 수도 있는 것이다.

당신은 무엇에 맞서 싸웁니까?

nico-esthover@free.fr, juju-esthover@free.fr, jeanne.dupuis5@
laposte.net, jean.beaumont2@orange.com, samsam-cahen@free.fr

제목 : 아틀리에의 시작

모두 안녕하십니까,

지난 금요일에 여러분을 만나 아주 기뻤습니다. 처음 서로를 알게
되는 이런 모임에서 바로 편해지기란 어렵지요. 그래서 여러분이 "당
신은 무엇에 맞서 싸웁니까?"라는 질문에 아주 솔직하게 답해주신
데 감사드려요. 아래에 우리가 합의한 내용을 정리해보았어요. 그리
고 아시다시피 그날 함께하지 못한 장 보몽의 사진도 첨부합니다. 장
님께는 다른 참여자들의 사진을 보내드리겠습니다.

이 아틀리에가 진행되는 동안 여러분은 각자 두 명의 편지 상대를 두실 겁니다. 원하신다면, 한 명 또는 두 명 모두에게 청하실 수 있습니다. 아니면 누군가가 편지를 보내오길 기다리실 수도 있습니다. 하지만 그런 경우엔 혼자 남게 될 위험도 있습니다.

요청을 받았는데 거절하고 싶으시다면 가능한 한 빨리 의사를 알려주시면 고맙겠습니다.

호칭은 편하게 이름으로 부르길 권합니다. 그래야 냉랭한 분위기를 깨는 데 도움이 될 테니까요.

글쓰기 아틀리에가 진행되는 동안 여러분은 오직 편지로만 소통하셔야 합니다.

가능하다면 정기적으로 편지를 보내세요. 그리고 답장을 너무 늦게 보내지 않도록 주의해 주세요.

다시 말씀드리지만, 첫 편지에는 우리가 만났을 때 답하신 그 질문 "당신은 무엇에 맞서 싸웁니까?"에 대한 대답을 포함하셔야 합니다. (편지를 쓰는 상대가 두 명이니 두 번 쓰셔야 합니다.)

저를 상대로 선택하실 수도 있습니다.

여러분을 따라가며 글쓰기 실력 향상을 도울 수 있도록, 여러분 모두 편지 사본을 저한테 보내주세요. 쥘리에트, 장, 사뮈엘은 편지를 사진으로 찍어서 제게 메일로 보내주시고, 니콜라와 잔느는 복사본을 우편으로 보내주시겠다고 했죠. 여러분의 편지를 받고 나면 저는 여러분께 전화나(잔느, 쥘리에트, 니콜라, 사뮈엘) 아니면 메일로(장) 피드백을 드리겠습니다.

이후에는 세 가지 연습문제를 내드릴 겁니다.

제 역할은 여러분의 감정과 관점을 평가하는 게 아니라 여러분의 글쓰기가 향상되도록 도우려는 것임을 잊지 마십시오.

질문이 있으시면 언제든 귀 기울여 듣겠습니다. 모두 제 전화번호와 메일, 그리고 집주소를 가지고 계시지요.

우리의 아틀리에는 2019년 5월 13일 주에 끝날 예정입니다.

여러분, 2019년 2월 4일 월요일에 우리의 글쓰기 아틀리에가 시작되었음을 선포합니다!

곧 만나요.

에스테르 위르뱅

<u>잔느가 사뮈엘에게</u>

베르쥐스-쉬르-손, 2019년 2월 6일

안녕 사뮈엘,

내 편지를 받고 너무 실망하지 않았으면 좋겠어요. 젊은 사람
들과 함께하는 게 그리워서 사뮈엘에게 편지를 쓰기로 마음먹었
어요. 답장하지 않아도 서운해하지 않을 겁니다. 사뮈엘 나이에
는 나처럼 나이 든 사람에게 편지를 쓰는 게 그리 흥미로운 일은
아닐 테니까요.
　내가 피아노 선생이었을 적에는 거의 온종일 젊은이들과 지냈

어요. 아쉽지만 지금은 레슨을 하지 않아요. 손주가 있었다면 내 삶은 달라졌겠지요. 하지만 걱정하지 마세요. 사뮈엘을 손주 대용으로 삼을 생각은 없으니까요. 나는 현실을 있는 그대로 받아들입니다. 그런데 이상하죠. "당신의 운명을 받아들이세요"라거나 "그게 당신의 숙명입니다" 같은 말을 하는 사람들을 보면 짜증이 나는데, 나도 그런 말을 할 때가 있어요. 전혀 그런 생각을 하지 않는데도 말이지요. 손주가 없어서 아쉽고 불공평하다 싶지만, 그렇게 말하고 나면 그뿐이에요. 외롭지 않다고 하면 내 말을 믿을지 모르겠군요. 하지만 사실이에요. 내겐 친구들도 있고, 동물도 많고, 하는 활동도 많아요. 솔직히 말해, 혼자 사는 게 나쁘기만 한 건 아니에요.

우리 만남 어땠어요? 그날 우리가 그리 편안했던 것 같진 않아요. 서로를 잘 쳐다보지도 못했고, 웃지도 않았죠. 꼭 개학날 같았어요. 호기심과 경계심을 품고 서로를 은밀히 관찰하는 모습이 말이지요. 에스테르가 우리에게 "당신은 무엇에 맞서 싸웁니까?"라는 물음에 소리 내어 말해 보라고 했을 때, 모두가 아주 사적인 감정을 표현해서 나는 깜짝 놀랐어요. 이를테면 사뮈엘 당신은 "모든 걸 깨버리고 싶은 욕구에" 맞서 싸운다고 말했죠. 어휴! 앞날이 창창하고, 똑똑해 보이고, 정신적으로나 신체적으로나 온갖 능력을 갖췄고, 무엇보다 잘생긴 사람이 왜 그런 대답을 할까, 싶었죠. 그날, 사뮈엘은 늦게 왔잖아요. 발걸음이 무겁고,

억지로 온 것처럼 보였어요. 전화기만 바라보던데, 우리를 보긴 했나요? 비난하려는 게 아니에요. 마지못해 왔나 보다 싶었죠. 아마 기억하지 못하겠지만, 나는 "분노에 맞서" 싸운다고 대답했어요. 솔직히 그렇게 말하면서 사람들이 불쾌해하진 않을까 걱정했죠. 그런데 모두가 그만큼 암울하고 불안한 대답을 내놓길래(하하! 생각해보면 재밌어요!) 나도 주변의 늪 같은 분위기에 녹아들었죠.

사뮈엘이 내게 편지를 써주면 좋겠어요. 그러면 아주 행복할 것 같아요.

다정한 마음으로,
잔느

잔느는 연필을 내려놓았다. 편지는 나중에 다시 읽어볼 생각이다. 자신이 너무 직설적이진 않았나, 좀 더 세심했어야 했나, 싶다. 그녀는 사뮈엘이 조금이라도 불편하거나 노력을 기울여야 하면 이 아틀리에를 포기할 거라고 확신했다. 어쩌면 심지어 첫 모임을 끝내고 가면서 이 사람들과 더는 볼일이 없다고 마음먹었는지도 모른다. 카페 옥스톤에서 그녀는 멀리서 그가 오는 걸 보았다. 처음엔 그가 그들이 기다리고 있는 청년이라고 상상하지 못했다. 그들은 이미 바 근처 첫 번째 방 안쪽에 자리 잡고 앉아 있었다. 청년은 출입문을 넘어서더니 갑자기 멈춰 섰다. 그는 후드티의 모자를 뒤집어쓰고, 청바지 차림에 흰색 운동화를 신고 있었다. 그의 속내가 꼭 펼친 책처럼 읽혔다. 그 장소가 그에겐 낯설었다. 화려한 장식에 놀란 그는 방어태세를 취했고 주변을 제대로 쳐다보지 못했다. 역사적 기념물로 지정된 그 18세기 저택은 겨울 정원과 식물 담장으로 장식되어 있고 안뜰까지 갖추고 있어 위압적이었을 것이다. 그곳에 서식하는 무리도 그렇다. 남녀 사업가들이 그곳에서 만나 디지털 문화, 미디어, 커뮤니케이션, 그리고 지속 가능한 개발을 논의한다. 유행을 좇는 관광객과 파리지앵들도 그곳을 찾아 칵테일을 마시고, 프라다·디오르·비통·구찌 로고가 박힌 최신 유행 액세서리인 힙백을 과시한다. 보란듯이 안락함을 과시하는 그들만의 작은 세상이다.

매일 아침 커피를 마시러 들르는 마을 비스트로의 주인인 친구 뤼크가 없었더라면 잔느는 〈르 프로그레〉에 실린 에스테르의 광고를 알지 못했을 것이다. 뤼크는 편지 쓰기 아틀리에라는 그 아이디어를 'strange'하다고 생각했다. 덫의 냄새가 사방 수 킬로미터까지 풍겼다. 이날 아침, 잔느는 영어 단어를 즐겨 쓰는 뤼크의 고약한 습관을 지적하지 않았다. 그가 예민한 사람이라 필요할 땐 입을 다물어야 한다는 걸 그녀는 알고 있었다. 잔느가 수첩에 그 광고를 옮겨 적자, 그는 조심하라고 조언했다. 잔느가 자기 말을 듣지 않으리라는 걸 그는 안다. 고집이 대단하기 때문이다. 개발업자와 부동산업자들이 오래전부터 그녀의 집을 탐내고 있다. 그들은 그 지역 시세의 두 배를 제시하며 말한다. "뒤퓌 부인, 이 절호의 기회를 놓쳐선 안 되죠". 그들은 그녀가 원한다면 아주 가까운 곳의 더 현대적이고 편안한 아파트를 찾아주겠다고 한다. 어느 날, 그들 중 한 명이 '아늑한 집'의 장점을 그녀에게 늘어놓았다. 잔느는 화를 벌컥 냈다. "이봐요, 젊은 양반, 사람 잘못 봤어요. 난 '아늑한' 걸 싫어한다고요. 부드럽고 포근한 데 있으면 숨 막히는 느낌이 든단 말이에요. 나는 휑하고, 소음이 있는, 확 트인 공간을 좋아한다고요, 이해하시겠어요?" 아니, 그는 이해하지 못했다. "나이 든 사람들이 당신들 말마따나 '아늑한' 걸 좋아한다고 넘겨짚지 좀 마세요." 업자는 더는 고집하지 않고 떠났다. 그녀는 여전히 뜻을 굽히지 않고, 그녀의 집은 굳건히 버티며 "그랑드 프레리"[2] 주택단지 확장 계획의 진전을 막고 있다. 일단 화가 가라앉고 나니 잔느는 그 거창한 이름에 웃음이

---

2) '대초원'이라는 뜻.

났다. 그래서 우파 성향의 마을 시장에게 조롱하는 어조로 '대초원'이 어디 숨어 있냐고 서슴없이 물었다. 피에르 다르그마르슈는 주택단지 이름 선정에 자신은 관여하지 않았다고 응수했다. 잔느는 그들의 건축적·미적 나태함을 개탄한다. 몇 주 만에 도로를 따라 나란히 여덟 채의 허연 회벽 건축물이 땅에서 솟아나더니, 곧이어 첫 번째 열과 꼭 닮은 두 번째 열이 생겨났다. 그녀의 집을 밀어버리면 세 번째 열이 지어질 것이다. 건물들은 흰 자갈길로 분리되어 있었고, 5미터 간격으로 커다란 플라스틱 회색 화분이 놓여 있었다. 공사가 끝나자, 월계수 나무들이 그곳에 심어졌으나 아무도 관심을 기울이지 않아 말라 죽었다. 그 뒤를 이은 무화과나무들도 운이 없기는 마찬가지였다. 오늘날, 그 화분들은 십대들의 만남의 장소로, 재떨이로 쓰이고 있다. 잔느의 말에 따르면, "그 쇼의 하이라이트"는 건물보다는 저택 입구에서나 볼 법한, 허세 가득한 소용돌이 장식과 작은 메달이 잔뜩 달린 PVC 문이었다. 개발업자에게 팔린 마르틴과 자크 바조슈의 포도밭은 흔적조차 남지 않았다. 개발업자는 한숨까지 내쉬며 그들에게 자신과 인연을 맺은 건 행운이라고 말했었다. 거래 후 바조슈 부부는 남동부로 이사했다. 프로방스알프코트다쥐르 지역에 홍수가 날 때마다 잔느는 기쁨을 감추지 못했다. 그녀는 옛 포도밭 주인 부부가 목까지 물에 잠긴 모습을 상상하며 좋아했다. "꼴 좋다! 이건 시작일 뿐이야!" 그녀는 보는 사람마다 그 부부가 도망친 거라고, 달리 표현할 말이 없다고 말했다. 그들이 조금이라도 용기가 있었더라면 그 참사를, 굴삭기가 그들의 포도나무들을 뿌리째 뽑아내는 걸 지켜보았을 것이라고 했다. 잔느는 자기 땅이 아닌데도 그 광경을 보며 울었다. 그녀는 누구에게도 땅을 팔지 않을 작정이다. 그들은 서둘러 포도나무들을 뽑고 그녀의 돌집을 허물었을 것이다. 적어도 그랑드 프레리의 몇몇 주민은 그녀의 정원과 포도밭 풍경을 누리고 있다. 잔느가 원망하는 건 시장이지 주민들이 아니다. 그들의 얼굴에서는 집주인이 된 만족감이 고스란히 드러난다. 똑같이 생긴 차고, 정원, 외관, 덧문이 그들에게 안도감을 준다. 두 번의 임기를 채우고 있는 시장은 마을 주민이 늘어나고, 초등학교 학급이 폐쇄될 위험이 사라졌으니 달리 문제가 없다고 생각한다. 베르쥐스에 아직 식료품점이 남아 있는 게 자기 덕이라고 말한다. 잔느는 그의 주장을 들으며 생각한다. 그렇다고 흉측한 건물을 저렇게나 지을 필요가 있나? 170제곱미터 미만 건물의 신축 또는 개보수에 관해 1977년에 제정된 법률은 건축가의 선임을 선택사항으로 규정했고, 그 때문에 잔느는 화가 치밀었다. 그 법에 대해서는 아무것도 할 수가 없다.

산업 및 상업 단지는 그녀가 두 번째로 혐오하는 대상이다. 그녀는 "모두의 무관심 속에 영혼 없는 그 건물들이 마을과 도시의 상점들을 죽이고 있다"고 거침없이 말한다. 그 건물들은 흉측하고, 죽을 만큼 우울하지만, 같은 종류의 온갖 활동이 같은 장소에 모여있으니 편리하다. 하지만 식당, 슈퍼마켓, 원예 매장, 가구점, 스포츠용품점, DIY 매장 등이 모두 모여있는 그곳에 가려면 차가 필요하다. 시간을 아끼기 위해 우리는 어떤 타협도 받아들이고, 양떼처럼 몰려다닐 준비가 되어 있다고 잔느는 한탄한다. 그녀는 상업, 주거, 산업, 레저 구역으로 삶이 구획화된 현실에 질겁한다.

그녀는 편지를 복사한 뒤 우체국으로 간다. 편지는 빌쥐프의 플라탄 길에 사는 사뮈엘에게 보내고, 복사본은 릴의 생탕드레 거리에 사는 에스테르에게 보낸다.

사뮈엘은 벤에게 오전에 들러 배낭을 돌려주겠다고 약속했다. 우편함을 확인하다가 잔느의 편지를 발견할 때까지 일주일 전에 있었던 글쓰기 아틀리에 모임을 까맣게 잊고 있었다. 그는 길을 걸으며 편지를 읽었다. 그리고 답장해야겠다고 생각했다. 그는 아직 아무에게도 편지를 쓰지 않았다. 그가 바로 포기하면 어머니가 화를 낼 것이다. 어머니는 인내심이 바닥나 있는 상태다. 그는 차라리 사업가의 편지를 받았으면 싶었다. 심지어 장 보몽이 그를 품어주고 그에게 일자리를 제안해주는 걸 상상하기까지 했다. 하지만 그는 자기 환상을 실현하기 위해 아무것도 하지 않았다. 식당 문을 열며 그는 툴툴거렸다. "꼴 좋네. 게다가 난 그 사람이 무슨 일을 하는지조차 모르잖아!" 그 사람에게 편지를 쓰기에 아직 늦지 않았는데도 사뮈엘은 쓰지 않았다. 벌써 일 년 반 전부터 그는 닥치는 일만 받아들이며 살고 있다. 상황을 통제할 수도 없고, 계획도 없고, 아무것도 기대하지 않고, 희망도 품지 않는다. 그는 자신이 다른 사람에게 무언가든 요구할 권리가 없다고 생각한다. 그랬다면 자신보다 자격이 있는 타인의 자리를 빼앗는 느낌이 들었을 것이다. 벤은 감자 껍질을 깎고 있다.

그가 시무룩한 표정으로 사뮈엘에게 말한다.

- 난 이 식당에서 썩어갈 생각 없어, 정말이야. 커피 마실래?

- 그래, 줘. 자, 네 배낭.

- 고마워. 넌 뭐 할 거야?

- 특별히 할 거 없어. 엄마 심부름으로 장보러 가야 해. 종이 식탁보 하나 써도 돼?

- 어… 그래, 뭐 하려고?

- 편지 쓸 게 있어서.

- 편지? 왜 이메일로 안 보내고?

- 그럴 수가 없어. 나중에 설명해줄게.

- 그래, 난 저 멍청이가 돌아오기 전에 감자 깎아야 돼.

- 내일 저녁에 '게임' 다음 편 보러 올 거야?

- 그래, 나중에 보자.

<u>사뮈엘이 잔느에게</u>

2월 15일

안녕하세요 잔느,

우리가 서로 편지를 주고받는 건 저도 좋아요. 무슨 얘기를 할
지는 잘 모르겠지만요. 먼저, 편지지에 대해 사과드려요. 종이 식
탁보예요. 메모장을 하나 사려고 하는데, 바로 답장을 쓰지 않으
면 나중에는 안 쓰게 될 것 같았어요.

사실 저는 그 모임에 가고 싶지 않았어요. 제 어머니는 단호했
어요. 제가 할 일을 찾아야 한다고, 그렇지 않으면 동네 슈퍼마켓
에서 일해야 할 거라고 하셨죠. 슈퍼에서 일할 사람을 찾고 있다
는 걸 들으셨던 거죠. 그 일은 절대 하고 싶지 않았어요. 그러던

중 아버지가 종종 사 오시는 〈르 파리지엥〉에서 이 광고를 우연히 봤고 어머니에게 여기 참여하고 싶다고 말했지요. 어머니는 제가 글을 잘 쓴다고(그냥, 철자법은 잘 맞춥니다) 생각하셔서, 제가 삶에서 겪는 모든 어려움을 글로 써보면 마음이 후련해질 거라고 말씀하셨죠.

작년에 어머니가 저를 정신과 의사에게 보냈는데, 오래 다니진 못했어요. 의사는 친절해서, 그런 건 문제가 되지 않았는데, 다만 제가 하는 얘기에 조금도 놀라지 않았어요. 뭐랄까요, 이미 모든 걸 알고 있는 듯했죠. 무감각해진 사람이었어요. 난 그게 짜증 나더라고요. 결국엔 의사한테 아무 말도 하지 않게 되었죠. 그래도 의사의 태도가 달라지지 않았어요. 마치 내가 언젠가는 입을 닫게 되리라는 것도 알고 있는 사람 같더군요. 그래서 더는 상담에 안 갔어요. 어머니는 화가 나셨고요. 저는 부모님과 함께 빌쥐프에 살고 있어요. 어머니는 프렌 교도소에서 간호사로 일하세요. 어머니는 자신의 일을 아주 좋아하시죠. 아버지는 중학교 미술교사예요. 솔직히, 부모님 두 분 다 좋은 분이어서 문제가 없어요.

분노와 싸우는 당신과 모든 걸 깨부수고 싶은 충동에 사로잡혀 있는 제가 잘 통할지 모르겠네요. 다른 사람들의 반응을 보니, 모두가 무척 우울한 것 같더군요. 잔느, 당신은 왜 화가 나시나요? 솔직히 말해, 그런 인상을 받진 않았어요. 에스테르와 함께 웃는 건 당신뿐이었으니까요. 노트에 뭔가를 적는 사람도 당신뿐이었고요. 에스테르가 메일로 '무엇에 맞서 싸우느냐'라는 질문을 보냈을 때, 나는 깊이 생각 하지 않았어요. 그 질문을 이해하지 못했으니까요. 아니 그보다는, 정말 꼬인 질문이라 생각했죠. 그런데 모임에서 "모든 걸 깨버리고 싶은 욕구에 맞서"라는 답이 떠올랐어요. 저조차 깜짝 놀랐지요. 에스테르는 신뢰감을 줘요. 미소가 사람을 편안하게 해주고요. 사실, 제 대답은 그런 게 내 안에서 갑자기 터져 나오기를 바란다는 거였어요. 솔직히 말해, 저는 당신이 늙었다고 생각하지 않아요. 저한테 늙은 사람이란 당신 같지 않거든요.

그러면 곧 또 뵈어요.
사뮈엘

<u>장이 에스테르에게</u>

파리-뉴욕, 2019년 2월 6일

안녕하세요 에스테르,

편지를 저랑 주고받는 것, 괜찮으신지요? 저는 편지를 니콜라

에스토베르에게도 쓰기로 했어요. 아마도 제가 뉴욕에서 돌아오는 길에 그분에게 보낼 편지 사본을 약속대로 받으시면 그 이유를 아실 겁니다. 저는 비행기로 이동하는 틈에 편지를 쓸 생각입니다. 저는 디지털 통신 회사 '텔레포니 에 디지털'의 CEO로, 몇 년 전부터 출장이 잦습니다. 주로 주요 구조조정 프로젝트를 진행하고 해외 신규시장을 개척하는 일을 맡고 있지요.

제가 글쓰기 아틀리에에 무슨 생각으로 등록했는지 모르겠어요. 제 일정에 또 다른 제약이 필요했던 걸까요? 그건 결코 아닙니다. 당신의 광고를 읽었을 때, 저희 외할머니가 제게 보낸 편지들이 떠올랐어요. 제가 디종의 기숙학교에 있을 때였죠. 할머니는 파리 소식과 단골들의 소식을 전해주셨어요. 무엇보다 블로트 카드 게임 얘기를 들려주는 걸 좋아하셨는데, 할머니가 호세와 한편이 되고, 린다와 실비가 한편이 되면 게임은 싸움으로 끝나곤 했죠. 할머니의 저녁 모임 이야기는 몇 페이지 분량이나 되었는데, 저는 그걸 읽는 게 즐거웠죠. "그 얼간이가 무슨 영주라도 되는 듯이 거기서 스페이드 킹을 던지며 이런 표정을 짓는 거야. '너, 누구랑 한편인지 봐봐, 엉?'", "그리고 실비라는 여자는 말이다, 속수무책이야. 왕소금처럼 거칠어." 할머니는 게임 상대로는 아주 고약한 분이셨어요. 지는 걸 아주 싫어하셨거든요. 심지어 저를 상대할 때조차 그랬어요. 반면에, 제 편지에는 일상 이야기가 빈약했어요. 하지만 나는 정성을 다해 편지를 썼고, 그 일이 정말 즐거웠습니다. 기숙학교에 다닌 8년 동안 할머니의 편지를 받지 않은 주간이 열 손가락에 꼽을 정도였죠. 2주마다 파리로 돌아올 때는 할머니를 만나는 게 행복했어요. 저는 외할아버지는 뵌 적이 없어요. 제가 태어나기 전에 돌아가셨으니까요. 할머니는 할아버지 얘기를 거의 안 하셨어요. 그저 용감하고 친절하셨지만, 피아노 의자를 당기기보다 피아노를 끌어당겨 맞추는 그런 분이었다고 해요. 할머니는 이런 재미난 표현들을 수집했어요. 언젠가 시간을 내서 이런 표현들을 떠올려 기록해봐야겠어요.

저는 모범생이었어요. 부모님께는 제가 HEC[3]로 진학하는 게 당연한 일이었죠. 저는 HEC에 입학했습니다. 부모님은 운이 좋으셨죠. 저도 그렇고 다른 형제자매들도 골칫거리를 안기지 않았으니까요. 저는 고분고분한 청년이었어요. 학업을 마친 뒤에는 통신회사에 입사했고, 그 후엔 신기술로 특화된 두 번째 회사에 들어갔죠. 마지막으로 이 디지털 통신사에 들어왔고요. 저는 사업계획, 방법론, 재무제표, 급여, 생산비 관련 업무에서 에이스였어요. 빠르게 승진했지요. 일이 재미있었습니다. 카지노에서 운이 따라줄 때처럼요. 테이블에 돈을 던지면 매번 땄죠. 회사의 창립자인 아르노와 파스칼은 저를 전적으로 신뢰했어요.

---

3) 1881년에 설립된 파리의 고등상업학교로, 입학이 가장 어려운 프랑스 그랑제콜 중 하나이다.

그 시절에는 경쟁이 요즘처럼 치열하지 않아서, 그들은 막대한 자금을 투자했지요. 저한테도 아주 관대했습니다. 어쩌면 제 머리 위에 행운의 별이 자리하고 있었던 건지도 모르겠네요. 제겐 사업 감각이 있었어요. 돈은 저를 흥분시켰고, 성공은 제게 자신감을 주었으며, 여자들은 제 비위를 맞췄고, 남자들은 저를 존경했어요. 고백하건대, 이 모든 서커스에 저는 취해 있었죠. 매일 밤 잠자리에 들면서 오늘 나는 속지 않았고, 돈에 대한 개념을 지키고 있다고 다짐했지만, 그건 거짓이었죠. 저는 늪 속으로 두 발 들고 뛰어들었고, 기꺼이 진흙탕에 뒹굴었어요. 회사는 아주 빠르게 성장했습니다. 저는 마음대로 부릴 수 있는 사람이 되었고, 온갖 더러운 일은 내게 맡겨졌죠. 회사는 나를 믿었고, 제게도 줄곧 그렇게 말했으니 저는 우쭐했어요. 저는 거짓으로 겸손한 표정을 짓고 "대체 불가능한 사람은 없어"라고 말했지만, 그런 사람이 되기 위해 뭐든지 했어요. 살아 있다고 느끼려면 그래야만 했지요.

지금 제 모습을 보면 이보다 더 할머니를 배신할 수는 없었을 겁니다. 세월은 흘렀고, 저는 무언가를 놓치고 있었어요. 그게 정확히 무엇인지는 모르겠지만요. 저는 점점 더 사람과 사건에 무관심해졌죠. 부인하고 싶지만 사실입니다. 저는 글을 쓰는 즐거움을 되찾고 싶습니다. 글을 쓰면 기분이 나아질지도 모른다는 생각이 들어요. 어쨌든, 제가 뭘 원하는지, 저 자신에게 무엇을 기대하는지 알고 싶습니다.

또 무슨 얘기를 해야 할지 모르겠네요, 에스테르. 저는 담배도 너무 많이 피우고, 술도 너무 많이 마십니다. 건강 검진 결과가 좋지 않지만, 신경 쓰지 않습니다. 아니면 그런 척하는 건지도 모르겠네요.

답장을 기다리며,
우정을 담아,
장 보몽

JFK 공항에서 한 운전기사가 장을 하이야트 호텔로 데려가기 위해 기다리고 있다. 그는 단 일 분도 허비할 시간이 없다. 20층에 있는 객실에 들어서자마자 그는 에어컨을 끄고, 트렁크를 내려놓고, 샤워를 하고, 깨끗한 셔츠로 갈아입고는 휴대전화기로 일정표를 살핀다. 몇 시간 전 비행기에서 회의 일정을 적어두었지만 이미 잊었다. 이제는 더이상 기억에 새겨지지 않는다. 나이 탓인지, 나날이 의욕이 떨어지는 탓인지, 기억력이 감퇴해서인지 모르겠다. 그렇지만 쉰세 살이면 그렇게 늙은 건 아니지 않냐고, 스스로 안심시키려 애쓴다. 그는 창밖으로 보이는 센트럴 파크의 장엄한 풍경에 눈길을 던진다. 이제 출발해야 할 시간이다. 장은 문을 닫고 객실을 나선다. 할 수만 있다면 수영장에서 몇 바퀴 돌고 싶다. 밖으로 나온 그는 담배에 불을 붙이고, 몇 미터 떨어진 곳에서 그를 기다리고 있는 운전기사를 본다.

장 보몽에게는 모든 대도시가 똑같다. 잿빛 아스팔트 길, 교통 체증, 오염 최고치를 알리는 표지판, 주의사항, 날씨, 거리에 점점 늘어나는 광고판, 상점 진열창, 사이렌 소리, 그런 곳에서 뭘 하고 있는지 스스로 의아해하는 나무들. 대도시들은 주민들을 서로 교환할 수도 있을 것이다. 그들은 발걸음을 재촉하며, 부수적으로 자란 살덩이처럼 손바닥에 들러붙은 휴대전화만 바라보고, 귀에는 이어폰을 끼고 있다. 그들은 지하철 출구에서, 사무실에서 무더기로 쏟아져 나와 빌딩이나 상점으로 들어간다. 그리고 저녁이 되면 왔던 길을 되돌아간다. 장은 걷는 습관을 잃었다. 그의 운전기사가 그림자처럼 그를 따라다닌다. 그가 탄 자동차는 21세기의 다른 도시들에서도 똑같은 광고판들을 지나친다. 이날 저녁, 동료들은 저녁 식사를 하기 위해 그를 새로운 레스토랑으로 데려간다. 어렵게 테이블 하나를 예약할 수 있었다고 뻐기며. 초기에는 출장 때 체류를 48시간 연장해서 도시를 돌아보겠다고 다짐하곤 했다. 혼자서. 거닐고, 대중교통도 이용하고, 우연히 발 닿는 카페에도 들러볼 생각이었다.

그런데 한 번도 그러지 못했다. 젊었을 때는 혼자서 난관을 잘 헤쳐나갔는데, 지금은 사정이 다르다. 장 보몽은 이제 남에게 의존하는 사람이 되었다.

그는 자동차를 향해 가다가 발걸음을 되돌려 호텔로 들어간다. 그리고 상의 안쪽 주머니에서 봉투 하나를 꺼내어 문지기에게 맡긴다. 프랑스의 에스테르 위르뱅에게 속달우편으로 보낼 편지다.

<u>에스테르가 장에게</u>

릴, 2019년 2월 11일

안녕하세요 장,

당신이 그려 보여준 자화상은 그리 미화된 것 같지 않네요. 솔직하신 건 분명한데, 너무 암울하게 그리신 것 아닌가요?

글쓰기가 당신의 감정을 언어로 표현하고 무관심에 맞서 싸우는 데 도움이 되기를 바라시는군요. 실제로 우리는 글쓰기로 우리 자신을 재건할 수 있습니다. 당신도 그럴 수 있으리라고 저는 감히 믿습니다.

괜찮으시다면 어린 시절로 돌아가 볼까요? 혹시라도 제가 무례하다고 생각되시면 주저 말고 말씀해 주세요. 제 태도가 너무 직설적으로 보일 수 있다는 걸 알기에 기분 나쁘게 생각하지 않을 겁니다. 수신인의 짜증, 피로, 분노를 볼 수 없다는 게 서신 교환의 장점 가운데 하나지요(아니면 단점일까요?).

왜 디종의 기숙학교를 다니셨을까요? 부모님에 대해서는 아무 얘기도 안 하셨는데, 할머니 손에 자라셨기 때문인가요?

오드프랑스Hauts-de-France 지역에 대해 잘 아시는지 모르겠군요. 경제적 어려움을 겪으면서도 개혁하고 혁신하기 위해 애쓰는, 아주 흥미롭고 매력적인 지역이랍니다. 릴은 살기에 아주 쾌적한 도시예요. 북부 사람들의 친절함과 따뜻함은 단지 전설 같은 얘기가 아닙니다. 저는 제 고장의 가을과 겨울을 좋아합니다. 프랑스의 다른 많은 지역과 달리, 이 지역은 비와 안개와 기막히게 어울리거든요. 납빛 하늘에 도심 지붕 위로 안개가 내려앉기만 해도 도시는 우수에 젖어 매번 감탄을 자아냅니다. 시간이 날 때마다 저는 아무 카페에 앉아 책을 읽곤 하지요. 여름엔 눈부신 주변 자연을 즐기는데, 다행히 관광객이 거의 없습니다─오래도록 그러면 좋겠어요! 제가 이 시골의 아름다움에 대해 자랑하면 파리 친구들은 항상 놀라지요. 하지만 엄연한 사실입니다.

곧 또 뵈어요.

우정을 전하며,

에스테르

추신: 제가 보낸 이메일에서 당신의 첫 번째 편지에 대한 제 의
견이 잘 전달되었기를 바랍니다. 혹시라도 당혹스러우시면 말씀
해주세요. 우리 둘 다 글쓰기와 직접 관련된 내용은 대화에 담지
않도록 조심하기로 해요.

옥스톤에서 모임을 마치고 나는 바로 릴로 돌아오지 않
았다. 세바스토폴 대로에 사는 사촌 라파엘의 집에서 잤다.
그는 내게 사촌 이상이다. 나의 형제이고, 친구이고, 흔들림
없는 지지자다. 우리는 둘 다 외동이고, 몇 달 차이만 날 뿐
나이도 같다. 그는 파리에 살고 나는 릴에 살지만, 휴가를
함께 보낸 적이 많다. 그는 그의 부모님과 함께, 나는 나의
아버지와 함께.

라파엘은 늦게 귀가할 거라고 예고했고 열쇠를 현관 매
트 밑에 두었다. 나는 집을 너무 어지럽히지 않도록 조심하
겠다고 다짐했지만 몇 시간 만에 엉망진창으로 만들었다.
이튿날 아침, 그가 내 목을 조르는 시늉을 하며 다른 누군가
가 이런 난장판을 만들었다면 절대 용납하지 않았을 거라고

말할 때에서야 나는 비로소 깨달았다.

라파엘은 아침식사를 준비해두고 신문을 사러 갔다 왔다. 내가 스크램블 에그를 만들어주고 싶었는데, 그는 내게 앉으라고 하더니 모든 걸 도맡아 했다. 나는 그에게 글쓰기 아틀리에에 관해 말했다. 사람들이 더는 편지를 주고받지 않는 것이 나는 늘 아쉬웠다. 우리는 더는 편지를 쓰지 않는다. 우리는 편지가 시간 낭비이고 영상과 소리를 박탈한다고 생각한다. 그렇지만 나는 22년 동안 아버지와 편지를 주고받았기에 글로 표현하는 것과 말로 표현하는 것이 어떻게 다른지 누구보다 잘 안다. 글로 쓸 때 우리는 다른 단어와 다른 표현을 사용하고, 문체를 다듬는다. 우리의 생각은 다른 길을 따라가는데, 접근이 더 어렵고 더 구불구불하며 예측하기 힘든 길이다. 훨씬 흥미로운 길이기도 하다. 우리는 마음을 열고, 자신을 드러내고, 위험을 감수한다. 편지를 쓰고 우편으로 보내고 답장을 기다리는 일은 일상에 다른 가치를 부여하고, 봉투 속 메시지에 더 큰 무게를 실어주는 것 같다. 편지는 시간을 들여 제 길을 간다. 나는 신청자가 더 많지 않은 데 실망했다. 전화로 관심을 보였던 알리스 팡크롤은 모임에 나타나지 않았고 사과조차 하지 않았다. 연락을 시도해보았지만 헛수고였다. 가장 어린 청년은 지루해하는 듯 보여서 시작도 하기 전에 포기할까 봐 걱정스러웠다.

각 신청자가 두 사람에게 편지를 써야 한다고 결정했는데, 지원자가 다섯뿐이니 어쩔 수 없이 나도 참여해야 했다. 이 점이 아쉬웠고, 미리 생각을 해보지 않은 나 자신을 원망했다. 나는 모두가 이 프로젝트의 기획자인 나와 편지를 주고받으려고 달려들 거라고 예상했었다.

"이런 걸 기획하려면 좀 꼬인 사람이라야겠지, 안 그래?" 내가 라파엘에게 물었다. 그는 얼버무리는 듯한 표정으로 애매하게 어깨만 으쓱했다. 하지만 나는 그가 무슨 생각을 하는지 알았다. 내가 반쯤은 미쳤고, 반쯤은 진력나는 사람이라고 생각했을 것이다. 그는 집안에서 가장 현명한 남자였다. 모범생이었다. 언제나 믿을 수 있고, 문제를 일으키지 않고, 금융계에서 안정적이고 연봉도 높은 직장을 가진 사람이었다. 그와 꼭 닮은 사랑스러운 약혼녀도 있었다. 그리고 인테리어 잡지들이 사진 찍고 싶어 할 아파트도 가졌다. 전기차를 빠뜨릴 뻔했네….

일주일에 6일이나 서점에서 보내는 내게 왜 또 다른 계획이 필요한지 그는 이해하지 못했다. 내가 한탄하면, 그는 그런 나를 흉내 내길 좋아했다. 머리카락을 헝클어뜨리고, 입술을 깨물고, 안경을 만지작거리며 말했다. "어떻게 해내지? 혼자서 하기엔 일이 너무 많아. 내가 얼마나 불안한지 몰라. 잠드는 데 도움이 될 뭐 없어?" 그가 내 계획 때문에 걱정하고, 내가 또 스스로 무슨 곤경을 자초했을까 궁금해한다는 확신이 들었다. 그런데 내 생각이 틀렸다. 나중에 그는 함께 보낸 그날에 대해 내게 말했는데, 내가 마침내 예전의 활력과 열정을 되찾았다고 생각했다는 것이다. 그러나 나한테는 아무 말도 하지 않았다. 사소한 말 한마디가 혹시라도 우리 아버지의 죽음을 떠올리게 할까 봐서였다. 그는 그 암울한 날 이후로 내가 정신이 딴 데 가 있고 우울한 기분에 빠져 있다고 생각했다. 그래서 그런 나를 보면 화가 났고, 내가 예전의 모습으로 돌아가지 못할까 봐 걱정했다. 그도 나처럼 나의 아버지를 원망했다.

<u>장이 니콜라에게</u>

뉴욕-파리, 2019년 2월 9일

안녕하세요 니콜라,

저는 에스테르의 글쓰기 아틀리에에 참여하고 있지만 모임에는 가지 못했어요. 제 직업상 출장이 잦은데, 비행기 안에서 편지를 쓸 생각입니다. 밤은 제가 좋아하는 시간입니다. 불이 꺼지고 잠들 시간이라는 신호를 주는 시간 말이지요. 북적거리던 분위기가 잦아들고 불완전한 정적이 내려앉죠. 더는 대화도 없고, 통로를 오가는 카트도 없고, 부스럭거리는 소리도 좌석 테이블을 여닫는 소리도 들리지 않습니다. 저는 이런 분위기를 좋아합니다. 승객들은 좌석에 웅크린 채 담요를 덮고 눈가리개를 쓰고 잠이 들죠. 귀에 이어폰을 끼고 영화를 계속 보는 사람들도 있고요. 나는 영화를 안 보게 된 지 오래되었습니다.

두 가지 이유로 당신을 선택했어요. 첫 번째는 당신이 콜베르 길에 있는 카멜리아 식당의 셰프이기 때문입니다. 10여 년 전에 제 아이들과 함께 그곳에 간 적이 있어요. 식당 문을 막 열었을 때였죠. 그날 저녁을 아주 맛나게 먹었지요. 특히 저는요. 당시 십대였던 제 아이들은 조 알렌 식당에 가서 햄버거와 감자튀김을 먹고 싶어 했는데, 제가 반대했던 기억이 나네요. 그래서 아이들은 저녁 내내 뚱한 표정이었어요. 그때는 제가 아이들에게 미식 교육을 해주고 싶었던 때였지요. 그러다 금세 포기하고 말았어요. 한 녀석을 잡아서 본보기를 보이고 싶었습니다만.

두 번째 이유를 말씀드리죠. 에스테르의 보고서를 보니, 당신의 아내도 이 아틀리에에 참여하시고, 개인적인 이유로 두 분이 서로 편지를 주고받으실 거라고요. 궁금하네요. 저의 관심을 일깨우셨어요. 일상을 점점 더 잠식하며 무겁게 짓누르는, 거의 모든 것에 대한 무관심을 떨쳐내려고 애쓰고 있거든요. 조언을 드릴 생각은 없습니다. 당신을 도울 깜냥도 되지 않고요. 그건 제 스타일도 아니고, 제 개인사도 재앙이니까요. 남편, 연인, 아버지로서 저는 빵점입니다. 그런데 당신이 어떤 극단적 상황에 이르러서도 글쓰기 모임이라는 틀을 활용해서 아내에게 편지를 쓴다는 건 그만큼 아내를 아끼기 때문이겠지요. 당신은 끈기 있는 분입니다. 그 점을 저는 존경합니다. 손가락 하나 까딱하지 않고 아내와 자식들을 떠나도록 내버려 둔 사람이 보내는 존경입니다.

우리가 편지를 주고받는 데 동의하실지요? 우리가 서로에게 할 말이 있을지는 모르겠습니다. 제 전문인 전화 통신 분야가 당신에겐 낯설겠지만, 그래도 시도해볼 만하지 않을까요? 요리, 레스토랑, 호텔 등에 대해 얘기 나눌 수도 있을 테고요….

우정을 담아,
장 보몽

두 시간 후면 장이 탄 비행기가 파리 루아시 공항에 도착할 것이다. 그는 니콜라에게 쓴 편지를 봉투에 넣고 봉한다. 편지를 쓰다 보니 빅토르 위고 가의 가족 아파트가 떠올랐다. 이제는 생각에서 지운 아파트지만, 그는 모든 세부장식까지 기억하고 있다. 카페트의 무늬와 색깔, 커튼, 그림, 나무 장식, 가구와 작은 장식품의 배치, 그것들을 어디서 샀는지까지…. 그곳을 똑같이 재배치하고 꾸밀 수 있을 정도다. 아내와 아이들이 떠나고 난 뒤에도 그는 그곳을 지켰다. 180제곱미터의 넓은 공간이 거의 텅 비어 버린 그곳에서 홀로 지냈다. 친구들은 이사하라고 조언했다. 그는 격주 주말마다 만나는 아이들이 덜 불안해할 거라는 핑계를 댔다. 사실은 다른 주거지를 찾아 나설 수가 없었다. 시간만 허비할 뿐, 여기든 다른 곳이든, 달라질 게 뭐가 있을까 싶었다. 장이 이사하지 않는 이유가 보리스와 에마 때문이라는 사실을 알게 된 전처는 비웃었다. 그녀는 그가 아이들을 위해 근무 일정을 바꾸지 않고 여전히 이따금 만날 거라고 확신했다. 시간이 흐르면서 그녀의 생각이 옳았음이 입증되었다.

3년 전, 한 친구가 장에게 자기 아파트를 팔겠다고 제안했다. 한결 작지만, 튈르리 정원의 멋진 풍경이 내려다보이는 곳이었다. 그는 망설이지 않고 받아들였다. 그리고 빅토르 위고 가 아파트의 가구를 단 하나도 가져가지 않았다. 모든 걸 다시 샀다. 그건 새 출발을 선언하는 상징적인 방식이었다. 새 아파트에서 그는 잘 지내고 있다. 땅에 발을 딛지 않고, 높은 데서 파리를 바라보며, 남은 삶을 발코니에서 보낼 수 있을 것 같다. 기념물들, 나무들, 바람 부는 날 휘날리는 먼지, 리볼리 길로 끊임없이 이어지는 차량 행렬, 요란하고 활력 넘치는 콩코르드 광장, 공원의 단골 산책자들을 바라보며.

<u>니콜라가 장에게</u>

파리, 2019년 2월 15일

헬로 장,

재밌네요. 에스테르가 보내준 당신 사진을 보고 호남이라고 생각했거든요. 초로기에 접어든 잘생긴 남자라고요. 이런 말, 기분 나쁘진 않으시죠? 당신에게 편지 쓰는 건 아무 문제가 되지 않지만, 말씀대로 당신의 직업과 제 세계가 너무 달라서, 제가 관심 있는 척한다고 해도 무슨 질문을 해야 할지 모르겠어요. 너무 예민하지 않으시면 좋겠습니다. 저와는 그러실 필요 없어요. 오히려 선생의 출장 여행에 관해 얘기하실 수 있겠지요.

당연히, 조 알렌 식당보다는 제 식당에서 저녁식사를 하는 게 낫지요. 하지만 선생의 아이들도 이해합니다. 어릴 때는 미슐랭 별 두 개짜리 식당에서 난해한 요리를 먹는 것보다 미국식 식당에서 맛있는 치즈버거와 감자튀김을 먹는 게 훨씬 재미있죠.

요리는 제가 하고 싶었던 유일한 일입니다. 저희 할머니가 부르앙브레스에서 브라스리를 운영했고, 그걸 저희 부모님이 물려받으셨어요. 그 지역 특산 요리인 닭간 케이크, 개구리 요리, 크림소스를 곁들인 브레스산 닭고기 요리, 곤들매기 크넬, 브레스풍 갈레트 등을 맛볼 수 있는 최고의 식당이었죠. 저는 가업을 따랐어요. 정확히 말하자면 딱히 그렇다고 할 수는 없네요. 폴-보퀴즈 요리학교를 졸업한 후, 저는 부모님의 요리보다 훨씬 현대적인 요리를 하고 싶었으니까요. 물론 전통 요리를 하려면 상당한 기술이 필요하다는 걸 잘 알지만요.

나는 공부를 마친 후 부르앙브레스에 정착하고 싶었지만, 제 아내 쥘리에트는 파리로 올라가고 싶어 했어요. 저는 세상 끝까지라도 아내를 따라갔을 테고요. 아내를 만난 건 마드리드에서였어요. 막 졸업장을 받고 6개월간 인턴십을 하던 중이었죠. 키가 큰 아내는 각진 어깨와 덩굴처럼 긴 다리에, 피부는 가무잡잡하고, 머리카락이 까마귀 깃털처럼 검고, 눈은 먹물처럼 까만 여자였습니다. 제과제빵사 자격증을 막 취득했고, 여자친구 두 명과 함께 졸업 기념 여행으로 거기 와 있었지요. 제가 아내에게 반하기까지는 오랜 시간이 걸리지 않았죠. 상당히 똑똑하고 매력적인 사람이었거든요. 아내는 제빵을 시작하기 전에 캉 대학에서 문학 공부를 했습니다. 제가 만났을 즈음, 그녀는 맹세할 때마다 오직 장 에슈노즈와 필립 로스를 내걸 정도였어요. 사라진 고

대 밀 품종들과 현대소설을 묘하게 조합해서 15분 동안 얘기하는 그런 여자였죠. 저는 이미 모든 걸 보고 경험한 듯이 자신만만하게 행동했지만, 사실은 전전긍긍했죠. 현재 아내는 빵집을 두 개 운영하고 있습니다. 파리 11구에 하나가 있고, 다른 하나는 남부 교외 말라코프에 있죠. 그런데 보통 빵집이 아니에요. 아내가 만든 빵을 꼭 맛보셔야 합니다. 정말 예술이에요. 저는 아내가 만든 캉파뉴 빵에 베일베르 반가염 버터를 바르고 집에서 만든 딸기잼이나 귤잼을 발라 먹는 것보다 더 맛있는 건 없다고 생각합니다.

우리는 16년 동안 함께 살았어요. 그리고 헤어졌죠. 잠시가 될지, 아니면 영원이 될지는 전혀 모르겠습니다. 그 후로 저는 후회와 싸우고 있어요. 이런 이야기는 친구들에게조차 털어놓기가 힘듭니다. 언젠가는 당신에게 더 얘기할 수 있겠지요. 당신은 당신의 사생활이 재앙이라는 말로 제 사생활을 털어놓으라고 부추기는군요. 유쾌한 생각입니다. 우리가 그런 얘기로 곧 같이 웃을 수 있을 것 같네요…. 우리가 서로 편지를 쓰면서 피상적으로만 얘기하고 솔직히 말하지 않는다면 무슨 소용이겠습니까. 몹시 지루하겠죠.

쥘리에트가 떠난 뒤로 제 요리는 예전 같지 않아요. 더이상 부드럽고 크리미하고 달콤한 맛은 다룰 수가 없어요. 생크림은 지루하고, 초콜릿을 봐도 무덤덤하고, 붉은 과일은 짜증이 나고, 설탕은 거북합니다. 신맛에만 끌리는데, 좀 지나칠 정도죠. 시칠리아의 경이로운 레몬, 칼라만시, 탄젤로, 부처손, 기아나의 차덱을 즐겨 쓰고, 남용하는 편이에요. 제게 닥치는 모든 일이 그렇듯, 요리도 톡 쏘아야 제맛이니까요. 이런 식으로 계속하다간 제 식당의 미슐랭 별 두 개도 길게 가지 못할 겁니다. 쥘리에트와 제겐 딸이 하나 있습니다. 딸의 이름은 아델이에요. 이제 9개월이 되었죠. 이 아이가 태어났을 때 제가 무척 좋아하는 파블로바 케이크를 구웠지요. 지금은 저희 메뉴에 올라와 있어요. 자녀분들은 몇 살인지요? 무슨 일을 하나요?

니콜라

추신: 당신은 비행기에서 편지를 쓰셨죠. 저는 오베르캄프 길의 제 집에서 쓰고 있습니다. 저는 여기서 딸과 제 어머니와 함께 살고 있어요. 어머니는 아이를 돌봐주러 오셨고요. 묘한 트리오죠….

<u>니콜라가 쥘리에트에게</u>

파리, 2019년 2월 11일

쥘리에트,

난 믿을 수가 없어. 당신이 떠나고 싶다고 말할 용기가 없어서 상담의사를 통해 내게 알려야 했다는 걸. 무슨 일이야? 당신은 내가 무서워? 내가 싫은 거야? 당신은 날 함정에 몰아넣고, 결정된 사실을 통보했어. 내가 이런 걸 싫어하는 걸 알면서. 상담의사와의 상담은 논의를 하기 위해서가 아니었지. 당신의 결정은 이미 내려져 있었으니까. 의사는 왜 내 생각을 물었을까? 내가 "괴롭다"고 대답했을 때, 당신도 의사도 아무런 반응을 보이지 않았잖아? 내가 화내지 않았잖냐고 당신은 말하겠지. 화내봤자 무슨 소용이겠어? 의사가 이 편지를 읽든 말든 난 상관 안 해. 그러면 의사는 아마 당신한테 이렇게 말할 테지. "에스토베르 부인, 남편과 거리 두길 잘하신 것 같습니다." 나는 아내 가까이 접근해서는 안 되는 폭력적인 남자처럼 격리되어 있어. 그래서 우리는 서로 편지로 소통해야 할 처지가 되었고. 다시 말하지만, 내게 선택의 여지가 있었나? 난 당신을 돕고 싶어. 당신의 적이 아니라고. 다만 이해할 필요가 있을 뿐이야. 그런데 이해하지 못하고 있고.

N.

쥘리에트가 니콜라에게

말라코프, 2019년 2월 14일

안녕 니콜라,

당신 말이 맞아. 난 용기가 없었어. 퇴원해서 집에 돌아오고 며칠 만에 불안 발작이 다시 일어났어. 당신이 그걸 눈치채지 못하길, 그런 상태의 나를 보지 않길 바랐어. 그럴 때 내 모습이 어떨지 아주 잘 그려지니까. 미친 여자 같겠지. 산모 심리치료 병동을 떠나올 때, 난 내가 괜찮아진 줄 알았어. 완쾌는 아니더라도 발작은 사라진 줄 알았지. 전혀 그렇지 않았어. 난 다시 무너졌어. 며칠 만에 다시 나락으로 떨어졌지. 아델의 울음에 난 입원 전처럼 불안에 사로잡혔어. 아이를 돌볼 수도 없었고, 그 생각에 몸이 굳어버렸지. 아이를 다치게 할까 봐 겁이 났어. 내가 아이를 돌볼 능력이 없다는 확신이 다시 엄습해왔어. "나 같은 엄마를 두느니 차라리 엄마가 없는 편이 나아", 이런 말을 주문처럼 되뇌었지. 당신이 출근하자마자 난 공황 상태에 빠졌어.

잠드는 것도 겁나고, 깨는 것도 겁나는 상태가 어떤 건지 당신은 알까? 모를 거야. 모든 게 재발했어. 너무도 빨리. 마치 흉악한 짐승이 힘을 모을 동안 나의 내면 깊이 웅크리고 있었던 것처럼.

더 맹렬하게 공격하기 위해 말이야. 병원과 산모 심리치료 병동에 입원했던 시간은 아무 도움이 되지 않았어. 나는 당신에게 설명할 말을 찾지 못했어. 내가 무엇보다 겁났던 건 당신의 얼굴에서 지친 기색을 읽는 것이었어.

쥘리에트

잔느가 쥘리에트에게

베르쥐스-쉬르-손, 2월 12일

안녕하세요 쥘리에트,

저는 잔느예요. 아틀리에에서 만났었죠. 우리가 서로 편지를 써보면 어떨까요? 제가 조금 늦었지만요. 젊은 사뮈엘에게 편지를 쓰고 나서, 여러분 중 누군가가 제게 청해 오길 기다렸어요. 헛수고였죠. 제 나이 때문이 아닐까(솔직히 터놓고 얘기합니다) 싶더군요. 저 여자가 우리한테 뭘 바라는 걸까? 우리한테 자기 과거를, 병을, 고독을 털어놓으려는 걸까… 아마도 모두 이런 생각을 했을 테지요. 게다가 제가 바보처럼 계속 웃고 있었잖아요. 바보 같지만 저는 긴장해서 웃었던 거예요.

저는 편지 쓰는 걸 좋아하는데, 이젠 쓸 기회가 없어요. 다시 편지를 쓸 수 있어 행복해요. 같은 지역에 살지 않는 친구들과는 저도 다른 사람들처럼 전화를 걸거나 메일을 보내 소통하죠. 요즘은 이런 식이니까요. 이런 게 저는 아쉬워요. 에스테르의 말이 맞아요. 우리는 말로 할 때와 글로 쓸 때 같은 방식으로 마음을 털어놓지 않지요. 메일로는 아주 바쁘게 말하고, 문체 같은 건 신경 쓰지 않죠. 우리의 필체도 우리에 대해 말해줍니다. 편지지도 그렇고요. 내가 손으로 쓴 편지를 좋아하는 건 시간이 제 시간을 갖는다는 생각 때문이에요. 편지가 상대방에게까지 여행한다는 생각. 그리고 우리가 상대에 대해 품는 질문들 때문이기도 하고요. 상대가 언제 편지를 읽을까? 언제 우리에게 답장을 보낼까? 아름다운 편지일까? 설득력이 있었을까? 내가 적절한 말을 썼을까? 에스테르가 글쓰기 아틀리에에 이런 이름을 붙여도 좋았을 것 같아요. "인내와 느림에 대한 예찬"….

저는 12년째 리옹에서 30킬로미터 떨어진 시골에 살고 있어요. 제가 처음 이사왔을 때만 해도 베르쥐스는 아주 예쁜 마을이었죠. 주택 개발이 서서히, 그러나 확실하게 마을을 잠식하기 전이었어요. 흰색 회벽으로 된 큐브 모양의 건물들, 누런 밀짚 색깔의 덧창, 신경쇠약에 걸린 듯한 정원들이 마구 생겨나고 있어요. 전에는 리옹 중심지에서 살았어요. 피아노 교사로 일했는데, 다발성 관절염 때문에 일을 그만둬야 했지요. 저는 분투하며 질병을 무시했지만, 어느 날 질병은 저보다 훨씬 강해져서 저에게 포기하라고 명령하더군요. 지금도 여전히 혼자서 연주는 합니다. 손가락이 말을 들어줄 때 말이지요. 제 일을 하면서 아주 행복했어요. 음악원을 졸업한 후 연주자의 길을 선택할 수도 있었지만, 저는 집에서 가르치는 게 더 좋았어요. 온종일 초인종이 울렸죠. 제가 가장 좋아한 건 아이들이었어요. 제 피아노는 질주하고, 뛰고, 비틀거리고, 더듬거리고…, 그 모든 게 아주 즐거웠죠. 저는 그렇게 되길 바랐어요. 어린 학생들이 의욕을 잃은 것 같으면, 저는 아이들을 가만히 두고 피아노를 연주해줬어요. 아니면 이야기를 들려주기도 했고요. 피아노를 연주하려면 그저 곡을 아는 것만이 아니라, 클래식 음악의 역사와 작곡가들의 삶도 알아야 하죠. 어떤 부모들은 제게 권위가 부족하다고 지적했어요. 저도 인정은 합니다만, 그건 받아들이든지 말든지 선택할 문제였지요. 학생들은 청소년기에 접어들거나 대학에 들어가면서 피아노 수업을 포기하는 경우가 많았죠. 그게 저는 저의 실패처럼 느껴졌어요.

아드리앙이 죽은 지 벌써 9년이 되었네요. 심근경색이었어요. 쉰아홉이면 죽기엔 젊은 나이죠. 멋진 사람이었어요. 제게 아름다운 삶을 안겨주었고, 저는 그에 걸맞게 살려고 애썼죠. 그를 만난 건 행운이었어요.

오! 재미도 없는 제 이야기만 늘어놓고 있네요. 더 좋은 일이 있으실 텐데 말이지요. 혹시 남편분하고만 편지를 나눌 생각이신 가요? 모임 동안 두 분이 서로 멀리 떨어져 앉으셨기에 두 분 사이가 아주 좋진 않은가 보다 생각했어요. 나는 당신을 알지 못하고, 그때 처음 뵈었는데 지쳐 보이시더군요. 무례하게 굴고 싶진 않습니다만, 혹시 얘기하고 싶으시다면 내게 하셔도 좋습니다. 때로는 알지 못하는 누군가에게 얘기하는 게 훨씬 쉽잖아요.

진심을 담아,
잔느

추신: 그래 보이지 않겠지만, 나는 분노에 맞서 싸웁니다. 우리가 풍경을 망가뜨리고 동물을 학대하는 방식에 화가 치밀거든요.

잔느는 쥘리에트에게 편지를 쓰는 게 힘이 들었다. 초고 세 장은 쓰레기통에 던져졌다. 그녀는 감정을 있는 그대로 드러내는 자신의 성향을 안다. 그녀는 쥘리에트를 불쾌하게 하고 싶지 않고, 캐묻는 듯이 보이고 싶지도 않지만, 그녀의 슬픈 얼굴을 못 본 척하지도 못한다. 쥘리에트는 분명히 예쁜 얼굴인데 자신을 방치하고 있었다. 등 중간까지 치렁치렁 내려오는 검은 머리카락은 푸석하고, 손톱은 물어뜯겨 있고, 스웨터는 헐렁했고, 너무 헐렁한 코듀로이 바지도 나아 보이지 않았다. 탄탄한 몸매, 넓은 어깨, 긴 다리는 어딘지 믿음직하고 든든한 느낌을 준다. 이 느낌을 너무 믿지 말아야 한다. 잔느는 그렇게 취약하고 깨지기 쉬운 모습을 자주 보아왔다. 그녀가 가르친 성인들 중 대부분이 여성이었는데, 그들 중에는 고통받는 영혼들이 있었다. 오랜 경험으로 그녀는 그런 사람들을 알아볼 수 있었다. 몇 가지 징후는 틀림이 없었다. 건반 위에서 불안하거나 떨리는 손, 움츠린 어깨, 불규칙하고 짧은 호흡, 억지 미소, 멍한 눈길, 연주하려고 선택한 슬픈 곡조. 잔느의 인내심, 부드러운 목소리, 자연스러운 태도와 편안한 웃음은 그들에게 속마음을 털어놓게 했다. 그녀는 사람들의 온갖 얘기를 들었다. 악몽 같은 이혼, 불륜, 문제아, 말을 거부하는 청소년, 첫 번째 폭력, 두 번째 폭력, 이어서 뉘우치는 남편, 실직, 연로한 부모를 요양원에 맡기면서 드는 배신하는 느낌.

잔느는 쥘리에트에게서 힘겨운 삶을 알아보았다.

<u>쥘리에트가 잔느에게</u>

말라코프, 2월 16일

잔느,

    당신은 남편과 맞춰 살려고 애쓰셨다고 하셨죠. 그러지 못했다고 생각했다면 그런 말씀을 안 하셨겠지요. 저도 노력했습니다만 실패했어요. 저는 감당하지 못했죠. 굴러떨어졌어요. 밑바닥까지요. 다시 올라가려면 어떻게 해야 할지 모르겠고, 그럴 용기나 욕구가 있는지도 모르겠어요. 저를 판단하지는 말아주세요.

    저는 제빵사이자 파티시에예요. 파리에 빵집을 두 개 가지고 있어요. 11구의 몽트뢰이 길에, 그리고 말라코프의 살바도르-알랑드 길에 있죠. 저는 전통 밀가루를 사용하고, 반죽을 천천히 치대고, 발효 시간도 길게 들이는 방식을 선호합니다. 미슐랭 스타 셰프들에게 특별한 빵을 공급하고 있어요. 가장 잘 팔리는 빵은 생강 바게트, 숯 바게트, 호밀빵입니다. 니콜라는 마드리드의 유스호스텔에서 만났어요. 우리는 막 학업을 마친 참이었죠. 그를 처음 본 순간, 바로 사랑에 빠졌어요. 190센티미터가 넘는 키에 건장한 체격, 파란 눈, 긴 곱슬머리의 그 청년에겐 거부할 수 없는 매력이 있었죠. 어떻게 말해야 할까요? 제가 갖고 싶었던

60

순수함이랄까요. 그는 자신이 어떤 일에 전념할지 알았죠. 요리였어요. 그가 성공하리라는 건 의심할 여지가 없었죠. 그는 조금도 허세 부리지 않고 미소를 부르는 순수한 표정으로 그걸 보여주었어요. 그의 강인한 성격과 자신감이 그 모든 세월 동안 저를 지탱해주었어요. 첫날밤을 보내고 다음 날 아침에 그가 자신만만한 어조로 제게 "당신이야"라고 말하더군요. "뭐가 나라는 거야?"라고 저는 바보처럼 물었죠. "내 인생의 여자가 당신이라고." 그때 달아났어야 했는데, 그대로 남았죠. 이 남자의 품에 안겨 있으면 최고가 된 기분이었으니까요. 우리는 그가 자란 프랑스의 부르앙브레스로 돌아왔어요. 그의 부모님이 그곳 중심지에서 훌륭한 브라스리를 운영하고 있었지요. 저는 환대받았고, 두 분은 아주 친절하셨죠. 그렇지만 그런 가족의 삶은 저를 압박했어요. 저는 파리에서 살고 싶었고, 파리를 저의 도시로 삼고 싶었고, 시골이 아닌 다른 곳을 경험하고 싶었어요. 저는 트루빌에서 자랐지요. "안 될 것 없지"라고 니콜라는 대답했어요. 6개월 뒤, 우리는 파리 20구의 모리스-슈발리에 광장 근처의 스튜디오로 이사를 했어요. 그리고 일자리를 구했는데, 그는 아스트랑스 레스토랑에, 저는 아주 좋은 빵집인 랑드멘에 취직했지요. 이쪽 직업들은 일자리가 부족하지 않으니까요.

파리에서는 기대한 만큼 돈을 모을 수가 없었어요. 5년 뒤, 다행히 그의 부모님이 우리에게 돈을 빌려주셨어요. 니콜라는 오베르캉프 길에 자신의 첫 레스토랑을 열 수 있었죠. 좌석이 12개 뿐인 손바닥만 한 식당이었어요. 페인트칠을 하고, 주방도 다시 단장하고, 방브의 벼룩시장에서 나무 식탁과 의자도 샀어요. 그리고 니콜라의 재능을 접시에 한껏 담아냈죠. 금세 만석이라는 표지판을 내걸 수 있었고, 언론에도 소개되었고, 미식 가이드들의 주목도 받았어요. 순조로운 시작이었죠.

저는 말라코프에서 빵집 하나를 인수했습니다. 임대료가 비싸지 않았어요. 잔느, 처음 제 빵집의 셔터를 올리고 첫 손님을 맞이할 준비가 되었던 그 순간의 흥분과 열정은 잊을 수가 없어요! 그 눈부신 순간들은 죽을 때까지 제 마음속에 새겨져 있을 겁니다. 눈을 감으면 그 순간이 생생히 떠올라요. 얼굴을 스치는 바람처럼요. 빵집을 연다는 건 빵과 제과를 만들어 파는 것 이상의 의미를 지녔어요. 빵집은 사업가와 실업자가 어깨를 나란히 하고, 멋진 여성과 가정주부가 어울리고, 모든 사람이 매일, 거의 매일 들르는 최고의 지역 사회 중심지이죠. 아이를 처음으로 혼자 심부름을 보내는 곳이기도 하고요. 비스트로와 함께 빵집은 마을의 심장입니다. 필수적이고 행복한 장소이지요. 자격증을 땄을 무렵 저는 많은 학생이 별 의지 없이 제빵을 선택했다는 사실을 알게 되었어요. 제게는 그곳이 천국이었죠.

빵집에 가려면 한밤중에 스쿠터를 타고 나가곤 했어요. 잠시나마 쥐들이 왕좌를 차지한 인적 없는 도로를 따라 잠든 파리를 가로지를 때, 쓰레기 수거차 소리가 저와 함께했죠. 한겨울에 차가운 비를 맞고 오돌오돌 떨며 충분히 자지 못해 피곤했지만 저는 무슨 일이 있어도 제 빵집에 가는 게 행복했습니다. "내가 사랑하는 여자는 마조히스트야", 니콜라는 웃으며 말하곤 했죠. 그는 저녁 늦게 귀가했어요. 젊은 부부에겐 이상한 생활이었죠. 사람들은 우리에게 이렇게 말했어요. "그런 식으로는 오래 못 버려요." 그 시절 우리는 무엇이 문제인지 몰랐는데, 사람들의 말이 맞았어요. 우리는 아이를 갖기 전에 둘만의 시간을 즐기고, 직업에서도 성공하고 싶었어요. 시간이 가는 줄도 몰랐죠. 결국 저는 서른여덟 살에 임신하게 되었어요. 아델이 태어났고, 모든 게 달라졌죠. 그런데 그 얘기는 못하겠어요. 그저 제가 산 채로 땅에 묻히는 느낌이 들었다고만 말할게요. 그 후, 저는 함몰되지 않으려고 버티며 싸우고 있죠. 아기는 이제 9개월이에요.

제가 기분이 좋은 건 그저 손으로 반죽하고, 오븐의 열기를 느끼고, 빵이 익는 냄새를 맡고, 제가 만든 빵이 부풀어 오르는 걸 볼 때예요. 가장 최근에 만든 빵은 '라 벨 브륀'이에요. 흑맥주와 건포도를 넣었고, 참깨 향이 나는 빵이죠. 우유잼을 넣은 '크리스피 초콜릿', 꿀 넣은 크래커를 곁들인 일요일의 브리오슈, 그리고 추아오 코코아 같은 특별한 빵도 있고요. 니콜라와 저는 밤늦도록 이런저런 제품과 요리법, 레스토랑, 식료품점 등에 관해 얘기를 나누고, 그의 요리와 저의 케이크와 빵에 붙일 이름을 찾으며 시간을 보내곤 했죠. 껍질은 노릇노릇하고 바삭한데, 속살은 뽀얗고, 구운 향내를 풍기는 커다란 캉파뉴 빵 좋아하세요?

질리에트

시작

<u>잔느가 쥘리에트에게</u>

베르쥐스-쉬르-손, 2019년 2월 20일

안녕하세요 쥘리에트,

덕분에 오늘 아침에는 오랜만에 기쁨을 맛보았어요. 우편함에 쌓인 불쾌한 청구서와 지긋지긋한 전단지들 틈에서 손으로 쓴 주소가 적힌 봉투를 발견하는 기쁨 말이에요. 이런 종류의 우편물을 보면 눈이 번쩍 뜨이죠. 많은 사람이 그럴 테지만요.

당신의 편지에 감동했어요. 남편이신 니콜라와 함께 누린 행복을 과거 시제로 말하시지만, 남편에 대해 얘기하실 때는 사랑과 애정이 느껴집니다. 도대체 무슨 일이 있었던 걸까요? 당신의 글을 읽으면 두 분이 무척 다정한 부부였다는 생각이 드는데요.

지난번에 썼듯이, 아드리앙은 내 인생의 가장 큰 사랑이었습니다. 내가 아직 음악원에 다닐 때, 어느 날 파리의 한 파티에서 만났지요. 몽마르트르 언덕에 있던 아파트가 지금도 기억납니다. 사크레쾨르 성당이 보이는 넓은 아파트였죠. 가장 친한 친구 베아트리스가 고집해서 나를 데려갔어요. 그날 저녁 몇몇이 의대 졸업을 축하하려고 모였는데, 아드리앙도 그중 한 명이었죠. 친구가 내게 이렇게 예고했어요. "의대생들이 얼마나 파티를 즐기는지 보게 될 거야." 나는 실망하지 않았죠. 아드리앙과 나는 결국 새벽 5시까지 24시간 영업하는 레스토랑인 피에드코숑에 있었어요. 그는 며칠 뒤 시에라리온의 프리타운으로 갈 예정이었어요. 청소년 시절에 부모님과 함께 그곳을 방문한 적이 있었고, 그곳으로 돌아가길 꿈꾸었다더군요. 거기서 얼마간 일반의로 근무하다가 프랑스로 돌아올 생각이었죠. 정확히 얼마나 오래 머물지는 정하지 않았고, 무엇보다 어떤 것에도 묶이고 싶지 않았던 겁니다. 그가 그곳으로 떠날 때까지 우리는 헤어지지 않았습니다. 그가 곧 떠난다는 사실을 매 순간 의식하지 않았더라면, 우리가 그토록 강렬하게—심지어 거침없이—함께 그 며칠을 보냈을지 확신이 서지 않네요. 우리에게는 허비할 시간이 없었어요. 나는 그를 공항까지 배웅했습니다. 그의 비행기가 이륙

하는 걸 바라보았죠. 나는 그를 진심으로 축하했어요. 그를 다시 보지 못하리라고 생각했지만, 그것도 괜찮았어요. 단 한순간도 그가 내게 편지를 쓸 거라고는 생각하지 못했어요. 그런데 그는 도착하자마자 내게 편지를 보냈어요. 그리고 프랑스에서 멀리 떨어져 지내는 14개월 동안 점점 더 자주 편지를 썼어요. 그토록 재미있고 사랑스러운 남자에게 넘어가지 않기란 어렵죠.

그가 돌아올 때 나는 루아시 공항으로 그를 마중 나갔어요. 창 너머로 보이는 그가 너무 잘생겨서 하마터면 달아날 뻔했어요. 그는 가무잡잡하게 탄 피부에, 알록달록한 아프리카풍 셔츠를 입고 나무 구슬 목걸이를 걸고 있었죠. 어깨까지 치렁치렁 길렀던 머리카락은 밝은색으로 바뀌어 있었고요. 자신감 넘치는 모습이었어요.

요즘도 나는 그의 편지들을 다시 읽는 걸 좋아합니다. 그 편지들은 우리가 얼마나 사랑했는지를 떠올리게 해주거든요. 그러고 나면 슬퍼지지만 언짢진 않아요. 그저 그리울 뿐이죠. 그리움이 밀려왔다 가곤 해요….

우리는 곧 리옹으로 이사를 했어요. 딱히 파리에서 살 이유는 없었으니까요. 그는 크루아-루스에 진료실을 열었고, 환자들에게 아주 사랑받고 신뢰받는 의사가 되었죠. 일주일에 두 번씩 반나절은 고립된 사람들을 위한 응급 쉼터에서 자원봉사로 진료했어요. 그는 환자들을 돌보며 필요할 때는 사회복지사 역할도 했습니다. 그들을 위해 번거로운 행정절차, 무관심, 멸시와 맞서면서도 결코 화내지도 포기하지도 않았고, 자신이 그들에게 약속한 것을 끝내 이루어냈지요.

여름마다 우리는 긴 여행을 했습니다. 일 년 중 유일한 휴가였죠. 모잠비크, 시에라리온, 코트디부아르 등 아프리카로 여러 차례 갔습니다. 나는 그가 무료 진료를 위해 그 외진 곳들을 찾지 않았나 생각합니다. 풍경에는 거의 관심이 없었으니까요.

세월이 흐르면서 우리의 친구들은 하나둘씩 이혼을 했어요. 매번 새로운 이별을 볼 때마다 우리는 슬펐습니다. 아드리앙과 나는 그 폐허 속에서 살아남은 두 사람이었죠. 우리는 배반도, 권태도, 속임수도, 질투도 알지 못했어요. 우리는 왜 그랬을까요? 우리에게 그들보다 더 낫거나 부족한 점이라도 있었을까요? 아무것도 없었습니다. 우리는 아이를 원치 않았는데, 주변 사람들은 그걸 의아해했죠. 우리는 둘만으로 행복했어요. 항상 쉽지는 않았어도, 특히 내가 그랬지만, 우리는 받아들였죠. 아이를 낳고 싶어 하지 않는 여자는 다른 사람들의 눈에 불완전하고, 트라우마가 있거나 신경증 환자처럼 비쳤죠. 나는 하루 종일 아이들과 함께 지냈고, 그걸 좋아했어요. 그러니 왜 아이들을 원치 않느냐고, 사람들은 내게 물었죠. 나는 피아노를 가르치는 일과 엄마가 되는 것 사이에 무슨 연관성이 있냐고 응수했죠. 하지만 많은 사람을 설득하지는 못했어요. 우리 둘 중 한쪽에 생리적 문제가 있다고 확신하고서 이런 주제를 피하는 사람들도 있었죠. 아이를 원치 않는 여자들에 대한 눈길이 좀 달라졌을까요? 그런 느낌이 들진 않네요.

나는 서른일곱 살에 임신했어요. 사고였죠. 우리는 아기를 낳을지 말지 망설였어요. 내 나이 때문에 마음을 굳혔죠. 아마 앞으로 다시는 기회가 없을 것 같았거든요. 그렇게 우리는 딸, 오렐리를 낳았어요. 아이와 더불어 우리는 무척 행복했습니다. 딸은 이제 서른 살이 되었어요.

아드리앙은 10년 전 탄자니아에서 휴가 중에 심근경색을 일으켰어요. 그가 세상을 떠나기 전날, 우리는 루쇼토 산에서 하이킹을 하고 있었어요. 그이가 나를 돌아보고 웃으며 말했죠. "오늘 아침부터 몸이 좀 안 좋네. 가이드에게 내일 병원으로 데려다줄 수 있는지 물어봐야겠어." 나는 당장 병원에 가자고 말했죠. "왜 기다려?" 나는 고집했어요. 그런 어깨 통증과 숨가쁨을 가볍게 여기지 말았어야 했는데 말이에요. 그는 웃으며 말했어요. "걱정마. 여기서 누가 의사지? 괜찮아. 그냥 좀 피곤한 거야. 오늘 일찍 자고, 내일 아침 먹고 나서 천천히 갈 거야." 그날 그는 밤새 뒤척였어요. 우리는 새벽에 일어났죠. 그의 얼굴은 꼭 백지처럼 창백했어요. 나는 우리 방갈로 맞은편에 있는 욕실에서 20분 정도 볼일을 본 후, 아침식사가 담긴 쟁반을 가지러 공원 반대편에 있는 부엌으로 바로 갔어요. 마음이 급했죠. 돌아와 보니 아드리앙은 침대 발치에 죽어 있었어요. 쥘리에트, 이렇게 인생은 우리가 상상조차 하지 못한 방향으로 흘러갑니다. 현기증 나는 엄청난 부조리죠. 어쩌면 당신도 이미 경험했는지 모르겠군요. 오! 내가 그에게 선택권을 준 걸 얼마나 자책했는지 모릅니다.

아드리앙은 마을 묘지에 묻혔는데, 난 그곳을 찾지 않아요. 들러봤자 무슨 소용입니까? 그 앞을 지나가는 것조차 피하죠. 그의 무덤은 상태가 엉망일 테지만 난 신경 쓰지 않아요. 차라리 여기 우리 집에서 그와 얘기하는 편이 더 좋아요. 묘비를 마주하고 서 있는 것보다 이게 더 비이성적일까요? 메아리치는 침묵은 똑같지요. 관 속에 갇혀 썩어 문드러지고 먼지가 되어가는 몸은 더는 그가 아니니까요.

보시다시피 나는 당신께 더없이 자유롭게 속내를 털어놓고 있어요. 이게 쉬운 일이라고 생각하지는 말아주세요. 당신 마음을 사로잡고 있는 걸 당신도 내게 털어놓아 보면 좋겠어요.

우정을 전하며,
잔느

<u>쥘리에트가 잔느에게</u>

말라코프, 2019년 2월 24일

안녕하세요 잔느,

산후우울증이 뭔지 아시는지요? 막 출산을 한 여자들에게 찾아오는 병이죠. 남자들이 걸리기도 하지만 훨씬 드문 일이에요. 어머니가 되는 어려움, 출산의 어두운 측면 등은 사람들이 거의 말하지 않는 문제죠. 딸을 낳고서 나는 바로 그 병에 걸렸어요. 아직도 그 얘기를 꺼내기가 힘들 정도예요. 그때의 사건들을 떠올리고 시간순으로 재구성하고, 나의 긴 추락을 다시 그려보려고 하면, 불에 너무 가까이 다가가 화상을 입게 될까 봐 겁이 납니다. 하지만, 어느 정도 거리를 두고, 내 이름이 아니라 그 병으로 고통받는 모든 여성의 이름으로 그 질병에 관해 이야기해 볼 수는 있어요. 비록 각자의 이야기는 다를 테지만요. 어쩌면 나중엔 내게 일어난 일을 당신에게 편지로 쓸 수 있을지도 모르죠. 그럴 수 있다면 나를 사로잡는 수치심을 내가 조금은 극복했다는 의미일 거예요. 그러면 멋진 승리가 될 텐데, 아직 거기에 이르진 못했어요.

잔느, 제가 그 병의 피해자가 되기 전에는 산후우울증이 뭔지 당신에게 말하지 못했으리라는 사실을 아셔야 해요.

출산 직후 대부분의 여성은 극도로 지치고 취약한 상태에 놓이게 되는데, 그로 인해 제대로 치유되지 못한 상처, 답을 얻지 못한 질문들, 대개 어린 시절과 관계된 트라우마들, 환영받지 못하는 묵은 감정들이 다시 수면으로 떠오를 수 있어요. 힘들게 겪은 임신, 난산, 고통스러운 회음부 절개, 응급 제왕절개, 모유 수유 실패, 이해심 부족한 조산사, 기대에 부응하지 못하는(혹은 거꾸로 응답하는) 간호사들, 가족 내의 불화는 우리의 불안감을 키우지요. 이것들이 "산후우울증(DPP)"의 잠재적 원인입니다. 이 요인들은 특히 취약한 산모들에게 심리적 붕괴를 초래하는데, 우리는 그걸 무엇보다 피로, 수면 부족, 베이비블루Baby-blues 탓이라 생각하죠.

출산 후 집으로 돌아온 산모들은 스스로 무능하다고 느끼고, 아이에게 뭔가 잘못하게 될까 봐 겁에 질려 경직됩니다. 그들에겐 상황을 해독할 능력이 없어요. 그저 태어난 뒤로 귀에 못 박히도록 들어온 모성 본능이 왜 자신에게는 없을까 생각하며 당혹해하죠. 우리 여성들은 아이를 갖는 것보다 더 큰 행복은 없다는 반박 불가능한 믿음과 더불어 자라니까요. 요즘은 이 선고문 같은 말을 생각하면 얼마나 화가 치미는지 모릅니다! 그 때문에 여성들은 억눌린 채 자신들이 겪는 고통을 숨기죠. 막 엄마가 된 여성들에게는 가족과 친구들이 찾아와 아기 앞에서 감탄하며 부모에게 축하를 전하는 것이 견디기 힘든 순간이 됩니다. 산모들은 어정쩡한 태도로 좋은 표정을 지으려 애쓰죠. 울음이라도 터뜨리면 사람들은 쉬라고 조언하면서 베이비블루를 운운하며 흔히 있는 일이고 거의 피할 길 없지만, 대수롭지 않게 금세 지나간다고 말하죠. 산후우울증을 겪는 사람들은 수치심과 죄책감을 경험하지요. 아이의 울음에서 엄마들은 자신의 고통을, 자신이 응답할 수 없는 구조 요청을 듣습니다. 아기 울음은 그들 자신의 끔찍한 모습을 비춰 보여줍니다. 세상에 아이를 낳은 그들이 아이의 욕구를 채워줄 수 없고, 애정과 사랑을 주지도 못한 채 아이와 단둘이 남게 된다는 것, 바로 거기에 진짜 고독이 있지요. 아이의 탄생은 그들이 생각조차 해본 적 없는 상처를 건드립니다. 날이 갈수록 불안은 고조되고, 그들은 스스로 무가치하다고 느끼고, 절망에 빠져 결국 포기합니다. 그들의 낮과 밤을 괴롭히는 그 작은 존재를 혐오하게 되기도 하지요. 제가 과장하는 게 아닙니다. 얼마나 많은 여성이 자기 아기를 창밖으로 던져버리고 싶고, 베개로 질식시키고 싶은 터무니없고 광적인 충동을 느꼈을까요? 실제로 그런 행동을 하는 걸 상상해 보았을까요? 저부터 그랬습니다. 이들은 엄마가 될 수 없습니다. 엄마가 되면서 그들 자신은 더는 없게 되지요. 아이냐 아니면 자신이냐죠. 제가 치료받고 있는 산모 심리치료 병동의 한 여성은 이렇게 증언했어요. “나는 병아리를 세상에 내보내기 위해 산산조각 난 껍데기예요”. 이건 이 여성들 모두가 느끼는 걸 완벽하게 묘사하는 말입니다. 그들은 스스로 무력하다고 믿죠. 사실은 그렇지 않은데 말입니다. 아기가 없다면, 그들은 더이상 자기 자신이 아니지요. 뒤로 되돌아가는 것도, 아기 없이 사는 것도 불가능하죠. 산후우울증으로 고통받는 여성들은 똑같은 말을 합니다. 자신들이 지옥에 떨어졌다고요.

줄리에트

줄리에트는 산모 심리치료 병동에 있지 않을 때는 조언받은 대로 "현재 순간을 살려고" 애쓴다. 항우울제와 항불안제는 그녀를 나른한 상태에 빠뜨려 고통에서 멀어지게 해준다. 산후우울증에 관해 글을 쓰기만 했는데도 그녀는 다시 몸이 아파온다. 자신을 보호하기 위해 산후우울증의 희생자인 모든 여성의 이름으로 썼지만, 그건 환상일 뿐이었다. 머리가 어질어질하고 공황 상태가 엄습해온다. 곧 정신이 혼미해질 것만 같다. 임신하지 않았더라면, 아이를 낳지 않았더라면, 모든 게 출산 전으로 돌아가면 좋았으련만. 출산이 모든 걸 망가뜨렸으니. 그렇다, 그녀는 자기 아기를 사랑하고, 아기에게 조금도 해를 끼치고 싶지 않다. 절대로. 순수 그 자체인 아델은 보호받아야 하고, 행복을 누려야 한다. 괴물은 그녀 자신이다. 쥘리에트는 매트리스 위에서 몸을 웅크린다. 천천히 규칙적으로 숨을 내쉰다. 약은 아주 가까이에 있다. 그녀는 잠에 빠져든다.

<u>잔느가 사뮈엘에게</u>

베르쥐스-쉬르-손, 2019년 2월 21일

안녕 사뮈엘,

종이 식탁보에 글 쓰는 걸 좋아한다면 나 때문에 신경 쓰지는 마세요. 글씨는 잘 읽히니까요. 슈퍼마켓에서 일하느니 글쓰기 아틀리에에 참여한다는 걸 보니 분별력이 좋군요. 사뮈엘, 나이가 어떻게 되나요? 지금 학교도 안 다니고 일도 안 한다고 들었는데, 지루하지 않아요? 어려서 나는 여름방학을 부모님과 코레즈에서 보냈어요. 그곳에 작은 가족 별장이 있었거든요. 우리 셋은 자연 속에 고립된 채 4주를 보냈죠. 거기서 내가 얼마나 지루…했는지 상상도 못 할 거예요! 다행히 내겐 음악이 있었죠. 나는 외동딸이었고, 주변에 친구도 없었어요. 사촌 언니 한 명뿐이었죠. 언니는 마을 건너편에 살고 있었어요. 언니는 손에 잡히는 걸로 하루를 채웠죠. 연필, 싸인펜, 구슬, 흙, 타일 조각…. 난 언니에게 감탄했어요. 언니에겐 재능이 있었거든요. 그에 비해 나는 서툴렀죠. 언니도 나를 존중해주면 싶었는데, 내가 가진 건 피아노뿐이었어요. 그래서 사촌 언니가 우리 집에 올 때마다 나는 피아노 연주를 해주었죠. 괜한 짓이었어요. 언니는 대개 몇 분 지나지 않아 방을 나갔으니까요! 문을 꽝! 닫고요. 밖에서 언니는 능숙하게 나무에 올라갔어요. 우리가 숨바꼭질 놀이를 하면 나는 항상 졌죠. 언니는 내가 겁나서 들어가지 못할 구석진 곳에 숨곤 했으니까요. 언니는 내가 없어도 재밌게 놀았고, 그 사실을 내게 분명히 알렸죠. 나는 언니 앞에서 빛나고 싶었지만, 언니는 나의 유치한 놀이에 함께 하지 않았어요. 나는 심심해서 마을 도서관에 가서 책을 읽기로 마음먹었어요. 모파상의 《벨아미》는 문학에서 나의 첫사랑이었죠.

　누군가가 언젠가는 내가 시골에서 살 거라고 말했더라면, 나는 그 말을 믿지 않았을 거예요. 나는 지금 포도밭 한가운데 있는 집에서 살고 있어요. "포도밭 한가운데에 고립된 채"라고 쓸 수 있으면 좋겠지만, 그건 과장된 표현일 거예요. 주변을 둘러싼 주거지 수를 헤아려보면 말이지요. 내 남편 아드리앙은 일반의였어요. 파리에서 학업을 마친 뒤 나는 그를 따라 리옹으로 갔고, 남편은 크루아-루스 지역에 병원을 열었어요. 몇 년 동안 나는 우리 아파트에서 학생들을 가르쳤고요. 그러다 아드리앙은 의사가 부족한(여전히 부족하죠) 시골에 정착하고 싶어 했죠. 나는 그 새로운 삶이 두려웠지만, 한 가지 보상이 있었어요. 동물들을 키울 초원이었죠. 내가 꿈꾸던 것이었어요. 우리는 인구 1,300명의 작은 마을 베르쥐스에 정착했죠. 그는 진료실을 열었고요. 리옹을 떠나야 해서 아쉬웠던 나는 이곳 주민들이 그가 와서 좋아하는 것만 봐도 위로를 받았어요. 나는 여전히 일주일에 여러 번 리옹으로 가서 집과 음악원에서 학생들을 가르쳤죠. 베르쥐스에서도 수업을 했고요.

남편은 10년 전에 사망했어요. 쉰아홉 살이었죠. 죽기엔 젊은 나이죠. 지금 나는 예순일곱 살이에요. 사뮈엘, 왜 내가 분노에 대해 말했는지 물었죠. 나는 싸움 벌이는 걸 좋아하는 그런 여자거든요. 싸움은 나를 아침 일찍 일어나게 해요. 오! 나는 온갖 작은 전쟁을 벌이고 있는데, 승리는 다섯 손가락으로 셀 수 있을 정도예요. 그렇지만 그 덕에 나는 살아 있고 — 이상주의자나 천진한 사람처럼 보이지 않으려면 어떻게 말해야 할까요 — 세상과 사회에 속한 느낌이 들어요. 나를 피곤한 사람이라고 여기는 주변 사람들을 이해하지만, 변명하자면 나는 마음 여린 싸움꾼일 뿐이에요. 나는 동물에 열정을 쏟지요. 사람들이 동물에 마땅한 자리를 내주고 존중하길 바라죠. 사뮈엘, 동물 다큐멘터리를 보나요? 텔레비전에는 정말 놀라운 다큐들이 있어요. 작은 동물부터 큰 동물까지 모든 동물은 특별한 지능을, 유일무이한 능력을, 탁월한 직관을 갖추고 있어요. 인간이 동물들에게 겪게 한 온갖 고통을 일일이 열거할 생각은 없어요. 인간들보다 동물들에게서 더 많은 미덕을 찾는 극단주의자들은 경계하지만, 분명한 사실은 인정합시다. 동물들을 잔혹하게 학대하고 최대한 착취하는데 있어 우리의 자원과 상상력은 끝을 모릅니다. 그게 나는 슬퍼요. 바로 어제, 페루에서 피의 축제가 열린다는 걸 알게 되었죠. 콘도르가 황소들의 등에 발톱을 박고 부리로 쪼는 가운데, 황소들은 몸부림을 칩니다. 황소들은 견딜 수 없는 그 로데오에서 벗어나려고 안간힘을 쓰죠. 콘도르는 황소를 괴롭히고, 황소는 콘도르를 괴롭히는 겁니다. 인간이 비밀을 쥐고 있는 수천 가지 의식 가운데 하나죠. 동물을 보호하고, 자연을 보호합시다. 그러지 않으면 언젠가는 우리가 그 대가를 호되게 치르게 될 겁니다.

나는 집약 축산에 맞서 싸웁니다. 우리나라에서 동물 쇼를 중단하길 바라고, 접착제를 이용한 사냥에, 기절시키지 않고 동물을 도살하는 방식에 반대합니다. 그래서 청원서들에 서명도 하고, 협회들이 면담 약속을 잡도록 돕고, 정치인과 기관장과 재단장을 만나 그들과 직접 관계된 문제들에 대한 인식을 바꾸려고 애쓰죠. 여름에는 내가 살고 있는 지역의 유기 동물 보호소에 도움의 손길을 주기도 합니다. 오랜 세월 동안 공들인 노력이 대개 결실을 못 맺으니 의욕을 유지하기가 쉽지 않아요. 그러다 작은 승리를 거두면 다시 일어서죠! 다시 도전에 나서는 데 필요한 활력을 되찾는 거예요.

괜찮다면, 내 동물들에 대해 얘기해줄 수 있어요. 혹시 동물을 키우나요?

나는 우리 지역에 독버섯처럼 돋아나고 있는 주택 개발에도 맞서 싸우고 있어요. 지구상에 인구가 점점 더 늘어나고 있고, 주택을 건축해야 하며, 우리 모두가 머리 위에 지붕을 가져야 한다는 건 잘 압니다. 그런 이유로 우리는 풍경을 파괴하고, 매일 자연을 해치고 있지요. 그렇습니다. 우리에겐 선택의 여지가 없습니다. 그렇다고 미적 감각을 무시해도 되는 걸까요? 하나같이 똑같은 콘크리트 큐브들을 줄지어 세워야 하나요? 사람들은 나더러 예쁜 돌집을 가지고 있으니 쉽게 말한다고들 응수하죠. "아! 저 도시 사람들은 참!", 이라고 생각하지요. 쯔쯧…. 비용을 더 들이지 않고도 아름답게 지을 수 있잖아요. 일부 건축가나 개발업자들은 미래의 소유주들을 초기 단계부터 참여시키기도 하죠. 아파트 외관과 내부, 방 배치, 장식 등에 대해 그들의 의견을 듣지요. 공용공간, 세탁실, 게스트룸, 모임과 파티를 열 수 있는 공간도 마련하고요. 내가 너무 흥분하고 있나 봐요. 미안해요, 사뮈엘.

사뮈엘은 왜 모든 걸 깨버리고 싶은 욕구에 맞서 싸우는지 얘기해줘요.

우정을 전하며,

잔느

<u>사뮈엘이 잔느에게</u>

3월 1일

안녕하세요 잔느,

사실 저는 종이 식탁보에 글을 쓰는 걸 좋아해요. 괜찮으시다니 계속 그렇게 하겠습니다. 제 어머니도 잔느처럼 말씀하세요 (다만 어머니는 짜증 난 말투로 하시죠). "그렇게 아무것도 안 하면 지루하지 않니?" 형이 병원에 입원해 있어서 오후에 형의 곁을 지켜야 했을 때는 시간이 길게 느껴졌어요. 휴대전화로 게임을 할 엄두도 나지 않았고, 형에게 말을 걸어야 했는데 무슨 말을 해야 할지 알지 못했어요. 형은 그걸 눈치채고 재미있어했던 것 같아요. 형 쥘리앙은 저보다 세 살이 많았어요. 오래전부터 암을 앓았죠. 형은 2017년 10월 25일에 스물한 살로 죽었어요. 정확히는, 스물한 살이 되기 한 주 전에 떠났지요. 형이 언제부터 아팠는지 제가 모른다는 걸 최근에야 깨달았어요. 형은 늘 아팠던 것 같고, 형을 그런 모습으로만 알았던 것 같은 느낌이 드는데, 아마 제가 착각하는 것일 테지요. 하나의 암은 다른 암으로 이어졌어요. 아마도 형은 건강하게, 정상으로 태어났을 겁니다. 다른 아이들과 마찬가지인 꼬마로요. 저처럼요. 이건 형이 죽고 나서 제가 품기 시작한 의문들이에요. 전에는, 아니었죠. 제게 형은 언제나 아팠고, 평생 아플 것만 같았거든요. 언젠가 형이 낫거나 죽을 수 있으리라는 생각은 하지 못했어요. 부모님과는 이런 얘기를 하지 못해요. 우리는 형 얘기를 안 해요. 그건 금기가 되었지요. 우리가 어쩌다 이렇게 되었나 싶어요. 어떤 면에서는 좋은 점도 있어요. 어머니의 슬픔을 어떻게 대해야 할지 모르겠거든요. 어머니를 위로할 방법이 없어요. 무슨 말을 할지 어떻게 해야 할지 모르는 제가 쓰레기 같기만 해요. 엄마가 침대에서 우는 소리가 들려요. 아버지가 방으로 들어가기 전에요. 전에는 두 분이 같은 시간에 잠자리에 드셨죠. 어머니는 소리를 내지 않으려고 애쓰지만 제 귀엔 들려요. 우리 집 벽은 담배 마는 종이처럼 얇거든요. 저는 소리를 알아들어요. 베개에 얼굴을 묻어 숨죽인 흐느낌을요. 사실 저는 그런 소리와 더불어 자랐어요. 종종, 그 소리를 들으면 모든 걸 깨부수고 싶어요. 종종, 그 소리를 들으면 울고 싶어요. 쥘리앙이 죽은 뒤로, 매일 밤 어머니의 울음은 습관처럼 되었어요. 아버지는 자신을 닫아버렸고요. 아버지는 견디기 위해 약을 드시죠. 어머니와 최소한의 말만 나누시고요. 두 분이 형의 죽음 이

전에는 어땠는지 떠올려 보려고 애씁니다. 사실, 두 분은 오직 병 얘기만 했어요. 마지막 항암치료, 새로운 치료계획, 두 사람 중 누가 형을 물리치료와 MRI 검사에 데려갈 수 있는지 등…. 쥘리앙이 부모님과 나 사이의 모든 자리를 차지했는데, 이제야 깨닫지만 아버지와 어머니 사이에서도 그랬던 것 같아요.

아버지는 더이상 그림을 그리지 못하세요. 저는 울지 못하고요. 부모님이 내게 끝났다고 알린 그날, 모든 게 꽉 막혀 버린 것만 같아요. 어쨌든 나를 위로해 줄 사람은 아무도 없다는 생각이 들었고, 이런 걸 부모님께 말해서 슬픔에 슬픔을 더하고 싶지도 않았어요. 우리 셋 모두가 마찬가지였죠. 우리는 서로의 고통을 덜어주려고 각자 따로 울었어요. 저는 소리를 지르려고 숲으로 갔지만 아무 소리도 나오지 않았어요. 어느 날 저녁엔 술을 마셨는데, 상상 못 하실 거예요, 구토조차 안 나오더라고요. 이틀 동안 위가 뒤틀렸지요. 내 몸은 요새 같아서, 항상 경계하고 긴장하느라 힘들어요. 내가 긴장을 풀면 바보 같은 짓을 하고 모든 걸 깨버릴지 모르거든요. 당신과 상관도 없는 이런 얘기를 하지 말아야 하는데, 모든 걸 깨버리고 싶은 나의 충동에 대해 말해달라고 하셔서요.

키우는 동물은 없어요. 강아지 한 마리를 갖고 싶긴 해요. 어떤 동물을 기르세요? 남편분은 어쩌다 돌아가셨나요? 어쨌든 저는 아이는 갖고 싶지 않아요.

제가 온종일 무얼 하는지 물으셨죠. 그때그때 달라요. 친구 벤을 만나서 같이 〈왕좌의 게임〉을 보기도 하는데, 지금은 벤이 식당에서 일하느라 만나기가 쉽지 않아요. 컴퓨터 앞에서 시간을 많이 보내고, 어머니 대신 장을 보고, 어머니가 시키는 일들을 하죠. 책은 안 읽어요. 드라마를 많이 보는 건 사실이에요. 〈스파이럴〉에 꽂혔었는데, 좀 오래전이죠. 아버지가 〈르 파리지엥〉을 가져오시면 힐끗 쳐다보기는 해요. 솔직히 말해 책은 그다지 제 취향이 아니에요. 서점이나 도서관에 있는 내 모습은 상상이 잘 안 가요. 그런 장소에서는 주눅이 들더라고요. 그런 데 가면 어떻게 행동해야 할지, 뭘 골라야 할지 모르겠어요.

공부는 저랑 맞지 않았어요. 형편없었어요. 쥘리앙이 죽고 나서도 나아지는 건 없었죠. 고등학교 2학년 때 퇴학당했어요. 어머니는 저를 사립 고등학교에 재입학시키려고 애썼지만, 저는 학년 말까지는 나를 가만히 내버려 둬 달라고 부탁했죠. 어머니는 제 뜻을 받아들이셨어요. 어쨌든, 신경 쓰지 않으셨어요. 결국, 어머니와 아버지가 다시 그 문제를 꺼냈을 때, 저는 학교는 끝났으니 직업훈련 과정을 찾아보겠다고 했죠. 하지만 사실은 찾지 않았어요. 벌써 1년 반이나 되었는데, 저는 여전히 같은 자리에 있습니다.

사뮈엘

브뤼셀-파리, 2019년 2월 22일

안녕하세요 니콜라,

당신은 혼자가 아닙니다. 아내가 떠났을 때, 나는 아무 얘기도 할 수 없었어요. 아무것도 느끼지 못한다는 걸 털어놓을 수가 없었지요. 기쁨도, 슬픔도, 안도감도 느끼지 못한다는 걸요.

마샤는 러시아 출신이에요. 모스크바에서 자랐죠. 내가 그 사람을 만난 건 파리에서 열린 빅데이터 기술과 여러 사회적 쟁점에 관한 컨퍼런스에서였어요. 마샤는 대형 러시아 화장품 체인 회사의 매니저였죠. 우리는 사귀기 시작했고, 파리와 모스크바를 몇 번 오가다가 그녀가 제 집에 눌러앉았죠. 마샤는 똑똑하고 야망 있는 여자였어요—지금도 그렇고요. 내가 이 점을 굳이 밝히는 건 동유럽 여성이 돈 때문에 부유한 서유럽 남성과 결혼한다는 클리셰가 끔찍이 싫어서예요. 우리 경우엔 터무니없는 얘기였죠. 마샤는 프랑스어 집중 수업을 들었고, 화장품 업계에서 CEO가 되었죠.

우리가 만난 지 6개월 만에 그녀는 벌써 아기 얘기를 했어요. 나는 우리에겐 아직 시간이 많다고, 앞날이 창창하다고 생각했죠. 나는 사랑에 빠져 있었고, 그녀와 함께 둘만의 시간을 보내고 싶었어요. 왜 그렇게 서둘러 아이를 가지려 들었을까요? 아이에 대한 그녀의 욕망은 내게 찬물을 끼얹는 듯했죠. 역겨운 일이지만, 나는 아내가 임신하지 않기를 바랐어요. 하지만 그 일은 3개월 후에 닥쳤죠. 보리스가 태어난 뒤 나는 내 자리를 되찾지 못했어요. 아이는 내 결혼생활의 행복을 끝장냈죠. 나는 남아도는 존재가 된 느낌이었어요. 그게 마샤의 잘못은 아니었어요. 나는 한창 날다가 추락한 거죠. 2년 뒤에는 에마가 태어났어요. 아버지가 되었다고 해서 내 삶이 달라진 건 아무것도 없었어요. 오히려 일 속으로 도피했죠.

마샤는 사랑에 빠졌어요. 나는 고통도, 질투도, 기쁨도, 분노도, 안도감도, 상처입은 자존심도 느끼지 못했어요. 보리스가 열한 살이 되었을 때, 우리는 헤어졌어요. 에마는 아홉 살이었고요. 아내와 아이들이 짐을 싸서 나갔지만, 나는 냉랭하게 남아서 습관대로 일상에 충실했고, 나의 일주일을 지배하는 리듬에 맞춰 아침부터 밤늦도록 회의와 회식, 해외 통화를 이어갔습니다. 나는 그저 지나갈 뿐이니 당신들은 나 때문에 신경 쓸 것 없다는 듯이요.

우리는 이혼을 잘 마무리했어요. 돈, 양육권, 아파트 문제로 싸우지도 않았죠. 그 사람이 바라는 건 다 주었어요. 그래야 마땅할 것 같았죠. 그 사람은 몇 년 뒤에 꽤 이름난 프랑스인 화가와 재혼했어요. 그 남자 때문에 아내가 나를 떠난 건 아니고요.

　아이들과의 관계는, 거의 없는 것이나 마찬가지죠. 아이들은 아무 잘못이 없어요. 모든 게 내 잘못이에요.

　곧 또,
　장

니콜라가 장에게

파리, 2019년 3월 4일

　장!

　움직여야 해요! 인생은 짧아요. 그렇게 환멸에 찬 어조는 뭡니까? 항상 그러십니까? 있을 수 없는 일이에요. 게다가 내 눈에 당신은 피해자 역할을 즐기시는 것처럼 보이네요. 난 그런 것 싫어합니다. 아내분과도, 자식들과도 모든 게 당신의 잘못이라고요? 칼리메로[4]처럼 굴지 마세요. 적어도 당신의 경력이 훌륭하다는

---

4) 에니메이션 주인공으로, 노란색 닭 가족 가운데 혼자만 검은 병아리다.

건 인정하세요. 나는 우울한 사람과는 얘기 안 나눠요. 난 그런 것 필요 없어요. 내 문제도 아주 심각해서 문제라면 지긋지긋하거든요.

팀원들에게 의욕을 고취하려면 활력이 넘치고 하시는 일에 확신도 있어야 하지 않습니까? 구글에서 선생의 이름을 검색해보니 〈레 제코Les Échos〉에 아주 멋진 프로필이 실렸더군요. 강철 같은 눈빛, 상어 같은 턱뼈, 아주 세련된 검은색 정장, 정말 근사했어요! 출장은 (더는) 당신의 취향이 아닌 듯 보입니다. 다른 사람에게 위임하고 당신은 파리나 아니면 다른 어딘가에 정착하실 수는 없나요? 개인적으로 내 경우는, 매일 최선을 다해 나의 최고치를 내놓을 마음가짐으로 카멜리아에 출근하지 않으면 나의 팀원들과 고객들이 금방 그 대가를 치르게 하죠. 당신에게도 선택의 여지가 없으리라 확신합니다.

아이들과의 관계는 "없는 것이나 마찬가지"라고 쓰셨지요. 그러시군요. 그런데 어째서 그런지요?

리볼리 가에 사신다니 부럽습니다. 조금 시끄럽긴 하겠군요. 아파트에서 튈르리 공원이 보이나요?

오늘 아침, 나는 어제의 대가를 치르고 있습니다. 주방에 사람이 부족했거든요. 이럴 땐 압박감이 열 배로 커지죠. 모든 걸 확실히 해내야 하고, 서둘러 내보내야 합니다. 어떡하든 해내긴 하지만 기적을 일으키지는 못하죠. 가장 시급한 일부터 처리하는데,

이런 게 싫어요. 나는 내 요리들이 예외 없이 모두 완벽하기를 바라거든요. 셰프가 되면 스트레스와 더불어 사는 법을 배우게 됩니다. 점심과 저녁, 최고로 바쁜 시간에는 스트레스가 극심하지요. 나이가 들면 스트레스를 좀 더 잘 관리하게 되길 희망합니다.

장, 요리를 하시나요? 에스테르, 당신은 요리를 하신다는 걸 압니다. 그런 얘기 나눈 적 있지요. 얘기가 나와서 말인데, 북부 지역의 특산 음식에 대해 좀 알아봤어요. 그래서 와테르조이[5]와 카르보나드[6]를 시도해볼까 합니다. 설탕과 화해하고 나면(이건 에스테르에게 하는 말입니다만), 와플도 해보고요.

장, 나의 아내와 딸에 대해 당신에게 꼭 말해야겠어요. 아델이 태어난 뒤로 나는 어떤 행성에 살고 있는지조차 모를 지경입니다. 아버지가 되는 엄청난 기쁨을 알게 되었지요. 당신이 그걸 놓쳤다니 안타깝네요. 쥘리에트는 정반대였죠. 아내는 임신한 걸 싫어했어요. 악몽을 꾸었고, 스스로 추해졌다고 생각했고, 천천히 걷는 걸 견디지 못했고, 끊임없이 불평했죠. 그게 그저 일이었던 겁니다. 나는 무슨 말을 하든 어떤 행동을 하든 얻어맞았죠. 그때까지 쥘리에트는 변덕스럽거나 까다로운 사람이 아니었어요. 나는 아내에게 무슨 일이 일어나고 있는지 영문을 몰랐지만

---

5) 닭이나 생선에 여러 채소를 곁들여 조리한 벨기에식 전통 스튜 요리.

6) 육류에 흑맥주를 넣고 오래 끓인 벨기에식 스튜 요리.

걱정하진 않았어요. 그저 놀라고 화가 났을 뿐이었죠. 아내의 태도를 임신 탓으로 돌렸고요. 나는 그저 움츠린 채 묵묵히 살았어요. 아이가 태어나면 모든 게 나아질 거라고 생각했죠. 완전히 헛짚었던 겁니다. 현실을 부정한 내 반응에는 뭔지 모를 비겁한 구석이 있었어요. '뭔지 모를'이라는 요리가 있다면 근사하겠죠? 모호하고 신비스러운 면이 마음에 드는데요….

병원에서 퇴원한 쥘리에트는 사소한 일에도 울었습니다. 이런 생각을 했던 기억이 납니다. "이게 베이비블루라는 건가? 참 오래도 가네." 아델을 돌보는 일이 아내에겐 고된 일이었고, 자연스럽게 되는 건 아무것도 없었죠. 아내는 아이에게 젖병을 물리고 기저귀를 갈고 정해진 시간에 5분씩 안아주었지만, 아이 곁에 있는 것 같지 않았어요. 마치 로봇 같았죠. 점점 더 자주, 식당에서 돌아오면 쥘리에트가 침실에서 문을 닫고 눈을 뜬 채 침대에 누워 있는 게 보였죠. 아델이 요람에서 울고 있었지만, 아내는 그걸 듣지 못했어요. 아니면, 듣고 싶지 않았던 건지도 모르고요. 아내는 자신이 어떤 상태인지 내게 말하지 못했어요. 나는 혼란스러웠죠. 내가 아내에게서 사랑했던 그 쾌활함과 활기는 완전히 사라졌어요. 나는 아내의 상태가 나아지길 희망하며 나날을 흘려보냈죠. 레스토랑에서는 긴장했습니다. 날이 갈수록 아이와 아내 둘만 남겨두는 건 미친 짓이라는 생각이 들었어요. 나는 쥘리에트의 반응을 경계했지만, 코앞밖에 보지 못했죠. 결국 포기했습니다. 비극을, 진짜 비극을 보길 거부했던 겁니다. 나는 집과 카멜리아만 계속 오갔죠. 지금 돌이켜보면, 스쿠터를 타다가 몇 번이나 죽을 뻔했어요. 쥘리에트가 내게 말해주길 바랐지만, 아무 것도 얻지 못했죠. 솔직히 말해 난 아내 때문에 짜증이 났어요.

요즘 나의 진짜 문제는 그 시절 쥘리에트의 모습이 머릿속에서 떠나지 않는다는 겁니다. 정신이 완전히 딴 곳에 가 있는 여자, 눈빛 속에 광기를 품은 모습 말입니다. 아내는 아델을 질투했어요. 상상이 갑니까? 자기 딸을 말입니다. 나는 그게 가능한 일인지조차 알지 못했죠. 결국 내가 참을 수 없었던 그 방황하는 여자를 내 기억에서 사라지게 하고 싶어요. 어떤 날은 아내가 움직이도록 침대에서 내쫓고 싶은 욕구에 저항해야 했죠. 그 당시의 나라는 남자도 사라지게 하고 싶어요. 아내를 돕지도 위로해주지도 못했던 남자 말이지요.

그 후, 나는 우울증이 내가 이해하지 못하는 질병이라는 걸 깨달았어요. 우울증으로 고통받는 사람들에 대해 나는 연민을 느낄 수가 없어요. 그들에게 이렇게 말하고 싶죠. "제발, 한탄만 하지 말고 움직여요! 당신 앞에 천 년의 평화가 펼쳐져 있다고 생각하는 겁니까?" 내가 초점을 벗어난 말을 했다는 걸 일러주실 필요는 없어요. 나도 아니까요. 그때는 너무도 막막한 상태였거든요, 이해하시겠어요? 그럴 때는 내가 아주 바보처럼 행동하게 돼요. 나는 태연한 척하려고 더는 아무 말 않고 뚱해 있지요.

내가 그토록 사랑한 쥘리에트, 내가 고운 손가락 끝까지 알고 있다고 믿었던 쥘리에트, 나의 연인, 나의 아내, 나의 친구인 쥘리에트는 날아가 버렸어요. 인내심은 나의 강점이 아닙니다. 나는 아내에게 모질었어요. 변명하자면, 나는 지쳐 있었지요. 아내는 계속 정해진 시간에 일어나서 아델을 돌봤고, 다시 눕거나 잡지를 들고 소파에 앉곤 했죠. 아내가 잡지의 단 한 줄도 읽지 않고 펼친 페이지의 한 지점만 뚫어지게 응시하고 있다는 걸 깨달은 날, 나는 공포에 사로잡혔어요. 그리고 아내에게 주치의와 진료 약속을 잡으라고 재촉했죠. 나는 아내가 발끈해서 단호히 거절할 줄 알았어요. 그런데 당장 받아들이더군요. 마치 내 허락만 기다린 사람처럼 말이지요. 그 멍청한 의사는 비타민과 휴식만 처방했어요. 어느 날 아침 잠에서 깨면 베이비블루는 사라질 거라고 확신에 차서 말하더라고요. 참 고약한 농담 같죠! 우리는 두 달을 허비했어요. 아내의 상태는 오히려 악화되었죠. 사실, 아내는 산후우울증을 앓고 있었던 겁니다. 나는 이 질병에 대해 처음 들었어요. 그 후로 긴 이야기가 이어지지요. 아내는 정신과에 입원했다가 산모 심리치료 병동으로 옮겼죠. 그리고 집으로 돌아왔고, 아델과 나를 떠났어요. 지금 우리는 서로에게 편지를 쓰고 있고요. 제 어머니가 오셔서 나를 도와주고 계시죠. 보모를 고용하기엔 일정이 잘 맞지 않아서요.

한 번도 뵌 적 없는 분에게⋯, 그리고 당신, 에스테르에게 이 모든 걸 이야기하게 될 줄은 정말 몰랐어요!

내 친구가 즐겨 쓰는 인사처럼,
곧 또 오다가다 만나요.
니콜라

<u>장이 에스테르에게</u>

파리-브뤼셀, 2019년 2월 22일

안녕하세요 에스테르,

이번엔 오랜만에 기차를 타고 있습니다. 당신이 날씨에 관심이 많은 것 같아서 말하는데, 지금 비가 내리고 있어요. 잿빛 하늘 아래 펼쳐진 들판을 보니 울적해집니다.

당신에게 보낸 나의 첫 번째 편지를 다시 읽었어요. 나라는 사람은 그저 우울하고, 무감각하고, 무엇보다 매사에 투덜거리는 사람이네요. 내가 당신이었다면 이 지루한 인간을 당장 내쫓았을 겁니다.

나는 파리에서 태어나고 자랐어요. 부모님은 네 명의 자식을 두었는데, 내가 둘째예요. 우리는 모두 중학교에 들어가면서 기숙학교에 갔어요. 아버지는 폴리테크니크[7]를 마친 뒤 민간기업에서 훌륭한 경력을 쌓았고, 어머니는 경영학을 공부했죠. 왜 그랬는지는 아무도 모릅니다. 아마 어머니도 모르실 거예요. 어쨌든 그건 중요하지 않아요. 결혼하고 나선 어머니는 일하지 않을 거라고 선언하셨죠. 두 분은 성당에서 결혼했습니다. 어머니는 독실한 신자가 되었지만, 아버지는 딱히 그렇진 않았지요. 우리는 포슈 가에 살았습니다. 부모님은 엄격하셨고, 예의범절을 중시하며 남의 시선에 신경을 많이 쓰셨지만, 나쁜 분들은 아니었습니다. 두 분에겐 공통점이 있었죠. 아이들을 기르기에 적합하지 않으셨다는 점입니다. 하지만 신의 뜻은 달랐던가 봅니다. 아버지와 달리 어머니는 아주 검소한 집안 출신이셨어요. 제가 앞선 편지에서 언급한 적 있는 외할머니 마닌은 17구의 에투알 백화점에서 일하셨어요. 나중에 그곳은 프낙Fnac이 되었을 겁니다. 저는 그 작은 백화점에 가면 왠지 편안함이 느껴지곤 했어요. 그곳은 라파예트나 프랭탕 백화점과 달리 인간적인 규모였죠. 어머니는 내 옷을 사려고 그곳으로 나를 데려가곤 했어요. 할머니는 편물 수선사였어요. 할머니와 더불어 지금은 사실상 사라진 직업이죠. 마지막 편물 수선사는 트롱셰 로에서 일했다고 하지

---

7) 1794년 설립된 프랑스의 최정상 공학 그랑제콜.

요. 이런 얘기를 쓰고 있으려니 19세기에 태어난 기분이 드네요! 요컨대, 할머니는 따뜻하고 유쾌하며 솔직했어요. 할머니는 손주들 가운데 나를 가장 좋아했는데, 그걸 숨기지 않았지요. 할머니는 하나뿐인 딸과는 소원했어요. 아마도 딸의 결혼 이후로 그랬을 겁니다. "독실한 신자이고 부자인 내 딸이 내겐 너무 버거워, 얘야, 넌 이해하지" 하고 내게 속마음을 털어놓곤 하셨죠. 할머니가 무엇보다 슬퍼하신 건 당신 딸이 상류층 행세를 하는 것보다, 수선 일을 그만두라고 할 정도로 어머니의 직업을 부끄러워한 것 때문이었어요. 어머니는 할머니의 생계를 책임지겠다고 주장하셨죠. 할머니에게는 그건 생각도 할 수 없는 일이었고요. 어머니가 이해하지 못한 건 할머니가 아침에 일터로 가면서 느끼는 만족감이었어요. 할머니는 숙련된 기술과 집중력을 요하는 꼼꼼한 작업에 재능이 있었죠. 할머니는 당신처럼 대개 소박한 출신의 손님들 사이에서 편안함을 느꼈고, 손님들은 할머니에게 짧은 스타킹과 타이즈를 맡겼지요. 할머니는 나일론을 수선하고, 긁힌 자국을 감쪽같이 감추고, 올 풀린 곳도 가리고, 구멍도 꿰맸어요. "내 밥벌이는 내가 해", 라고 할머니는 당당하게 말씀하셨죠.

부모님은 내가 토요일에 할머니 댁에서 자는 걸 기꺼이 허락하셨어요. 한 가지 조건이 있었는데, 할머니가 이튿날 아침 집 근처 르발루아까지 나를 미사에 데려가야 한다는 것이었죠. 할머니는 그러겠다고 약속하셨지만, 우리는 딱 한 번 미사에 갔어요. 만일의 경우를 대비해 신부님의 이름과 그 장소를 알아두기 위해서였죠. 할머니는 어머니가 예고 없이 나타날까 봐 걱정했어요. 우리는 미사 동안 성당 맞은편에 있는 비스트로에서 보냈어요. 나는 석류 주스를, 할머니는 맥주를 주문하고는 오가는 사람들을 지켜보며 카드놀이를 했어요. 우리에겐 계획이 있었지요. 우리 중 한 사람이라도 어머니를 보면, 최대한 빨리 카페를 나가서 미사 동안 열어두는 옆문을 통해 성당으로 들어가는 것이었죠. 어머니는 한 번도 오지 않으셨어요. 나는 우리의 전략이 통했을지 늘 궁금했어요. 지금은 어머니가 속지 않았을 거라고 확신하고 있어요.

나는 시간이 날 때마다 백화점으로 할머니를 보러 갔어요. 할머니가 나무로 된 작은 탁자 뒤에 앉아 전등 불빛 아래에서 일감 위로 얼굴을 숙인 채 일하시는 모습을 바라보는 게 좋았어요. 할머니가 일을 마치길 기다리며 나는 책 코너에서 기다렸죠. '분홍과 초록 총서' 책을 보며 몇 시간이고 보낼 수 있었지요. '다섯 친구 클럽'이나 '일곱 친구 동아리' 시리즈 책이 출간되면 할머니는 내게 사주셨어요. 그 책들은 부모님이 내게 사주시거나 내가 용돈으로 산 것보다 훨씬 값진 것이었죠. 그러고 나면 우리는 르발루아-페레 행 버스를 타고 할머니 댁으로 돌아왔죠. 할머니는 내게 지상에서 가장 맛있는 감자튀김과 잊을 수 없는 베샤멜 소스 호박 그라탱을 만들어주셨어요. 할머니는 나를 애지중지하셨고, 나를 데리고 불로뉴 숲으로, 그곳 정원으로 소풍도 가고, 샹젤리제 거리로 영화를 보러 가기도 했어요. 정말 행복했지요. 나는 할머니를 사랑했고, 깊은 관심을 받았어요. 할머니와 함께 있으면 나는 최고의 나를 보여줄 수 있었지요.

할머니는 크리스마스 이브를 우리 집에서 보냈는데, 나의 친할아버지와 할머니도 함께 계셨죠. 친할아버지와 할머니는 우리에게 아주 친절했지만 약간 거리감이 있었어요. 아니면 내가 두 분과 거리를 두었던 건지도 모릅니다. 일 년에 두 번밖에 보지 못했으니 잘 알지 못했죠. 그런 저녁은 형벌 같았어요. 넓은 오스만풍 아파트에서 저는 할머니를 더는 알아볼 수가 없었어요. 할머니는 나를 쳐다보지조차 않으셨죠. 검은색 가죽 소파에 파묻힌 할머니는 아주 작은 존재가 되었어요. 그 차갑고 세련된 배경 속에서 할머니는 잘못 자리한 듯 엉뚱해 보였죠. 할머니는 말 한마디 하지 않았고, 아주 조심스레 바카라 샴페인 잔을 쥐고 계셨지요. 할머니는 샴페인을 좋아하지 않았어요. 차라리 레프 맥주를 마시고 싶었을 테지만 그럴 수는 없었지요. 나는 할머니를 관찰하면서 마음이 불편했어요. 할머니를 위해 할 수 있는 일이 아무것도 없었으니까요. 그저 할머니에게 미소만 지었는데, 할머니는 그걸 보지 않았거나 못 본 척했죠. 우리의 거실은 할머니의 원룸보다 세 배쯤 컸어요. 우리가 살고 있던 호사스러운 배경이 할머니를 주눅 들게 한 거예요. 나는 할머니의 손을 잡고 할머니 집으로 달아나 텔레비전 앞에 자리잡고 푹 꺼진 낡은 소파에 늘어져서 감자튀김을 실컷 먹고 싶었죠. 다시 할머니와 공범이 되고 싶었어요. 우리는 그런 끔찍한 크리스마스에 대해 다시 얘기하지 않았어요. 다음 주가 되면 우리는 마치 그 일이 없었던 것처럼 행동했고요.

딸과 어머니의 사이는 단순하면서도 슬펐어요. 딸은 어머니를 놀라게 하려고 커다란 접시에 작은 요리들을 잔뜩 내놓았고, 사치를 과시했죠. 차라리 조심하고, 화려함보다는 다정함과 소박함을 보여줬어야 했는데 말이지요. 호사스러운 생활은 어머니에게 안도감을 안겼죠. 어머니는 그 죄책감 어린 약점을 어떻게 내세와 타협했을까요? 불가사의한 일입니다. 하지만 어머니는 누군가가 다르게 생각할 수 있다는 걸 상상하지 못했어요. 할머니는 딸에게 다가가려는 어떤 노력도 하지 않았고요. 딸에게서 나오는 모든 걸 비판하고 철저하게 거부했죠. 나는 할머니와 어머니가 젊은 시절에 엄마와 딸로서 어떻게 한 지붕 아래 살았을지 상상하기가 힘들어요. 할머니는 사위를 "운하처럼 쾌활한" 사람이라고 생각했어요. 나는 할머니가 사위를 측은하게 여겼으리라고 확신해요.

이것이 나의 어린 시절이에요. 좋은 일도 있고 나쁜 일도 있죠. 나는 기숙학교를 싫어하지도 좋아하지도 않았어요. 그저 적응했을 뿐이에요. 그곳은 쾌적했고, 선생님들도 대부분 호의적이었으며, 분위기도 좋았어요. 아주 좋은 친구들도 사귀었고요.

에스테르, 당신 얘기를 들려주세요. 나는 당신이 릴에 사시고, 서점을 운영하며 글쓰기 아틀리에를 이끈다는 것밖에 알지 못해요. 좀 더 얘기해주세요.

우정을 전하며,

장

추신: 참, 첫 편지에서 우리가 무엇에 맞서 싸우는지를 말해야 한다고 생각했는데, 선생님은 예외인가요?

<u>에스테르가 장에게</u>

릴, 2019년 2월 28일

장,

뇌졸중이 내 어머니를 앗아가지 않았더라면, 배낭을 메고 세계 곳곳을 여행하며 젊은 시절을 보낸, 독립심 강한 우리 아버지가 나의 사소한 행동 하나하나에 그처럼 주의를 기울이고 걱정하고 온전히 헌신하는 분이 되지는 않았을 겁니다. 프랑수아 위르뱅의 삶에는 이전과 이후가 있어요. 혹시 추리소설을 좋아하신다면 프랑수아 페르스발이라는 이름이 낯익을지도 모르겠네요. 그게 아버지의 필명이었어요.

고등학교 프랑스어 교사였던 아버지는 마흔세 살에 글쓰기에 전념하려고 교육부에 휴직을 신청했지요. 메트로놈처럼 정확하게 아버지는 2년마다 소설을 출간하셨고, 상당한 성공을 거두었어요. 긴박한 스릴러 소설이었죠. 아버지는 독자들과 거리를 두셨어요. 도서 박람회나 서점에서 독자들을 만날 때도 그다지 친절하지 않으셨죠. 과묵했고, 질문에도 마지못해 답을 했으며, 서둘러 끝내고 싶어 하셨어요. 독자들이 책을 읽으며 느낀 즐거움을 얘기할 때 간신히 미소를 지을 정도였죠. 그렇지만 나는 그런 찬사와 감사의 말이 아버지를 기쁘게 했다는 걸 알아요.

나는 아버지의 모든 소설에 주인공으로든 단순한 주변 인물로든 등장했죠. 파리의 허름한 호텔 바의 종업원이기도 했고, 암스테르담 미술관의 여자경비원이기도 했으며, 아르퀴유에서 실종된 지 한참 지나 낭트의 루아르강에서 건져진 여자 시신이기도 했죠. 아버지는 외모로는 내 모습을 그대로 묘사했고, 심리적으로는 나의 가장 두드러진 성격을 과장했어요. 어쩌면 아버지가 보시는 대로인지도 모르죠. 나는 재미있고, 똑똑하고, 고집 세고, 투덜거리고, 몽상가였어요. 어린 소녀에서 아가씨로, 젊은 여성에서 성숙한 여성으로, 나는 아버지의 작품과 더불어 성장했어요. 시신이나 희생자 역할이 마음에 들지 않아서 내가 투덜거리면, 아버지는 놀란 척하셨죠. "어째서 그게 너라고 생각하니? 이게 소설이라는 걸 잊지 않았지?"라며 재밌어하셨고, 내 반응을 기다리지도 않으셨죠. 아버지의 첫 번째 영감의 원천은 우울증이었어요. 저는 두 번째 원천이었고요. 아니면 그 반대인지도 모르겠어요.

공원에 가서 내가 멀리 떨어져서 놀 때마다 나를 바라보는 아버지의 눈길이 느껴졌어요. 나를 어느 생일파티에 데려다주실 때는 아버지의 불안을 읽을 수 있었고요. 야외학습에 갈 때면 학교버스 차창 너머에서 아버지는 지나치게 유난을 떠셨죠. 두통이나 수상쩍은 점 하나, 소화 불량에도 서둘러 병원으로 달려갔고요.

1982년 10월 15일, 오후가 끝나갈 무렵, 부모님의 삶은 나쁜 쪽으로 출렁였어요. 아버지는 거실 소파에서 책을 읽고 계셨어요. 어머니 엘렌은 재빨리 몸을 숙여 아버지에게 입맞추고는 사과를 사러 나가셨죠. 아버지가 읽고 있던 르네 벨레토의 소설 《땅에서나 하늘에서나》에서 고개를 막 들었을 때, 어머니는 이미 건물 계단을 뛰어 내려가고 계셨죠. 어머니는 돌아오는 길에 우리 아파트에서 몇 걸음 떨어지지 않은 보도에 쓰러지셨어요. 어머니가 들고 있던 사과들은 그물바구니에서 빠져나가 도랑으로 굴러갔고요. 붉은 색 긴 머리카락이 어머니의 얼굴을 가리고 있었는데, 머리가 보도에 부딪힌 상태였어요. 어머니는 움직이지 않았고, 꼭 잠든 것처럼 보였죠. 어머니의 뇌는 피 웅덩이에 잠겨 있었어요. 동맥 파열로 인한 출혈이었죠. 둑이 무너진 것처럼 피가 콸콸 쏟아져나와 마주치는 모든 걸 파괴했죠. 이웃집 여자가 와서 문을 두드리고 엘렌에게 "문제가 생겼다"고 알렸을 때, 아버지는 읽던 책의 마지막 페이지를 넘기고 있었죠. 에필로그만 남은 상태였는데, 이런 내용이었어요.

우리는 행복했다. 나는 그녀의 향기를, 침대에서 먼 작은 등불이 붉게 비추는 그녀의 머리카락을, 그녀의 풋풋한 살결을, 내가 수없이 쥐고 입을 맞춘, 그녀의 가늘고 단단하고 우아한 손을, 그녀가 내 몸을 수없이 어루만지던 그 손을 만끽했다.

혼수상태는 짧았어요. 아버지와 의사들은 치료를 고려하거나, 또 다른 발작에 대비하거나, 후유증과 재활, 필요한 조치 등에 대해 생각해볼 시간조차 없었죠. 어머니는 그들에게 망설이거나 희망을 품을 틈도 주지 않았어요. 어머니는 단호했고, 어정쩡한 상태나 미루는 걸 견디지 못했죠. 어머니에게는 전부 아니면 전부를 택했어요. 어머니는 지체 없이 죽음으로써 마지막으로 그 단호함을 증명해 보였습니다.

18시경, 아버지는 저녁식사를 위한 사과파이가 준비되었으려나 생각하셨죠. 이튿날 새벽, 아버지는 영안실로 향하는 엘리베이터를 타셨어요. 아내의 시신은 들것에 누워 흰 천으로 덮여 있었죠. 아버지는 그 옆에서 걸으며 아내의 손을 꼭 쥐었지요.

어머니는 릴 대학병원에서 1982년 10월 16일 3시 03분에 사망 선고를 받았어요. 아버지는 어머니의 머리카락에 얼굴을 묻고 한참을 머물렀어요. 훗날 내게 편지로 말하길, "제라늄 향기와 비 온 뒤의 흙냄새가 섞인 어머니의 향기를 붙들려고" 그랬다고 하시더군요. 그날 이후로 아버지는 사과를 완강히 거부했어요. 마치 사과가 그 일의 원흉인 양 말이지요. 사과 콩포트나 사과파이를 보면 고개를 돌리셨죠. 르네 벨레토의 소설도 마지막 몇 줄을 끝내 읽지 않은 채 포기했어요. 다비드 오르페의 기이한 이야기가 어떻게 끝나는지 결코 알지 못하실 겁니다. 나는 알지요. 다비드 오르페는 아버지를 생각나게 합니다. 아버지처럼 이 소설가도 우울하고, 깊이 환멸을 느끼고 있고, 블랙 유머에 탁월한 재능을 보이죠.

물론, 나는 어머니의 죽음에 관해 아무런 기억이 없어요. 하지만 아버지가 너무도 자주 얘기해주셔서 어머니의 죽음은 내 삶의 일부가 되었어요. 나는 모든 걸 받아들였고, 그것을 나의 진실로 삼았죠.

장례식이 있고 며칠 뒤, 아버지는 조사를 시작했어요. 사과를 판 식료품 가게 주인에게 혹시 어머니의 말이 어눌했는지, 시각이나 균형감각에 이상한 점이 있었는지 물었죠. 주인은 없었다고 대답했어요. 아버지는 아내의 서랍을 뒤져서 5개월 전의 피검사 결과지를 찾았고, 담당의사에게 그걸 보여주었죠. 혹시나 의사가 백혈구, 혈소판, 지질 결과에서 염려스러운 수치를, 미처 보지 못했거나 어머니가 숨기려 했을지도 모르는 비정상적인 수치를 발견할 수 있을까 생각하면서 말이지요. 결과는 아무 이상이 없었습니다. 엘렌 위르뱅, 34세, 조각가, 흡연은 하지 않고, 음주는 절제했으며, 일요일 아침마다 러닝을 했고, 화요일마다 남편과 함께 탱고 수업을 들었어요. 앞으로 살아갈 날들이 많이 남아 있었지요. 아버지는 아내의 죽음을 알리는 징후들을 해독하고 싶어 했어요. 당신이 충분히 경계하지 않았으니, 아내의 죽음에 대한 책임을 자신이 짊어져야 할지도 모른다는 거죠. 절망에 빠지는 것, 아버지가 바란 건 오직 그것뿐이었어요.

아버지가 나에 대한 압박을 풀어준 건 내가 열일곱 살 때였을 거예요. 그 생각을 하면 어이가 없습니다. 남자애들은 운전면허를 막 따서 술을 잔뜩 마시고도 운전대를 잡고, 마약이 유통되고, 여자애들은 처음 마주치는 바보 같은 남자와 사랑에 빠지는 그런 나이잖아요…. 아버지는 3년 전에 내게 작별편지도 없이, 아무 설명도 없이, 집에서 스스로 목숨을 끊으셨어요. 그 후 나는 화를 가라앉히지 못하고 있죠.

제가 묘사하는 아버지는 불안하고 위축된 사람의 모습이지만, 그건 진실의 일면에 지나지 않습니다. 실은 우리 둘을 위한 환상과 욕망이 가득한 분이셨어요. 아버지는 여행과 문학에 대한 사랑을 내게 물려주셨죠. 방학 동안 우리는 작가들의 집을 방문하곤 했어요. 노앙-빅에 있는 조르주 상드의 집, 에스파냐 발라돌리드에 있는 세르반테스의 집, 생-소뵈르-앙-퓌제에 있는 콜레트의 집, 샤토 티에리의 장 드 라 퐁텐의 집, 바스크 지방에 있는 에드몽 로스탕의 집. 우리는 심지어 미국까지 가서 스타인벡의 발자취를 좇아 살리나스로, 포크너를 따라 옥스퍼드까지 갔지요. 아버지는 내게 경이로운 유년기와 청소년기를 선사해주셨어요.

우리는 모두 자신의 유년기를 토대로 성년의 삶을 구축합니다. 유년기는 어느 정도 견고하고 안정적이며 믿을 만하지만, 우리의 두려움, 무능함, 우리의 열정과 우리에게 활기를 불어넣는 불꽃에 대해 많은 걸 드러내죠. 우리의 대화를 더 이어가기 전에, 나의 과거에 대해 얘기해야만 했어요. 그리고 당신도 당신의 과거에 대해 말씀해주시는 게 중요했습니다. 이제 됐습니다.

이 기획을 시작한 사람으로서, 나는 당신이 당연히 물어봐야할 질문인 "당신은 무엇에 맞서 싸우십니까"를 건너뛸 생각이었어요. 방금 들려드린 이야기를 바탕으로, 나는 무엇보다 분노에 맞서 싸운다고 말할 수 있겠군요.

왜 당신은 할머니를 배반했다고 생각하는지 얘기해주세요.

날씨에 관해서는 잘못 알고 계시네요. 난 날씨에 신경 쓰지 않아요. 내 주변에는 한두 시간 후, 내일, 일주일 후의 날씨를 알기 위해 날씨를 언급하는 사람들이 많지요. 편리하니까요. 날씨가 맑을지 아니면 비가 올지에 따라서 어떻게 옷을 입어야 할지 미리 계획하지만, 그런 습관이 나는 짜증 납니다. 아니, 나를 불안에 빠뜨려요. 나는 하루가 예상치 못한 깜짝 선물들을 마련해두는 걸 좋아해요. 날씨 변화도 그런 것이죠. 흐린 날이든, 화창한 날이든, 내 기분에는 아무런 영향을 미치지 않아요. 비 오는 날 내가 원피스 차림에 샌들을 신고 있거나, 더워 죽을 지경인데 부츠와 양말을 신고 있어 바보 같아 보여도 할 수 없죠. 릴에 살면 그런 날씨가 드물다는 건 인정해요.

우정을 담아,
에스테르

2년에 한 번은 사촌 라파엘의 생일을 잊어버린다. 올해는 아니다. 심지어 내가 가장 먼저 사촌에게 전화를 걸었다. 전화를 받은 건 알마였다. 라파엘은 아직 자고 있었다. 우리는 잠깐 통화를 했고, 그녀가 라파엘을 바꿔주었다. 나는 다짜고짜 쏘아붙이기부터 했다. 그가 왜 알마와 같이 살지 않느냐고. 왜 아이는 안 낳느냐고 말이다. 결국 알마가 떠나고 말 텐데. 그래도 싸다고. 그러고 나면 그는 괴팍하고 외로운 늙은이가 될 거라고. "사랑하는 사촌, 아침부터 생일 축하를 전하는 네 방식이 난 좋아. 진짜 행복해." 우리는 웃었고, 나는 사과했다. 그는 6월에 알마와 함께 스톡홀름으로 여행 갈 예정이라고 했다. 내가 다음에 파리에 오면 데려갈 레스토랑에 대해서도 말했다. 그러곤 글쓰기 학생들과는 어떻게 되고 있는지 물었다. 그가 전화선 반대편에서 웃고 있을 거라고, 나의 계획을 진지하게 받아들이지 않을 거라고 짐작했다. 나는 속내를 그에게 조금도 감추지 않았다. "내가 이럴 줄 알았겠어! 그 사람들은 내 아틀리에를 통해 낯선 이들에게 속내를 털어놓고, 혼자서 해결하지 못하는 실존적 문제에 관해 자기들끼리 질문을 던지고 그래. 정말 멋지고, 당황스럽지만, 잘하고 있어. 그 사람들이 서로 얼마나 빨리 친해졌는지 알면 놀랄 거야. 첫 만남에서 내가 큰소리로 대답하라고 제시한 '당신은 무엇에 맞서 싸웁니까?'라는 질문이 속내를 털어놓도록 부추겼나 봐. 게다가 난 그 질문에 너는 무슨 대답을 할지 궁금해." 그가 낄낄거렸다. 나는 덧붙여 말했다. "나는 전화통화를 할 때 그들의 사생활에 간섭하지 않으려고 애써. 난 그들의 심리상담사가 아니고 선생일 뿐이니까." 라파엘은 내가 대장으로서 부드러움과 엄격함을 잘 조화시키며 아주 잘 해내고 있다고 확신한다고 친절하게 대답했다. 나는 말했다. "어쩌면 아이를 원치 않는 네 생각이 옳은지도 몰라. 그 사람들에 대해 알면 알수록 모성과 부성은 우리를 어둠의 힘 쪽으로 쓰러뜨릴 수 있는 지뢰밭 같다는 생각이 들어. 우리가 저마다 뭘 끌고 다니는지 보면 정말이지 미쳤어."

니콜라가 쥘리에트에게

파리, 2019년 2월 25일

쥘리에트,

아마도 지난번엔 당신이 너무 성급히 퇴원했나 봐. 우리 둘 다 준비가 안 됐었지. 나는 더는 생각할 수도 없었고, 당신에 대해서나 우리 둘에 대해 거리를 두고 바라보지도 못했어. 당신이 이 말을 나쁘게 받아들이지 않으면 좋겠는데, 현재 우리의 별거가 내게는 도움이 되기도 해. 전혀 예상치 못했던 일이야. 마치 내가 돌풍에 빨려들었다가 빠져나온 것만 같거든. 녹초가 되었지만 살아 있어. 우리는 몇 달 동안 서로에게 상처를 주고, 원망하며 보냈지. 당신이 임신했을 때, 나는 왜 당신이 그토록 힘들어하는지 이해하지 못했어. 당신 같지 않았거든. 당신이 지쳐서 그런 거라고, 출산 후에는 모든 게 나아질 거라고 바보처럼 생각했어. 이건 우리가 이미 한 얘기니 다시 쓸 필요는 없겠지. 뒤로 되돌아가려는 건 아니지만, 당신도 알다시피, 그게 거의 강박적인 망상이 되어 버렸잖아. 어떻게 내가 더 깊이 생각하지 않고 '아기가 태어나면 나아질 거야'라고 믿고 말았을까? 어떻게 당신을 그렇게도 모르고 16년 동안 같이 살 수 있었을까? 어떻게 당신은 그토록 중요하고 필수적인 것들을 내게 숨길 수 있었어? 당신은 나를 믿지 못했는데, 난 그 이유를 모르겠어. 난 화가 났어. 무엇보다 나 자신에게. 그리고 당신에게. 글쓰기 아틀리에에서 내가 죄책감에 맞서 싸운다고 말했을 때, 당신은 그 멋진 눈썹을 쓰윽 올렸지. 부드러움이 그리울 때 내 입술을 올려놓길 좋아했던 그 눈썹을. 당신이 아랫입술을 깨물 때는 깊은 회의의 신호지. 당신이 임신했을 때 나는 모든 게 괜찮은 척 행동했어. 그러다 아델이 태어났을 때 나는 인내심을 잃고 당신 상태의 심각성을 보길 거부했지.

당신이 이 주제를 다시 꺼내고 싶어 할지 모르겠어. 그렇지만 필요하다고 생각해. 당신은 어떻게 생각해? 서로 편지를 쓰는 것 말고는 우리에게 선택의 여지가 없잖아.

당신이 아델에 대해 말하길 원한다면, 당신이 먼저 말해야 해.

당신이 아델을 데리러 오면 어머니는 당신을 보고 기뻐하셔.

어머니와 아이는 아주 잘 지내. 내가 당신에게 이 얘기를 왜 하는지 모르겠지만, 당신은 아마 알 거야. 나는 훨씬 힘들어졌어. 마흔한 살에 다시 어머니와 같이 사는 건 전혀 즐거운 일이 아니잖아. 어머니나 나나 둘 다 노력하고 있어. 어머니는 다음 주말에 부르앙브레스로 돌아가셔야 해. 누님이 도와주러 오겠다고 해서 그러시라고 했어.

당신은 어떻게 지내는지 말해줘. 나를 길 위에 버려두지 말고.

N.

추신: 당신 우편물을 가져가면 좋을 텐데.

쥘리에트가 니콜라에게

말라코프, 2019년 2월 28일

니콜라,

내가 나아졌다고, 조금씩, 그렇지만 확실하게 다시 일어서고 있다고 당신에게 얼마나 쓰고 싶은지 당신이 알았으면 좋겠어.

그런데, 아직 그 단계는 아니야. 나아졌다고, 바닥에서 정말 벗어났다고 생각하는데, 다음날 바로 다시 추락하곤 해. 나행히, 오븐 옆에 있으면 버틸 수 있고, 모든 걸 잊게 돼. 수면제를 바꾼 뒤로는 잠도 잘 자고, 잠에서 깨는 데 두 시간씩 걸리지도 않아.

말라코프로 왔어. 빵집 바로 옆, 창고로 쓰던 방에서 지내. 이 작은 공간에 있으면 안전한 느낌이 들어. 여기 있으니 내가 가게 문을 열지. 에믈린과 앙투안은 나중에 출근해. 새벽에 커튼을 열고 있으면 우리가 파리에 올라온 초기 시절이 떠올라.

당신은 괜한 질문들을 스스로 하고 있어. 어떻게 내가 당신에게 뭔가를 숨겼다고 생각할 수 있어? 내가 감춘 건 당신한테가 아니라 나 자신한테야. 게다가 '뭔가'라는 게 뭘까? 원래 뭐가 문제였을까? 어떤 괴물이 내 안에 숨어 있다가 아델의 탄생과 더불어 불쑥 나타난 걸까? 출산이 뭘까? 수 세기 동안 사람들이 우리에게 자랑스레 떠벌려온, 삶의 숭고한 시기일까? 성숙? 확실한 행복? 꿈이 이루어진 것? 내게 출산은 지옥으로의 추락을 의미했어. 그것이 얼마나 고통스러운지 당신이 알면 좋으련만. 나는 처음으로 돌아가고 싶지 않아. 상담의와 함께 어쩔 수 없이 강제로 시간을 거슬러 올라가고 있지만.

에스테르가 내게 무엇에 맞서 싸우느냐고 물었을 때 많은 게 떠올랐어. 포기, 광기, 죽고 싶은 욕구, 도피, 분노, 함몰. 결국 함몰을 선택했지. 망설임 없이. 그것이 우울증 초기 몇 달 동안 내가 겪었던 가장 공포스러운 감각이었으니까.

아델을 데리러 가면 어머님과 얘기 나누곤 해. 아주 편치는 않아. 어머님도 나를 잘 아시니까 눈치채셨을 거야. 나 때문에 어머님이 우리 집까지 오셔서 우리 딸을 돌보고 계시다니. 어머님이라면 안심이 돼. 내가 얼마나 큰 빚을 지고 있는지 어떤 말로 표현할 수 있을까. 하지만 어머님을 미워하지 않을 수 없어. 아델 곁의 내 자리를 차지하셨잖아. 그 자리를 내가 내줬다는 건 잘 알고 있어. 이렇게 내가 얼마나 혼란스럽고 모순적인지 몰라. 바로 이 순간 당신도 그렇게 생각하겠지? 당신 생각이 맞아. 난 혐오스럽고 짜증 나는 사람이야. 쓰레기야.

난 당신을 믿어. 나를 못 믿을 뿐이야. 당신은 자책할 이유가 전혀 없어. 당신은 할 수 있는 걸 했어. 내게 일어난 일 중 그 무엇도 예정된 건 없었으니까.

왜 당신은 아델에 대해 내게 말하고 싶지 않은 거야? 왜 그 얘기를 내가 해야 한다고 생각해?

다정한 입맞춤을 담아,
쥘리에트

부재자들

<u>잔느가 쥘리에트에게</u>

베르쥐스-쉬르-손, 2019년 2월 27일

친애하는 쥘리에트,

당신의 편지를 받기 전에는 산후우울증에 대해 거의 아무것도 알지 못했어요. 베이비블루와 구분 짓지도 못했을 겁니다. 의사의 아내로서 용서받지 못할 일이에요.

나는 임신한 걸 좋아했어요. 아이를 원치 않았던 내게 엄마가 되는 일은 놀라운 경험이었지요. 오렐리는 활기 넘치고 성격도 강한 아이였어요. 아빠는 딸에게 완전히 미쳤지요. 둘이서 하이

킹을 얼마나 많이 했으며, 스키는 또 얼마나 많이 탔는지 모릅니다! 고등학교 2학년 때까지 오렐리는 뛰어난 학생은 아니었어요. 매년, 겨우 진급할 정도였죠. 아이 아버지와 나는 그리 요구가 많지 않았어요. 나는 음악에 대한 사랑을 아이에게 전하는 것조차 못했죠. 아이는 운동에, 특히 농구와 육상에 재능이 있었어요. 어느 날, 아이가 고등학교 1학년 때 엄숙한 말투로 의사가 되고 싶다고 하더군요. 물론 아이 아버지는 기뻐했지만, 나처럼 그도 그저 지나갈 변덕이라고 생각했어요. 심지어 바보처럼 낄낄거리기까지 했고요. 그런데 우리 생각이 틀렸어요. 아이는 파리에서 의학을 공부하고 산부인과 의사가 되었죠. 그이가 세상을 떠났을 때, 아이는 스물한 살이었어요. 아이는 먼저 파리의 병원에서 일했고, 그러다가 인도주의 활동을 선택했죠. 여행하며 타인들을 돕고 싶어 했어요. 가만히 있지 못하고 기회만 되면 세상 반대편 험지를 돌아다니던 딸애에게 그 결정은 당연한 거였죠. 딸애는 아프리카 여러 나라에서 일했고, 결국 중앙아프리카에 정착했어요. 아이는 서서히, 그렇지만 확실하게 내게서 멀어져갔죠. 우리는 아주 가까웠는데도 말이에요. 처음엔 여름에 돌아와 3주를 지냈지요. 그러다 2주. 나중엔 아예 오지 않았어요. 처음 3년 동안은 나는 아이가 곁에 없다는 사실에 놀랐고, 여러 번이나 아이에게 내가 가겠다고 제안했어요. 그런데 아이에겐 언제나 나를 말릴 타당한 이유가 있었죠. 내가 말한 날짜에 자신이 어디에 있게 될지 몰랐거나, 그 지역이 너무 위험했거나, 마침 그 주에 프랑스로 돌아갈 예정이었거나…. 하지만 얼마 후 어김없이, 딸애는 간결한 메시지로 오지 못할 것 같다고 알려왔죠. 나는 아이에게 전화를 걸고 편지를 쓰고 이메일을 보냈어요…. 아이의 답장은 더없이 짧았죠. "안녕 엄마, 메시지 고마워요. 내 걱정은 마세요. 잘 지내고 있어요. 엄마도 잘 지내시길 바랄게요. 뽀뽀를 전합니다." 쥘리에트, 이걸 읽어보세요. 당신에게 보여주려고 아이의 편지 몇 통을 다시 꺼내 봅니다. "지금 우리 집에 엄마를 맞이할 수가 없어요. 나중에 오세요. 적당한 때에 다시 얘기해요. 뽀뽀를 전해요."

어디서 잘못됐는지 모르겠어요. 내가 보지 못하고 이해하지 못한 채 무언가를 놓쳤나 봅니다. 한 번이라도 딸에게 알리지 않고 찾아갔어야 했어요. 아이에게 선택권을 주지 말았어야 했죠. 그랬다면 내가 보고 싶지 않았거나 볼 수 없었던 광경을 봤을 텐데요. 내겐 용기가 없었고, 아이에게 나를 강요할 생각만 해도 거부감이 들었죠. 수백 번 나는 우리가 함께한 추억을 되짚어봤지만 아무것도 발견하지 못했어요. 어디에 균열이 있었을까? 내가 뭘 잘못했을까? 아이가 뭔가 비난받을 일을 저지른 걸까? 나는 이해해보려 애쓰느라, 과거로 돌아가려고 애쓰느라 미칠 지경이었어요. 머릿속은 끓어올랐지만, 아무 소용이 없었죠. 매번 나는 막다른 길에 다다를 뿐이었어요.

애정도 원망도 없이 크리스마스 인사를 전하는 딸의 메일을 받고 난 뒤, 나는 아이가 먼저 연락하지 않으면 연락하지 않기로 결심했어요. 더는 애걸하고 싶지 않았죠. 그러다 이런 슬픈 사실을 확인하게 되었어요. 내가 딸에게 동정을 구하고 있었다는 사실을요. 나는 딸을 만나고 이해하기 위해 그 애를 괴롭히는 데 지쳤어요. 나의 불안을 딸애에게 전하는 것도 견디기 힘들어졌고요. 딸애는 내 질문들에 지쳤다는 걸 거리낌 없이 보여주었죠. 이런 식으로 몇 년을 보내고 나니 신경이 쇠약해졌어요. 정말 그만둬야 했죠. 내 소식이 없으면 아이가 반응하리라 희망했어요. 그런데 그렇지 않더군요. 나는 내면에 텅 빈 공허를, 무언가로도 대신 채울 수 없는 부재를 품고 살아가야만 했죠. 하루도 딸을 생각하지 않는 날이 없어요. 딸애는 매년 내 생일에, 크리스마스에 메일을 보내옵니다. 나도 그 애처럼 덤덤한 어조로 답장을 보내죠. 아이는 놀라지도 않습니다. 더이상 다음 여름에 돌아올 거라는 말도 쓰지 않아요. 내 태도가 아이에게 무거운 짐을 덜어준 모양이에요. 이것이 내가 할 수 있었던 전부예요.

우리가 자식들의 모든 걸 받아들이고, 모든 걸 용서해야 하는 건 아니죠. 내가 예전보다 나아진 건 아니에요. 하지만 예전보다 나은 삶을 살고 있어요.

잔느

<u>쥘리에트가 잔느에게</u>

말라코프, 2019년 3월 5일

안녕하세요 잔느,

몽트뢰이 길에 있는 내 빵집에 장작 오븐이 있다는 걸 얘기 안 했죠. 몇 안 남은 장작 오븐 중 하나지요. 이 업종에서는 직원들을 오래 붙잡아두기가 어려워요. 나는 직원들에게 너무 정을 쏟았죠. 그들에 대해 환상을 품었어요. 가족처럼 지내고, 함께 성장하고, 내가 그들의 발전을 돕고, 손가락 열 개처럼 서로 의지하며 무엇보다 친구가 될 거라고 말이지요. 제빵 솜씨가 뛰어난 직원도 있었지만, 결국 모두 나를 떠났어요. 그들은 일이 너무 힘들고, 보수가 적다고 생각했죠. 아침 일찍 출근해서 늦게 퇴근하고, 종종 주말에도 일했으니까요…. 직원이 떠날 때마다 나는 화가 났어요. 제기랄, 왜 제빵을 선택한 거야? 나는 제빵을 하려고 문학 공부를 포기했을 때 무엇이 나를 기다릴지 예상은 했었는데요. 그들은 꼭 달에서 떨어진 사람들 같았어요. 그 사람들은 착각한 거예요. 이 정도로 힘들 줄 상상하지 못했던 거죠. 몇몇은 세상을 보고 싶어 했고, 갇힌 느낌이 들지 않으려고, 타성에 젖지 않으려고 했던 겁니다. 또 다른 직원들은 공장식으로 빵을 생산하는 체인점으로 옮겨갔지요. 그곳에서는 급여도 나왔고, 근무시간도 훨씬 일정했으니까요. 나는 그들에게 못되게 굴지 않을 수 없었어요. "그래, 쓰레기 같은 빵이나 만들고 집에서 한가로이 뒹구는 게 더 좋다면 얼마든지 그렇게 해! 미래가 퍽도 멋지겠어." 사실은 그들을 붙잡을 방법이 없어서 화가 치밀었던 거죠. 내가 첫 빵집을 열었을 때, 은행에서는 나를 눈여겨봤어요. 그러다 나는 바쁜 일상에 파묻혀 굳은 결심을 잊고, 직원들을 더 격려하고 칭찬하지 못했죠. 결국 나는 몸과 마음을 다 바치지 않고도, (나처럼) 과도한 야심 없이도 제빵을 사랑할 수 있을 거라고 받아들이게 됐어요. 나는 좀 더 타협적이고 덜 고집스러워지는 법을 터득했죠. 이런 이유에서도 나는 내 직업을 좋아합니다. 나를 바꿔놓았으니까요. 내겐 관대함이 부족했어요. 냉장고에서 막 꺼낸, 너무 딱딱하고 너무 차가운 반죽 같았죠. 부드럽고 말랑해지게 하려면 주무르고 마사지하고, 어루만지고 거칠게도 다뤄야 해요.

우정을 담아,
쥘리에트

잔느는 짜증과 이해할 수 없다는 생각 사이에서 갈팡질팡한다. 자신이 보낸 지난번 편지를 쥘리에트는 받은 걸까? 오렐리에 관해 한 마디도 없다니. 조금이라도 연민을 보였으면 좋았을 텐데. 쥘리에트는 무슨 생각을 하는 걸까? 딸의 부재에 관해 쓰는 게 그녀에겐 쉬운 일처럼 보일까? 놀랍게도 쥘리에트는 자신의 우울증에 대해서도 더는 말하지 않는다. 이렇게 느닷없이 화제를 빵집 초기 시절로, 직원 채용 문제로 돌리다니, 참 이상도 하다.

잔느는 쥘리에트가 2월 24일에 보낸 편지를 다시 읽는다. 그녀는 처음으로 산후우울증에 대해 말했지만, 다시 재발할까 두려워 자신의 개인적 상황에 대해서는 언급하지 못했다. 어쩌면 스스로 준비가 되길 기다리며 다른 쪽으로 주의를 돌리는 건지도 모른다. 잔느는 쥘리에트의 걸음에 맞춰 그녀가 다가오도록 기다리기로 마음먹는다.

<u>니콜라가 쥘리에트에게</u>

파리, 2019년 3월 3일

쥘리에트,

우리 아파트 문턱을 넘어서면, 문 뒤에서 당신의 부재가 나를 기다려. 그것이 내 목에 달려들어 나를 땅바닥에 쓰러뜨려 뻗게 해. 나는 다시 일어나. 마치 아무 일도 없었던 것처럼. 어머니와 아델이 나를 기다리고 있으니까.

난 당신의 모순적인 모습을 사랑해. 당신은 그게 새로운 일이라고 생각하는 모양인데, 당신은 언제나 그랬어. 처음엔 그 정도는 아니었지. 어쨌든, 우리가 편지를 주고받는 건 서로를 배려하기 위해서가 아니라 앞으로 나아가기 위해서잖아. 우리가 솔직하지 않으면 서로에게 상처를 입히지는 않겠지만, 실패하고 말 거야. 몇 달 동안 당신은 나를 거부했고 낯선 사람 보듯 했지. 더 심하게는, 당신이 아델을 돌보지 못해서 내가 당신 자리를 대신할 때는 나를 원수 보듯 했어. 혼란스럽고 화난 당신의 말을, 취약하고 소용돌이치는 당신의 감정들을 난 원해. 무관심이나 혐오보다는 차라리 그 모든 걸 원해. 당신은 나아졌어. 새로 일도 하고 있고, 일주일에 두 번씩 산모 심리치료 병동에서 반나절을 아델과 같이 보내고 있잖아. 상담의와도 진전이 있고. 인내심이 부족했고, 당신에게 무슨 일이 일어났는지 이해하지 못한 내가 원망스러워. 그 모든 세월 동안 당신 곁에서 당신의 어린 시절에 대해 좀 더 자주 얘기를 나눴어야 했는데. 난 당신이 어린 시절을 기적적으로 극복해냈다고 생각했지. 내가 너무 천진했어. 그 주제에 관해 당신이 침묵하는 걸 존중한답시고 내가 너무 태만했던 거야.

그래, 우리가 함께 아델 얘기를 하기를 바란다면, 난 당신이 주도해야 한다고 생각해. 당신이 더는 슬픔이나 죄책감, 아니면 또 어떤 감정이든 느끼지 않고 얘기할 수 있겠어? 내겐 확신이 필요해. 편지에서 당신은 그걸 바란다고 쓰고 있지 않으니까. 내가 왜 아델 얘기를 하지 않느냐고만 묻잖아. 미묘한 차이가 있어. 당신이 할 수 있고, 당신이 원하면, 내게 당신의 병원 진료 시간을 얘기해줘.

직원 문제가 좀 있긴 하지만, 카멜리아는 잘 돌아가고 있어. 야니크는 병에 걸렸고(서른다섯 살에 수두에 걸렸지 뭐야!), 베르나데트도 아파(기관지염이래). 그래서 지난주 내내 정신없이 바빴지. 두 사람이 돌아 오기만 하면 무미無味에 관한 연구를 시작하려고 해. 지난주에 점심 먹으러 와서 프랑수아 쥘리앙의《무미 예찬》이라는 책을 내게 준 필립 덕에 품게 된 생각이야. 우리와는 반대로, 중국 문화에서는 무미가 부정적인 의미를 지니지 않는다는 건 알고 있었지. 하지만 그 자체가 오롯이 하나의 풍미라는 생각은 하지 못했어. 그 책을 통해 그런 생각의 기원을 알게 되었고, 영감을 준 학파들을, 무미의 철학을, 일종의 이상을 발견했어. 무미라는 맛은 경계선에 자리하고 있어서 단맛도 아니고, 부드러운 맛도 아니고, 짠맛이나 신맛도 아니라서 분류하는 게 불가능해. 프랑수아 쥘리앙은 그것이 가능한 모든 "맛의 경험"을 열어둔다고 쓰고 있어. 중국과 일본 요리에서 무미는 물의 순수성, 평온의 추구와 연결돼. 정말 흥미로워.

감귤류를 그만 끊어야겠어. 집착이 되어가고 있거든. 점심시간 후에 필립이 나를 기다렸다가 집까지 바래다주었어. 아델을 보고 싶어 했지. 필립은 아델이 점점 더 당신을 닮아간다고 생각해. 눈만 빼고. 당신 소식도 물었어. 당신에게 안부를 전해달래. 그는 당신이 왜 다시 떠났는지 설명해주길 바랐지만, 난 얼버무렸어. 이상해. 친구들에게는 그 얘길 못하겠어. 내가 서투르고 어설플까 봐 걱정돼서, 그냥 입 다무는 게 더 나아. 이 고약한 병에 대해 말하는 건 정말 힘들어.

몸조심하고.

N.

니콜라는 창문 너머로 맞은편 보도에서 젊은 여자가 빵집 셔터를 올리는 걸 바라본다. 파란 하늘엔 구름 한 점 없다. 파리의 신성한 일요일 아침이다. 아직 이른 시간이다. 그는 딸의 방을 향해 가며 소리를 내지 않으려고 조심한다. 아이의 잠이 깊지 않다는 걸 안다. 창을 통해 들어오는 빛이 아이의 모빌 장난감에 달린 천 토끼 인형들을 비춘다. 그는 가만히 요람 위로 몸을 숙인다. 아델은 자고 있지 않다. 천

장을 바라보고 있다. 아이의 고정된 시선과 침묵이 니콜라의 마음에 두려움의 파문을 일으킨다. 심장이 가슴 속에서 세차게 펄떡인다. 언제부터 깨어 있는 거지? 그는 아이에게 웃으며 옷 속으로 손을 넣어 기저귀가 젖지 않았는지 확인한다. 아이를 들어 올려 엉덩이를 만져본다. 깨끗하다. 아이가 괜찮을까, 엄마가 없어 고통받지는 않을까 생각한다. 아이는 건강하고, 정상적으로 자라고 있고, 식욕도 좋다. 그런데 아이는 엄마의 고통을 어떻게 느낄까? 어떤 후유증을 앓게 될까? 인생을 시작하는 데 환영인사가 좀 그렇지…. 그는 아이를 품에 안는다. "귀여운 아가야, 안 자면서 왜 아빠를 안 불렀어? 우리가 엄마 없이 좀 헤매고 있지만 그래도 잘 헤쳐나가고 있지, 안 그래? 오 내 새끼! 이 모든 일에 대해 정말 미안해. 엄마는 너를 사랑해, 곧 돌아올 거야. 나의 천사야, 넌 아무 잘못이 없어. 그래, 곧 돌아올 거야. 엄마가 병이 나으면 얼마나 대단한 사람인지 보게 될 거야. 절대 가만히 있지 않고, 수다쟁이고, 한 시간에 백 가지 생각을 떠올리는 그런 사람이란다. 엄마와 단 하루만 보내고 나면 넌 통나무처럼 곤히 자게 될 거야. 그렇지만 인내심을 가져야 해. 너한테 엄마가 필요하고, 엄마 없는 아기의 삶이 평온할 수 없고 어렵다는 걸 알아. 불공평하고 뒤죽박죽이라는 걸. 하지만 아빠가 있잖니. 이 모든 걸 너한테 먼저 말했어야 했는데. 미안해 아가야, 미안해…. 나의 예쁜 아가야, 경이로운 아가야….” 니콜라는 아이를 꼭 끌어안는다. 처음으로 그는 운다. 해방된 굵은 눈물이 아이의 목을 타고 흘러내린다. 그의 말은 두서없고 급하지만, 한 문장 한 문장이 그의 마음의 짐을 덜어준다. 그는 두 팔을 뻗어 아이를 높이 들어 올리고 바라본다. 아델이 그에게 미소 짓는다.

<u>쥘리에트가 니콜라에게</u>

말라코프, 2019년 3월 13일

니콜라,

그때는, 아델이 태어나고 이어진 여러 달 동안 내가 견딘 것을 말로 표현할 수 없었어. 당신에게조차 말할 수 없었어. 나의 무기력증을 어떻게 설명해야 할지 몰랐어. “내 아이에게 아무 감정도 느끼지 못해”라는 말을 할 수만 있었더라면. 그리고 몇 주 뒤에는 “내 아이가 나를 마비시켜. 내가 감당할 수 없는 무게야. 살아야 하는 건 아이야. 내가 아니야”라는 추악한 말을 해야 했을지도 몰라. 당신 같으면 이럴 때 어떻게 했을까? 내가 겪은 걸 누구도 이해하지 못했어. 세상에 나 혼자였지. 난 괴물이었고. 아이에게 해로운 존재였어. 의사가 — 얼굴과 이름은 생각이 나지 않는데 당신이 내 옆에 앉아 있었고 내가 미친 소리를 했던 건 기억나 — 베이비블루가 산후우울증으로 바뀌었다고 말했을 때, 안도감 같은 게 느껴졌어. 난 한 가지 생각을 끝까지 이어갈 수 없었고 불안 발작이 심해지기 전에 멈추게 하려고만 분투했는데(완전히 실패했지만), 정확히 그 순간에 이런 생각이 들었으니까. 내가 고통받고 있는 것에 이름이 있다면, 다른 사람들도 겪고 있을 거라는 생각 말이지.

당신은 내가 내 어린 시절에 대해 더 말했어야 했다고 썼지. 그리고 이 주제에 대해 말을 꺼내지 않은 걸 자책했지. 만약 당신이 그랬더라면, 난 당신을 쫓아냈을 거야. 확실해. 이름 없이 태어난 내 출생의 후유증 같은 건 없다고 말했을 거야. 나의 행복한 유년기가 혼란스러웠던 생의 첫날들을 그저 우발적인 사고처럼 가려버렸지. 나를 입양하고, 나의 출생을 감추지 않고, 나를 애지중지 아껴주시고 사랑하고 예뻐하신 양부모님 곁에서 보낸 19년의 행복한 삶에 비하면 그 혼란스러운 날들이 뭐 그리 대수겠어? 부모와 자식 사이의 그보다 좋은 관계를 꿈꾸기는 힘들어. 다만 유일한 아쉬움이라면 나의 친모가 자기 행동을 내게 설명해줄 편지나, 물건, 기념품을 남기지 않았다는 사실이었어. 그럴 수도 있었을 텐데. 아마도 분명히 그렇게 하도록 조언받았을 텐데. 이 모든 건 당신도 아는 사실이잖아.

난 당신이 생각하는 것처럼 그 주제를 회피하지 않았어. 사람들이 내게 질문을 하면 대답했으니까. 나는 거짓말을 하지 않았고, 버림받은 사실이 내게 트라우마가 되지 않았다고 말할 때 진실을 왜곡하지도 않았어. 아델이 태어나면서 그게 깨어났지. 잠든 화산이 깨어나 모든 걸 파괴하고 자연을 잿더미로 만드는 것처럼 말이지. 난 그게 영원히 꺼진 줄 알았어.

나는 부모님께 못되게 굴었어. 부모님을 만나는 것도 거부하고, 손녀딸도 보여주지 않음으로써 그들을 벌했어. 세상에서 최고의 부모인데 말이지. 내가 준비되면 부모님께 전화를 걸 거야—아니 편지를 보낼 거야. 이 글쓰기 아틀리에에 참여하기 전에는 이런 생각을 못 했어. 지금은 편지가 최고의 해결책처럼 보여. 그래야 내가 두 분께 용서를 구하고, 얼마나 내가 두 분을 사랑하는지 털어놓을 때 두 분은 내가 울고, 말을 더듬고, 숨을 헐떡이는 걸 듣지 못하실 테니까.

자기 부모를 알지 못하고, 부모에게 거부당했다는 건 큰 고통이야. 이제는 그걸 말할 수 있고 글로 쓸 수도 있지만, 그걸 받아들이고 더불어 사는 법은 여전히 배워야 해. 내가 정신과 의사와 함께하고 있는 게 그런 작업이지. 그렇다고 내가 나의 양부모님 곁에서 보낸 행복한 어린 시절이 사라지는 건 아니야.

산모 심리치료 병동에서 의사들은 내 상태가 나아지고 있고,

아델과의 교감이 점점 더 쉬워지고 자연스러워지고 있다고 말해. 난 그 말을 잘 믿지 못하겠어. 아이와 단둘이 너무 오래 있으면 공황증세가 나타나니까. 의사들은 그 빈도가 줄었다고 해. 아델이 조금이라도 칭얼거리거나, 잠투정을 하거나, 내가 아델이 원하는 것을 이해하지 못하면, 발작이 일어나. 난 아이를 돌볼 수 없고, 그것이 내 잘못이라는 확신이 들어 울음이 터지지. 아델에게 말할 때 나는 아이의 눈길을 피해(아이도 내 눈길을 피하고, 진짜야). 그래서 간호사들이 내게 조언한 대로, 아이를 바라보려고 애쓰면서 방금 한 말을 다시 반복하지. 우리는 함께 노는 법을 배우고 있어. 아이는 블록을 좋아해. 2주 전부터 아델은 혼자 일어서. 나는 아이가 나를 붙들고 이쪽에서 저쪽으로 이동하도록 돕지. 상담은 정신과 의사와 간호사들과의 토론으로 마무리돼. 그러고 나면, 다시 떠날 시간이지. 언제쯤 아이가 기어 다니기 시작할지 궁금해.

난 당신이 아델에 대해 말해주면 좋겠어. 아니, 아델과 당신에 대해. 그러면 내가 아델을 좀 더 잘 알게 되고, 다가가는 게 더 쉬워질 거야. 당신은 아이와 보내는 행복한 순간들을 내게 말할 때 나더러 슬퍼하지 말라고 하지. 그건 불가능해. 니콜라, 나를 이해하려고 해봐. 나 없이 날아간 그 모든 날들! 당신은 아이의 일상을 함께하고, 아이의 세상을 이끌고, 아이에게 먹을 걸 주고, 함께 놀고, 재우고, 산책시키고, 아이가 좋아하는 게 뭔지 알고, 무엇이 아이를 웃게 하고 울게 하는지도 알잖아. 그런데 나는 일주일에 두 번 반나절을 우리의 행동과 몸짓을 해독하는 전문가들에게 둘러싸여 아이와 보내지. 그래, 나는 질투가 나. 하지만 그 질투는 내가 입원 전에 아델을 향해 느꼈던 질투와는 비교할 수 없어. 당신은 딸 곁에서는 행복했고, 내 곁에서는 불행했어. 당신은 나보다 모든 걸 더 잘했고, 난 더없이 형편없는 엄마였어. 가장 힘들었던 건 저녁에 더는 아무 소리도 나지 않는데, 아직 잠들지 못한 아델의 울음소리가 아파트에 울려 퍼질 때였지. 내 머릿속에서는 이런 생각이 맴돌았어. "아델, 난 네가 뭘 원하는지 모르겠어. 도무지 모르겠어." 아이와 단둘이 이런 끝없는 시간을 보냈지. 당신이 언제 카멜리아에서 돌아올까? 나는 결국 아이에게 이렇게 소리치고 말았어. "잠 좀 자! 더는 못 견뎌!" 그러다 보면 당신이 집으로 돌아왔는데, 당신은 지쳤지만 너무도 평온한 모습이었어. 당신은 아이를 품에 안고, 어르고, 달랬지. 그러면 모든 게 해결되었어. 난 아이를 향한 당신의 미소가, 당신의 포옹이 싫었어. 나 자신이 쓸모없는 인간이 된 기분이었거든. 이 아이가 모든 자리를 차지했고, 나를 서서히 죽이고 있었어. 아이는 나를 사랑하지 않았어. 아델이 없었더라면 내가 미치지 않았을 거라는 생각이 들었지.

부탁인데, 화내지 말아줘. 나를 판단하지 말아줘. 이런 게 내 머리를 스쳐 간 생각들이고, 이제야 말할 수 있게 된 거야.

요즘 나는 당신과 아이 사이의 유대감이 부러워. 날이 갈수록 굳건해지고 있잖아. 내게 잃어버린 시간은 돌아오지 않을 거야.

애정과 입맞춤을 담아,
쥘리에트

<u>장이 에스테르에게</u>

파리-시카고, 2019년 3월 3일

친애하는 에스테르,

내가 탄 비행기가 난기류를 만나 글씨가 엉망이네요. 파리에 내린 폭우 때문에 출발이 늦었어요. 사실 그 폭풍우는 대서양 상공에서 우리를 기다리고 있었죠.

당신은 왜 내가 할머니를 배신했다고 생각하는지 물었죠. 내가 넘칠 듯 쏟아지는 돈의 즐거움을 알게 되고 멍청이처럼 행동하기까지 그리 오랜 시간이 걸리지 않았기 때문이에요. 할머니는 편물 수선 일을 하면서 매달 가계부를 쓰고, "힘들 때를 대비한" 저축통장을 자랑스러워하셨으며, 나를 정원 체험 여행에 데려가는 비용을 대기 위해 희생하셨던 분이시니 돈을 그렇게 낭비하는 나를 보면 좋아하셨겠어요?

할머니에게 심근경색이 닥친 건 내가 학업을 마칠 무렵이었어요.

해고 작업을 처음 진행할 때는 양심의 가책을 느꼈지만, 오래가진 않았어요. 내가 버는 돈에 비하면 죄책감은 그리 무겁지 않았죠. 돈은 최고의 동기이고, 우리를 무척 행복하게 해줍니다. 하지만 부자가 되면 세상의 흐름에 정확히 발맞추고, 균형감각을 유지하고, 특히 돈에 대한 개념을 지키기가 어렵습니다. 심지어 불가능한 일이죠. 아무 생각 없이 경비 내역을 제출하고, 모든 걸 혹은 거의 모든 걸 살 수 있고, 청구 금액을 무심하게 쳐다보며 신용카드를 건네주고, 가격이 충분히 높지 않으면 제품을 덜 매력적으로 여깁니다. 혹시 죄책감이라도 느끼면 자선단체에 후한 수표를 보내죠. 나도 그래요. 돈은 제 삶의 버팀목입니다. 그것은 내가 먹고, 협상하고, 숨을 쉬고, 사고팔고, 사랑을 나누고, 죄책감을 느끼고, 느끼지 않을 때도 돈은 언제나 거기 있죠. 돈이 없으면 나는 즐길 줄도, 사랑할 줄도, 아침에 일어날 줄도 모릅니다. 돈은 모든 걸 할 수 있죠. 그것은 나 자신이 되었어요. 그것은 내 코끝을 쥐고 끌고 다닙니다. 그것은 나의 가장 작은 입자까지 지휘하고, 내 심장을 더 빠르게 뛰게 하죠. 난 돈을 증오합니다. 그리고 그걸 사랑합니다. 돈 없이, 내가 무엇일까요? 이 물음에 대답할 수 있으면 좋겠네요.

내 말에 충격받으시겠지만, 나는 자살을 용기 있는 행위라고 생각하고 그 행위를 존중합니다. 자신이 죽을 날을 스스로 결정하는 건 가장 자유로운 선택이니까요. 하지만 그것이 주변 사람들에게는 큰 폭력이고, 사람들은 그런 식으로 자기 문제를 해결하는 것을 비겁하다고 생각합니다. 나는 당신이 아버지에 대해 후회도 가책도 느끼지 않기를 바랍니다. 다 소용없는 것들이죠. 우리는 우리가 사랑하는 사람들을 위해 많은 걸 할 수 있지만 모든 걸 하지는 못합니다.

마지막으로, 당신에게 두 가지 질문을 드리고 싶어요. 서로 상관없는 질문입니다. 당신의 아버지(제가 추리소설 애호가가 아니어서 이름을 들어도 잘 모르겠습니다)는 아내가 세상을 떠난 뒤 왜 새 삶을 시작하지 않으셨는지요? 당신은 서점을 하시면서 글쓰기 아틀리에를 열 생각은 어떻게 하게 된 건지요?

우정을 전하며,
장

<u>에스테르가 장에게</u>

릴, 2019년 3월 9일

안녕하세요 장,

이미 편지에 썼듯이, 아버지와 나는 릴에서 살았어요. 두 집은 20분 거리에 있었죠. 그런데도 우리는 서로에게 편지를 쓰는 습관이 있었어요. 우리를 잇는 이 특별한 유대감에 대해 말하면, 사람들은 흔히 이렇게 묻죠. "진짜 편지요?" 그렇습니다, 진짜 편지예요. 펜으로 종이에 써서 봉투에 넣고 우표를 붙여서 우체국 서비스에 맡기는 편지요. 지금 우리가 주고받는 편지처럼요. 우리의 편지 왕래는 내가 가족과 함께 살던 아파트를 떠나고 몇 달 뒤부터 시작되었죠. 내가 스무 살 때였어요. 나는 아버지를 혼자 두고 떠나는 걸 망설였는데, 아버지는 다정하게 나를 밖으로 내쫓았어요. 나는 학생 아르바이트를 구해야만 했고, 아버지는 집세 내는 건 도와주겠지만 내가 독립해야만 한다고 생각하셨죠. 아버지가 나 없이 첫날밤을 어떻게 보내셨는지 바로는 차마 묻지 못했어요. 아버지가 대수롭지 않다는 듯이 "아주 잘 보냈어. 왜 그런 걸 묻는 거야? 네가 그리 멀리 살지도 않잖니. 과장하지 마"라고 대답할까 봐 겁이 났죠. 나중에, 편지로 용기 내어 물었더니 아버지의 대답은 간단했어요. "아주 끔찍했지."

편지를 주고받긴 했지만 생생한 목소리로 대화하는 즐거움은 여전했어요. 아버지의 편지가 그립습니다. 일주일에 한 번씩, 우리는 아침 일찍 카페에서 만났어요. 나는 아버지 옆에 앉았지요. 우리는 지나가는 사람들을 관찰하고, 그들의 옷차림, 외모, 특이한 점에 관해 얘기하는 걸 좋아했어요. 그렇게 이른 시간에 릴의 비스트로에 모인 가족을 보는 게 너무도 드문 일이어서 우리는 기뻐했지요. 사람들의 관계를 추측하며 즐거워했고요. 부부 싸움 장면을 볼 기회라도 주어지면 환호했죠 — 말다툼의 실마리를 따라가기 위해, 싸우는 부부에게 눈길을 주지 않고 우리 이야기를 이어갔어요. 우리의 기술은 실패할 수가 없었지요.

헤어질 때 우리는 편지에 대해 짧게 언급했어요. "편지 썼어", "편지 곧 받으실 거예요", "아 참, 답장 보냈어". 편지를 처음 주고받기 시작할 때부터 우리는 확실히 구분했어요. 한쪽에는 말을 두고, 다른 쪽에는 글을 두었죠. 말로 하는 것이 글로 하는 것에 영향을 미치거나 훼손하지는 말아야 했어요. 내 딸 피아는 나의 아버지와 나를 '희한하다'고 생각했죠. 스카이프나 전화로 얘기하면 훨씬 간단할 텐데 그런다고요. 나는 이런 특별한 관계의 장점을 거듭 자랑했지만, 영 안 믿더군요.

우리의 편지는 몇 줄로 끝나기도 하고 몇 페이지를 까맣게 채우기도 했어요. 어느 정도 일정한 속도로 이어졌고요. 내가 게으를 때는 아버지가 열의에 찼죠. 그 반대일 때도 있고요. 우리는 나의 어린 시절, 아버지의 어린 시절에 대해, 나도 그렇고 아버지도 애착을 품은 릴과 이 지역에 대해, 광부였던 할아버지에 대한 당신의 존경심에 대해, 내 어머니의 아름다움에 대해(자주 등장하는 주제였죠), 두 사람의 만남에 대해(이 또한 자주 등장하는 주제였죠), 내가 세 살 때 어머니가 돌아가신 뒤로 아버지의 마음을 파고든 그리움에 대해 말했죠. 그 그리움은 도무지 가시지 않아서, 아버지는 편지에서 "더는 맞서 싸우지 않기로 했다"고 썼어요. 다른 주제들도 있었죠. 아버지의 책, 독서, 여자친구들, 그리고 내 딸, 노화, 아버지의 친구들, 내 친구들, 모성, 부성에 대해…. 그러니 우리의 아침 대화가 고역이고 빈약했으리라고 생각할 수도 있겠죠. 하지만 전혀 그렇지 않았어요.

처음 몇 년 동안 아버지의 편지에는 추신이 붙었고, 나를 고쳐 주는 이런 말이 담겼죠. "피아의 선생님과 네가 나눈 대화를 이야기하는 방식은 아주 재미있는데, 사소한 사실들에 빠져 좀 길을 잃은 것 같구나. 아쉽게도". "'항상'이라는 말을 왜 그렇게 자주 쓰니? 내가 헤아린 것만도 세 번이야". "감탄사 좀 그만 쓰렴!". "지난번 편지를 큰소리로 다시 읽어봐. 구두점에 문제가 있는 걸 보게 될 거야. 숨은 언제 쉬냐." 시간이 지나면서 아버지의 추신은 점차 뜸해지더니 완전히 사라졌어요. 안타깝게도 그건 내 글이 흠잡을 데 없어져서가 아니었어요. 나를 고치느라 너무 지치셨던 거죠. 아니면 내가 그런 걸 받을 나이가 아니라고 판단하셨거나요. 그런 유용한 지적을 나는 오랫동안 그리워했죠.

아버지가 돌아가시고 2년 뒤, 우리가 주고받았던 편지들을 떠올리다가 나는 편지 쓰기 아틀리에를 열고 싶어졌어요. 아버지와 아버지의 글이 그리웠죠. 아버지가 떠나고 1년 뒤에도 나는 바보처럼 여전히 아버지의 편지가 있을까 하는 희망을 품고 우편함을 열었어요. 아버지가 로맹 가리처럼 하지 않아서 원망했죠. 《새벽의 약속》에서 로맹 가리는 2차 세계 대전 동안 전선에서 어머니로부터 250통가량의 편지를 받았다고 주장했어요. 1944년에 집으로 돌아온 그는 어머니가 이미 3년 반 전, 그가 전선으로 떠나고 몇 달 뒤에 돌아가셨다는 걸 알게 되었죠. 허구든 실재든, 거울 유희든, 거짓 단서든, 이중성이든…, 그런 건 중요하지 않습니다. 그 이야기는 아름답고 낭만적이죠. 아버지와 나는 그 이야기를 즐겨 인용했어요. 죽기로 결심하셨으니 아버지는 당신 방식으로 그걸 모방할 수도 있었을 텐데 말이지요. 나를 위해. 아버지는 당신의 자살이 나를 어떤 구렁텅이로 빠뜨릴지 아셨어요. 왜 내게 이 마지막 기쁨을, 저세상에서도 우리의 편지를 이어갈 기쁨을 주지 않았을까요? 단 한 통의 편지라도 말이지요. 아버지가 이런 음울한 농담조차 꾸미지 않았다는 데 나는 놀랐어요. 아버지의 책에는 그런 농담이 가득한데요.

"우리는 우리가 사랑하는 사람들을 위해 많은 걸 할 수 있지만 모든 걸 하지는 못합니다." 당신 말이 맞아요. 고맙습니다. 덕분에 나의 죄책감이 좀 덜어졌어요. 아버지의 죽음 이후, 나는 아버지가 아내를 잃고 보였던 것과 똑같이 반응했어요. 아버지의 서류를 뒤지고, 진료 기록을 꼼꼼히 살피고, 아버지 친구분들에게 전화를 걸었죠…. 분명히 무슨 이유가 있었을 거라고 생각했어요. 아버지는 병이 있었는데 내게 아무 말도 하지 않았던 거야. 아버지는 우울했는데, 내가 그걸 알아차리지 못했던 거야. 나의 수색은 헛수고였어요. 아버지는 빈혈이 있었고, 류마티즘을 앓아서 1년 뒤에 무릎 수술을 받을 예정이었지요. 심각한 병은 전혀 없었습니다. 다만, 처음으로 아버지 책상 위에서 아무런 원고도 볼 수 없었죠. 서랍과 컴퓨터를 뒤졌지만 아무것도 없었어요. 집필 중인 책의 흔적조차 없었죠. 항상 아버지는 소설 하나를 끝내고 나면 몇 주 뒤에 새로운 소설을 시작하셨어요. 마지막 소설《오늘밤엔 눈이 내릴 거야》를 끝낸 지 1년도 넘었지요. 아버지의 죽음은 글쓰기와 연관이 있어요. 아버지에게 매일 글을 쓰는 일이 얼마나 중요했는지를 어쩌면 내가 가늠하지 못했나 봅니다.

아버지의 편지에는 죽음이 자주 등장했어요. 아버지는 죽음을 겁내지 않았어요. 오히려, "품위를 떨어뜨리는 굴욕적인" 노년을 두려워했죠. 신체적 쇠퇴에 매료되면서도 혐오감을 느끼던 당신은 그 끔찍한 모습을 묘사할 필요를 느꼈던가 봅니다. "턱을 타고 흘러내리는 침, 떨리는 손, 말 안 듣는 다리, 목에 두른 냅킨, 바지 속 기저귀, 도움 없이는 입을 수 없는 팬티와 양말." 여기서는 그저 극히 일부분만 보여드리는 겁니다. 아버지는 한층 더 암울한 어둠을 보여주셨죠. 노인성 치매의 온갖 시련을 하나도 빠짐없이 묘사하셨어요. "아무것도 떠올리지 못한 채 방황하는 기억의 유령들이 과거도 기억도 잃고는 어느 날 자식에게 '누구세요?'라고 묻는" 모습을 말이지요. 아버지는 노인요양시설에서 환자들을 어린아이처럼 다루는 걸 신문이나 텔레비전 보도를 통해 볼 때마다 격분했고, 환자들이 너무도 쉽게 존엄성을 박탈당하는 모습에 충격받았지요.

지인이나 친구분이 알츠하이머를 앓는다는 소식을 들으면 아버지는 항상 내게 알려주었고, 알고 있는 모든 세부 사실을 말해줘서 내가 당신처럼 생각하도록 내모셨죠. 삶이란 몹시도 추악한 거야. 자연스레 아버지는 늙는 데 대한 두려움도 내게 전수하셨죠.

내가 스물다섯 살 때였을 겁니다. 아버지는 편지에서 자살을 언급하기 시작하셨죠. "나는 죽는 날을 선택하고 싶어. 다만 실패할까 봐 겁날 뿐이야." 나는 아버지에게 이런 약속을 받아냈습니다. 만약 행동으로 옮길 생각이면, 내게 말해주겠다고요. 기만의 약속이었어요. 나는 아버지가 말하지 않으리라는 걸 알았지만, 그래도 마음이 좀 놓였죠.

아버지의 말에는 병적인 건 아무것도 없었어요. 오히려 그걸로 농담하길 좋아하셨죠. 아버지는 자신이 언제 실행에 옮길지

정확히 알고 있다고 생각했어요. 내게 이렇게 썼으니까요. "에스
테르, 날 원망하지 말아야 해. 네가 화낼 걸 알아. 일단 죽고 나면,
난 네가 화내지 말았으면 좋겠구나. 아무 쓸모도 없잖니." 이따금
이렇게 얘기하셨지만, 난 더는 진지하게 여기지 않았어요.

그날 아침, 나는 아버지와 만나기로 한 카페에서 한 시간 동안
기다렸어요. 아버지의 전화기는 응답하지 않았죠. 나는 다시 집
으로 가서 아버지 아파트의 열쇠를 챙겼어요. 아버지가 넘어지
셨거나 기절했을까 봐 걱정했죠. 아버지의 자살은 단 한순간도
떠올리지 않았어요. 아버지가 침대에 누워, 아니 지난 생신 때 내
가 선물한 잠옷 차림으로 웅크리고 있는 게 보였어요. 침대 옆 탁
자에 아버지는 이런 말을 남겨두셨더군요. "약속대로… 때가 되
었어."

아버지는 일흔넷이었어요.

내 서점에 대해 뭘 알고 싶으신가요? 서점은 시내 중심가인 군
병원 길에 자리하고 있어요. 주로 일반 문학서들을 팔지만, 여행
서 코너도 꽤 커요. 고전적인 가이드북, 고대와 현대의 온갖 이야
기들, 지도, 지도책, 사진집. 나는 종종 바로 옆에 있는 뒤티윌 공
원에서 책을 읽으며 점심을 먹습니다. 그 긴 공원을, 그곳의 나무
들과 화단과 단정하게 정돈된 잔디밭을 좋아해요. 나는 일을 많
이 하지만, 운 좋게도 든든한 지원을 받고 있습니다. 내가 이 직
업을 선택한 건 부자가 되기 위해서가 아니에요. 아버지의 재정

적 지원이 없었다면 지금처럼 잘 살 수 없었을 겁니다. 아버지의 죽음 이후, 아버지의 관대함을 누린 것이 나 혼자가 아니었다는 사실을 알게 되었어요. 아버지는 랑스 노인요양원에 있는 친한 친구분의 비용을 일부 부담하셨고, 옛 여자친구의 생계를 도우셨더군요. 나한테도 돈을 남겨주셨어요. 언젠가 나는 꿈꿔온 일본 여행을 할 것이고, 그 두 분을 할 수 있는 한 계속 도울 겁니다. 라티스본 길에 있는 아버지의 아파트를 팔아야 하는데, 용기가 나지 않네요. 어머니가 돌아가신 뒤 우리는 그곳으로 이사를 했더랬지요. 나는 스무 살 때까지 그곳에서 살았고요.

아버지는 새 삶을 시작하지 않으셨어요. 몇 차례 꽤 길고 꽤 진지한 연애는 했지요. 매력적인 여자들도 있었고, 정말이지 짜증 나는 여자들도 있었죠. 매력적인 여자들보다는 진짜 짜증 나는 여자들이 더 많았어요.

당신은 돈과 어떤 관계를 맺고 있는지 모르겠군요. 나랑 너무도 다른 분이시라. 나는 당신을 질투해야 할지 아니면 동정해야 할지, 마음이 두 극단 사이에서 오락가락합니다. 그런데 당신은 왜 이 문제에 대해 과거형으로 말하나요?

우정을 담아,
에스테르

추신: 당신에게 편지를 쓰고 있을 때, 내 전화기에 〈르 몽드〉에서 보낸 이런 알림 문자가 떴어요. "손글씨는 디지털 시대에 휩쓸려 사라질까?" 이 글쓰기 아틀리에는 좋은 생각일까요?

아침부터 비가 끊임없이 내렸다. 서점은 텅 비었다. 나는 조금 지루해서 산책이라도 하고 싶었다. 저녁 6시가 다 되었으니, 릴에 얼마 전에 문을 연 마마 셸터 주점으로 소피를 만나러 가기까지 한 시간만 버티면 된다. 화이트 마티니 한 잔이면 울적한 기분은 사라질 것이다. 이 도시의 사립고등학교 교장인 친구와 함께, 나는 먼저 친구가 좋아하는 주제인 파리, 릴, 그리고 시골 생활의 장단점에 대해 얘기 나눌 것이다. 친구는 내게 물을 것이다. "어떻게 하는 게 좋을까?" "네가 그런 질문을 계속하는 걸 보니, 릴을 떠나는 게 좋겠어"라고 나는 대답할 것이다. 하지만 친구는 남을 것이다. 친구는 출발선에 발이 묶여 있다.

발신번호가 가려진 전화가 왔다. 나는 무심코 전화를 받았다. "안녕하세요, 몽제르몽 박사예요, 통화 괜찮으시죠." 의문형이 아니었다. 상대는 내게 듣는 것 말고는 다른 선택의 여지를 남기지 않았다. 이 정신과 의사는 내 글쓰기 아틀리에가 끝나면 만날 자리를 마련하자고 대뜸 예고했다. 그러곤 내가 어떻게 이 아틀리에를 열 생각을 했는지, 내 기대에 부응하는지 얘기해주길 바랐다. 그리고 다른 협업도 고려해보는 게 어떻겠냐고 했다. 그녀는 자신의 방식이 너무 독창적이고 절충적이어서 다른 동료들의 취향과 항상 맞지는 않았다고 털어놓았다. 자기 직업에서 새로운 경험과 호기심은 꼭 필요한 도구라고 그녀는 생각했다. 사람들을 돕는 방식은 많지만, 각자에게 적합한 방법을 찾아야 한다고 했다. 나중에 이에 관해 함께 더 얘기할 시간을 갖게 될 거라고도 말했다. 사실 그녀가 전화를 한 건 내게 고맙다는 인사를 하기 위해서였다. 물론, 신중해야겠지만 쥘리에트가 잔느에게 보낸 편지 하나가 치유를 향한 의미심장한 걸음이었다는 것이다. 나는 별로 한 게 없다는 말을 겨우 끼워 넣었다. 의사는 그 편지에서 환자가 자신의 상황을 한 걸음 물러나서 바라보았다고 했다. 자기 병의 전반적인 윤곽과 가장 뚜렷한 증상들을 묘사했다는 것이다. 특히, 무엇보다 중요한 건 쥘리에트 에스토베르가 산후우울증을 앓는 여성들에 대해, 따라서 자기 자신에 대해서도 우호적인 시선을 보였다는 것이다. 몽제르몽 박사는 짜증 나게 하는 면이 있었지만, 그 전화를 받고 내가 기뻤다는 건 인정해야 했다.

베르쥐스-쉬르-손, 2019년 3월 6일

안녕 사뮈엘,

형 일은 정말 안타깝네요. 무척 힘든 시간을 보냈겠어요. 어머니에게 너무 매정하게 굴지 말아요. 어머니가 매일 밤 우신다고 해서 그 눈물이 진심이 아니라고 생각하는 것 같군요. 난 사뮈엘의 어머니를 알지 못하지만, 그렇지 않을 겁니다. 어머니는 교도소 간호사이시니 의무를 다하셔야 하잖아요. 수감자들을 간호하고, 그들의 말을 듣고, 그들을 위로해야 하죠. 집에 혼자 계실 때 자신의 슬픔을 마음껏 표출하시는 걸 얼마든지 이해할 수 있어요. 사뮈엘은 자기 고통도 감당해야 하지만, 부모님의 고통도 지켜봐야 하고요. 부모님이 고통받는 걸 바라보고, 그들의 불행 앞에서 무력감을 느끼는 건 아주 괴로운 일이지요. 한 사람이 감당하기엔 너무 큰 짐이에요.

나의 남편은 심근경색으로 세상을 떠났어요. 우리가 탄자니아에서 휴가를 보내던 중에요. 그이는 쉰아홉 살이었죠. 그이는 내 삶의 행운이었고, 내 꿈의 남자였어요. 내가 먼저 떠났더라면 그이가 어떻게 했을지 짐작이 갑니다. 자전거로 수 킬로미터를 달려가 산속 어딘가에 멈춰서서 목이 터지게 울부짖었을 거예요. 시신이 송환되고, 장례식을 치르고, 이틀 뒤 오렐리가 중간고사를 치르러 파리로 떠날 때까지 나는 잘 버텼어요. 그러곤 드러누웠죠. 밤낮으로 잠을 잤어요. 시간 개념을 잃을 때까지. 거의 먹지도 않고, 씻지도 않고, 전화기도 꺼버렸죠. 나는 사랑 때문에 죽고 싶었어요. 하지만 그렇게 되지 않더군요. 어느 순간 우리 몸이 복종을 거부하죠. 잠이 달아나고요. 어쩌겠어요, 사랑하는 사람 없이 다시 살아가는 법을 배우지 않으면요?

부모님과 쥘리앙에 관해 얘기하는 게 불가능하다고 썼죠. 생각을 좀 해보았어요. 나도 가까운 사람들과 더는 소통할 수 없는 순간들을 경험했어요. 어떻게 빠져나가야 할지 알 수 없는 부조리한 상황이었죠. 어떻게 하면, 서툴지 않고, 거부당하지 않고, 말로써 더 상처를 주지 않은 채 우리와 타인을 갈라놓는 유리벽을 깨뜨릴 수 있을까요? 우리는 아무것도 모르는 것처럼, 모든 게 정상인 것처럼 행동하는 편을 택하죠. 마치 아무것도 보지 못하고, 이해하지 못하고, 듣지 못한 것처럼 말이에요. 이런 침묵은 반드시 깨뜨려야만 해요. 그것이 우리를 망가뜨리니까요. 그것은 독입니다.

난 딸이 하나 있어요. 오렐리인데, 의사이고, 남편과 함께 중국에서 살아요. 자주 보지 못하죠. 내가 기르는 동물요? 소와 돼지가 몇 마리씩 있고, 말 한 마리와 당나귀 한 마리가 있어요. 이 동물들에겐 공통점이 하나 있죠. 내가 데려오기 전까지 모두 학대당한 녀석들이에요. 나는 남은 생애 동안 이 녀석들에게 애정과 행복을 주려고 해요.

내가 사뮈엘을 충분히 알지 못해서, 정말 공부와 맞지 않는 사람인지는 모르겠어요. 반면에, 독서에 관해서는 잘못 생각한 겁니다. 독서는 세상으로, 인간의 본성으로, 과거와 미래로 향하는 문이에요. 어떤 주제도 흥미롭지 않고 어떤 문학 장르도 마음에 들지 않는다는 건 있을 수 없는 일이에요. 독서는 우리에게 문을 열어줍니다. 사뮈엘이 그 문의 열쇠를 갖고 있지 않다는 건 받아들일게요. 서점이나 도서관에 들어갈 용기가 나지 않는다고요? 그곳에서 일하는 사람들은 당신을 판단하려는 게 아니라 당신에게 조언을 주려고 있는 겁니다. 에스테르라면 나보다 더 잘 말해줄 거예요. 자! 고개를 들고, 가슴을 펴고, 심호흡을 하고, 당신이 좋은 사람이라고 말해요. 호기심이 많으면, 잃을 건 없고 얻을 것만 가득하답니다.

소식 전해줘요.

잔느

<u>사뮈엘이 잔느에게</u>

3월 13일

잔느 안녕하세요,

전에, 쥘리앙이 살아 있을 때는 제가 이 가족에 속하지 못하는 느낌이 들었어요. 지금은 더 최악이에요. 부모님이 나를 바라보고 내게 말할 때 뭘 보는지 모르겠어요. 아니면 내가 착각하는 것일 뿐, 모든 게 정상일지도 모르죠. 내가 뭘 해야 할지 모르겠어요. 형 없는 나는 뭘까요? 외아들일까요? 운 좋은 아들일까요? 빈자리를 채워야 할 아들일까요? 계속 숨죽이고 살아야 하는 아들일까요? 부모님은 저한테 잘해주세요. 그건 문제가 아니에요. 어머니는 나를 끌어안는 걸 좋아하시고, 아버지도 나를 잘 안아주시죠. 아주 짧게요. 두 분은 아무 일도 없는 것처럼 내게 말하려고 애쓰시지만, 그게 도움이 된다고 말할 수는 없어요. 우리 아파트는 납덩이처럼 무거운데, 누구도 어쩌지 못해요.

쥘리앙이 병원에 있던 마지막 몇 주 동안 나는 화가 나 있었어요. 형의 부재가 길어지는 게 좋은 징조가 아니었으니까요. 형의 암은 모든 걸 집어삼켰어요. 나는 형이 없으니 내 방보다 큰 형의 방을 차지할 생각만 하고 있었죠. 나는 형의 병을 더는 견딜 수가

145

없었어요. 그 병이 우리 모두를 족쇄처럼 옭아매어 우리는 앞으로 나아갈 수도 없고, 보통 가족처럼 서로 사랑하고 서로에게 소리 지를 수도 없었거든요. 때때로 나는 형이 죽기를 바랐어요. 그렇게 모든 게 끝나기를요. 그런다고 슬픔이 사라지는 게 아닌데도, 나는 그런 생각을 했어요. 진실을 감추고 싶진 않아요. 그 후로 이런 생각을 하죠. 내가 형을 더 지지했더라면, 형의 회복을 믿었더라면, 형의 죽음을 바라지 않았더라면, 형은 살아 있을 텐데 하고요. 완치는 되지 않더라도 살아 있을 텐데 말이에요. 이제 형이 없으니, 형의 방을 차지하려던 내 욕구가 부끄러워요. 어떻게 그럴 수 있었는지 모르겠어요. 결국 부모님과 함께 형의 방을 일부 비웠어요. 부모님이 저를 위해 그랬던 것 같아요. 아니면 그대로 두었을 거예요. 쥘리앙의 방은 그대로 남았을 테고, 그러면 형이 잠깐 떠난 것처럼 상상할 수 있었겠죠. 두 분은 내게 그 방을 완전히 비워줄까, 하고 물으셨어요. 나는 형의 책장과 책상은 그대로 남겨두길 바랐어요. 그러자 어머니는 안도하는 듯 보였어요. 나머지는 모두 상자에 담아 셋이서 지하실로 내렸지요. 어머니는 아무것도 버리지 않으려 하셨어요. 아버지는 자리를 마련하려고 와인병들을 갖고 올라오셨죠. 저는 두 분이 더이상 지하실로 내려가고 싶어 하지 않는다는 걸 깨달았어요. 모든 걸 비우는 게 우리에게 어떤 고통이었는지 알아요. 내게는 장례식보다 더 힘든 일이었어요. 기억들을 상자에 담아 강력 테이프로 봉

하면서 우리는 단 몇 시간 만에 한 삶을 사라지게 했죠. 한 인간의 삶이 정말 아무것도 아니더라고요.

쥘리앙은 프랑스어를 잘했고, 책 읽는 걸 좋아했어요. 형의 방에는 온통 책뿐이었고, 엄마는 그걸 보고 웃으셨죠. 그래서 나는 형의 책장도 책상도 건드리지 않기를 바랐어요. 나는 책을 사러 서점에 가느니 형의 책들을 읽기로 마음먹었죠. 맨 위 선반부터 왼쪽에서 오른쪽으로 한 권씩요. 왠지 모르지만 그러고 싶어요. 형의 눈길이 놓였던 지점에, 똑같은 단어에 내 눈길을 두고 싶어요. 형이 발견했던 이야기를 보고, 형이 만났던 인물들을 알고 싶어요. 그러고 나면 책을 원래 있던 자리에 그대로 둘 겁니다. 어쩌면 나는 아무것도 이해하지 못할 거예요. 때때로 형은 내게 이렇게 말했거든요. "넌 책 좀 읽어야 해, 그래야 덜 바보가 되지." 첫 번째 책은 프레드 울만의 《동급생》이에요. 내가 운이 좋은가 봐요. 다행히 두꺼운 책이 아니거든요. 내일 시작하려고 해요. 이 책 읽으셨어요?

기르시는 동물들에 대해 더 얘기해주시겠어요? 따님 얘기는 별로 안 하시네요.

이상하게 들리겠지만, 요즘은 테이프 붙이는 소리를 못 견디겠어요.

곧 또 쓸게요.

사뮈엘

장이 니콜라에게

파리-튀니스, 2019년 3월 11일

안녕하세요 니콜라,

"주방의 시인", "투스타 지식인", 이게 당신 별명입니까? 당신에 관한 기사들은 당신의 언어 사랑을 언급하며, 그것이 당신 요리에 영감을 주는 원천이라고 하더군요. 내게 요리를 하냐고 물으셨죠. 거의 하지 않습니다. 몇 가지 잘하는 건 있어요. 계란 프라이, 토마토소스 파스타, 피카르식 수프….

당신에게 닥친 일은 쉽지 않겠지만, 당신은 용감해 보이시네요. 당신의 아내가 당신에게 남긴 나쁜 이미지는 결국 지워질 겁니다. 내 조언과 격려는 이쯤에서 그만두겠습니다. 이미 지난 편지에서 썼듯이….

나는 환멸에 차고 우울한 사람처럼 보이는 걸 싫어합니다. 하지만 나의 그런 면을 지적한 사람이 당신이 처음은 아니에요. 내가 익숙해져야겠지요. 당신 말이 맞아요. 당신의 직업이든 내 직업이든 매일 엄청난 에너지를 쏟지 않고서는 성공할 수 없죠. 요즘 나는 그런 에너지를 찾기 위해 전보다 더 애써야 하지만 아직은 해내고 있어요. 얼마 동안이나 가능할까요? 오랫동안 돈을 버

148

는 것이 나의 원동력이었어요. 지금은 그렇지 않아요. 나는 도전을 좋아했죠. 상황이 복잡하면 할수록, 사람들이 나를 괴롭히면 괴롭힐수록 나는 더 잘 해냈어요. 왜 내가 일을 더 위임하지 않는지 물으셨지요. 지금으로선 어렵습니다. 나의 우선 업무가 해외에 토대를 둔 고객 서비스 부서와의 계약을 검토하는 건데, 이건 끔찍한 일입니다. 간단히 말해, 이미 형편없는 임금으로 일하는 가련한 사람들을 목표 달성을 하지 못했다는 구실로 해고하고, 더 형편없는 임금으로 일할 다른 사람들을 고용하는 겁니다. 새로운 해외 시장도 개척해야 합니다.

니콜라, 당신을 믿습니다. 내가 당신에게 털어놓는 얘기를 어떤 경우에도 누설하지 말아 주세요. 당신을 알지 못하지만 나는 당신을 믿습니다. 내가 이러는 것이 완전히 무분별한 짓이라는 걸 아시겠지요.

나의 아파트는 실제로 튈르리 정원을 바라보고 있습니다. 그래서 이 아파트를 샀지요. 6층이에요. 소음이 좀 있지만 나한테는 문제가 안 됩니다. 여행을 많이 다니고, 이 도시 저 도시를 돌아다니느라 날이 가는 것도 모를 지경이니까요. 나는 공허함이, 나 자신과 혼자 있는 게 두려운가 봅니다. 아무도 기다리는 사람이 없을 때, 고독을 어째야 하죠? 불평은 하지 않습니다. 이따금 여자친구도 만나니 좋은 점도 있지요. 안정적인 커플의 삶이 갖는 제약 없이 좋은 순간을 누리니까요. 자유롭지요. 내 인생의 여자를 만났다면 이런 말을 하지는 않을 테지요. 나는 사랑하고 싶고, 사랑받고 싶습니다. 순간순간의 환희, 달콤한 설렘, 조마조마한 마음을, 현재 순간에 닻을 내리게 하고, 눈부신 빛 아래 미래를 보게 하는 그 모든 걸 다시 느끼고 싶어요. 그 모든 게 참으로 멋지지만, 너무도 멀어졌어요. 당신은 아마 생각하겠지요. 오호, 놀랍네! 비즈니스맨이 낭만적인 영혼을 가졌어.

우리 아이들에 대해 말한다는 걸 잊었어요. 다음 편지에는 빠뜨리지 않고 얘기할게요.

장

추신: 솔직히, 나한테 쓰는 편지에서 에스테르에게도 함께 말하는 방식은 조금 거슬려요.

<u>니콜라가 장에게</u>

파리, 2019년 3월 18일

안녕하세요 장,

150

이따금 나는 내 레스토랑을 닫고, 딸을 품에 안고 이 지옥 같은 곳에서 멀리 떨어진 시골에서 작은 비스트로를 여는 꿈을 꿉니다. 압박감, 터무니없이 비싼 월세, 차를 몰고 다니는 얼간이들, 미슐랭 가이드, 도시를 약탈하는 블랙 블록[8]들, 그걸 막으려다 쓰러지는 경찰들, 더는 보이지 않는 노숙자들과도 작별인사를 하고 싶어요. 시골의 큰 집에서 아델과 동물들과 함께 벽난로에 불을 피우고, 갑자기 달콤해진 삶을 사는 나를 상상해봅니다. 어제는 샹드마르스 근처의 어떤 비스트로에서 친구와 한잔했지요. 거기서는 페리에에 곁들이는 레몬 조각까지 돈을 받더군요. 50상팀이나. 그곳 주인에게 가서 그 값을 진짜로 받냐고 물었죠. "이봐요, 레몬은 내가 뭐 공짜로 가져온 줄 아는 거요? 왜 그걸 그냥 주란 말입니까?"라며 주인은 화를 냈죠. "그거야 네놈이 페리에를 5.5유로나 받는 더러운 새끼니까"라고 나는 응수했죠. 내 친구 말이 틀리진 않았어요. 내가 그 자식을 더러운 새끼라고 부르지도 말고, 반말도 하지 말았어야 했죠. 그자는 얼굴이 시뻘개져서 누가 자기한테 그런 식으로 말하는 건 들어본 적이 없다면서, 기분 나쁘면 다른 카페로 가라고 하더군요. 싸움까지 할 생각은 없는 모양이었어요. 아쉽게도, 나는 기분이 몹시 더러웠던 터라 몸싸움

---

8) 검은 옷, 검은 마스크로 신원을 감추고 파괴적 시위에 가담하는 전술을 가리키는 동시에 그 시위대를 지칭한다.

도 마다하지 않았을 텐데 말입니다. 물 한 잔에 넣은 레몬 한 조각에 돈을 받는 게 정상이라고 생각하십니까?

압박감을 가라앉히려면 복싱을 다시 시작해야 할 거라는 걸 압니다. 내겐 어쩔 수 없는 사정이 있어요. 개처럼 일하고 집에 오면 어머니가 나를 기다리고 있지요. 어머니는 다정하고 정말이지 고약한 분이 아니지만 집에 가셔야 해요. 이러다가는 내가 어머니께도 못되게 굴 것 같거든요. 그렇지만 어머니가 안 계시면 어떻게 해야 할지 모르겠어요. 일정을 다시 짜야 하고, 어린이집을 다시 이용해야겠지요. 쥘리에트가 복잡한 머릿속을 정리하는 동안 내가 모든 걸 책임지는 게 지긋지긋해요. 그게 문제입니다. 내가 포기하면, 난 부당한 인간이 되겠죠.

다음 주말엔 아델을 데리고 퐁텐블로 근처의 친구들 집에 갑니다. 기분전환이 되겠지요.

당신은 사람들이 한가한 시간에 뭘 하는지 궁금해하는 것 같네요. 진심으로 궁금하신 거죠, 장? 대답은 분명합니다. 아무것도 안 해요. 사람들은 우울해하고, 후회하며 살아가죠. 모두 당신처럼 합니다. 달라질 필요가 없다고 생각하죠. 사랑 없이는 우리 존재가 무의미하니까요. 맞죠, 그렇죠? 그러니 계속 비행기 속에서 지루해하고, 멍청한 목표량을 채우지 못한 사람들을 해고하는 편이 낫다고 생각하지요? 참 근사한 계획입니다.

당신이라면 두둑한 퇴직금을 내걸고 퇴직 협상을 할 수 있을 거라고 확신합니다. 당신이 해고한 사람들, 보잘것없는 퇴직금을 지급했던 사람들과는 사정이 다를 테니까요. 그러니 내가 지적 장애인들과 함께하는 레스토랑과 텃밭을 열도록 도와주세요. 혼자 시작하려니, 자꾸 미루기만 하네요.

당신 말이 맞습니다. 난 당신이 감상적인 사람인 줄 몰랐어요. 당신 사진을 다시 떠올리니 웃음이 나올 지경입니다. 핏불 같은 눈길, 웃음기 없는 얼굴. 그리고 "생산비용을 낮춰야 합니다"라는 글귀까지. 이 얼마나 시적인 영혼입니까….

나중에 오다가다 또 봅시다.
니콜라

추신: 나는 내가 하고 싶은 대로 편지에서 에스테르에게도 말할 겁니다.

죄책감

<u>잔느가 쥘리에트에게</u>

베르쥐스-쉬르-손, 2019년 3월 12일

친애하는 쥘리에트,

지난 주말에는 베를린에서 콘서트 피아니스트로 활동하는 옛 제자 쥘리가 뜻밖에 찾아왔어요. 내가 처음 가르쳤을 때 그 애는 열 살이었을 겁니다. 스물두 살에는 파리 오케스트라에 들어갔죠. 리옹 음악원 학생이었던 그애는 주말마다 내게 수업을 받았지요. 쥘리는 재능 있고 성실한 학생이었는데 시험만 보면 평정심을 잃었어요. 시험 몇 시간 전만 되면 습진이 심해지고, 속이

메스꺼워지고, 떨리기까지 했답니다. 정말 극적이었죠. 정신과 상담, 요가, 아로마오일 요법, 이완요법, 진정제 등 온갖 방법을 다 써봤다더군요. 내가 도와주겠다고 제안했죠. 나는 경험이 꽤 쌓였고, 교사 생활 초년은 지났으니까요. 오디션 몇 시간 전부터 마지막 순간까지 나는 그 애 곁을 지켜주었죠. 우리는 함께 그 애가 원하는 걸 하기로 했어요. 피아노 연주만 빼고요. 그 애는 산책을 선택했어요. 우리는 손 강가로 갔고, 빠른 걸음으로 두세 시간 동안 강둑을 걸었습니다. 그 애가 아침 일찍 소집될 때는 새벽에 만나기도 했지요. 이런 산책 동안 우리는 오케스트라 지휘자, 연주자, 작곡가. 쇼팽, 라흐마니노프, 베토벤, 림스키코르사코프의 삶, 그들이 태어난 시대, 그들의 가족, 그들의 사랑, 그들의 첫 성공, 그들의 영감, 암울했던 시기, 회의에 빠졌던 시기 등에 대해 얘기했어요…. 그 애의 시험에 대해서는 절대 말하지 않았습니다. 나는 격려의 말을 슬며시 끼워 넣곤 했죠. "그날 플레엘에서 쇼팽은 〈안단테 스피아나토〉를 연주했지. 네가 지난주에 기막히게 잘 연주한 그 곡 말이야." "베토벤은 바로 그때 〈푸가〉를 썼는데, 아마 바흐의 〈골드베르크 변주곡〉과 견주고 싶었을 거야. 그 32번이 얼마나 어려웠는지 기억나지? 그만한 가치가 있었지, 안 그래? 다음 주에 내게 그 곡을 연주해줘. 네가 나보다 연주를 잘하잖아." 그러곤 우리는 함께 음악원 문을 넘어섰죠. 이 방법은 통했습니다. 우리의 대화가 그 애의 정신을 다른 데로 돌렸고, 신체활동이 스트레스를 해소하고 머리를 맑게 해주었죠. 지난 편지에서 당신은 팀원들에게서 배운다고 말했지요. 나도 내 학생들에게서 배웠습니다.

우정을 담아,
잔느

줄리에트가 잔느에게

말라코프, 2019년 3월 13일

안녕하세요 잔느,

내 딸이 태어났을 때, 산부인과 의사는 놀란 얼굴로 내게 왜 아이를 품에 안지 않느냐고 물었어요. 그래서 얼른 안았죠. 오늘은 그 이유를 의사에게 말해줄 수 있을 것 같아요. 내가 아델을 품에 안지 않은 건 그럴 생각이 떠오르지 않았기 때문이에요. 그 후로, 내가 그 순간에 무슨 생각을 하고 있었는지 생각해보았죠. 아무 생각도 안 했을 거예요. 내 머릿속은 완전히 텅 비었고, 현실과도 감정과도 단절되어 있었어요. 그 충격 때문에 저는 중요한 사실을 깨닫지 못했던 거죠. 내가 아이를 낳았고, 내가 엄마가 되었다는 사실을요.

임신했을 때 나는 스스로 보기 흉하다고 생각했어요. 너무 뚱뚱하고, 얼굴은 부었으며, 안색은 붉었고, 팔다리도 퉁퉁 부어서 몸을 거의 끌고 다녔고 온갖 사소한 일까지 걱정했죠. 아홉 달이 끝도 없이 긴 것만 같았고, 아기가 어서 태어나길 바랐죠. 아델은 오전 6시에 태어났어요. 첫날밤부터 나는 아이를 조산사에게 맡기길 원했습니다. 잠을 자고 싶었거든요. 모유 수유를 하지 않겠다고 결심했죠. 나는 낮에는 꿔다 놓은 보릿자루처럼 어색했고, 아기를 어떻게 돌봐야 할지 알지 못했고, 아기가 계속 울면 겁에 질렸습니다. 어서 밤이 되어 누군가가 아기를 데려가 내가 잠을 잘 수 있게 되기를 간절히 바랐죠. 아침이면 아기가 너무 빨리 돌아온다고 생각했어요. "벌써?"라고 속으로 생각했죠. 내 딸을 바라보며 그 투명한 살갗, 짙은 파란 눈, 헝클어진 검은 머리카락이 아주 예쁘다고 생각했지만, 그 아름다움이 나와는 상관없는 것만 같았죠. 아이는 어느새 짐이 되었어요. 나는 오직 한 가지만 바랐죠. 아이를 요람에 눕히고, 아이가 나를 조용히 내버려두기만을요. 집으로 돌아가면 이 모든 게 나아질 거라고 희망했어요. 그런데 더 나빠졌죠. 매일 나는 벼랑 끝으로 조금씩 다가가는 것 같았어요. 그걸 알아차린 건 나 혼자뿐이었고요.

나는 딸아이의 울음을 해독할 수 없었어요. 아이를 달래려고 애썼지만 소용없었죠. 내겐 공감 능력이 부족했어요. 아이의 눈에서 아무것도 읽지 못했고, 아이를 품에 안아도 아무런 감정을 느끼지 못했어요. 우리 둘 사이에는 깊은 구렁이 패었죠. 집으로 돌아온 처음 며칠 동안, 아이가 낮잠을 잘 때 난 아이가 깨어나길 초조하게 기다렸어요. 아이가 잠시라도 내 곁에 없으면, 나는 다시 희망을 품기 시작했죠. 아이가 곧 깨어날 테고, 그러면 나는 무한한 행복을 느끼게 될 거야. 모든 게 쉬워지고 밝아질 거야. 우리는 망친 첫 며칠을 잊게 될 거야. 그런데 아니었어요. 아이를 바라보기만 하면, 깨어난 아이를 내 품에 안기만 하면 불안이 더 거세게 옥죄었어요. 억지로 아이를 어루만지고 말을 걸어보았지만 소용없었어요. 공허감만 느껴졌죠. 젖병을 물리고, 목욕을 시키고, 기저귀를 갈아주었지만, 내 행동은 기계적이었어요. 어떤 일을 빠뜨릴까 봐 시간별로 적어놓은 목록까지 만들었죠. 잘못할까 봐 겁이 났습니다. 사실은 아이를 잊어버릴까 봐 공포에 질려 있었어요. 아기가 없는 척하고 싶은 유혹이 너무도 컸어요. 아델은 내게 낯선 존재였죠.

아이는 점점 더 울었어요. 나는 지치고 불안했고, 신경이 곤두서 있었죠. 니콜라의 어떤 행동도 내 마음에는 들지 않았어요. 나와 아이만 남겨두는 그를 원망했고, 그가 퇴근 후 아이에게 쏟는 시간을 질투했지요. 그이는 미칠 듯이 기뻐했고 나를 걱정했지만, 아이와는 행복했어요. 나는 니콜라와 내가 예전처럼 사랑하길 바랐죠. 우리의 아기가 우리 사이에 그만 끼어들기를 바랐어요. 우리 사이에 절대로 끼어들지 않기를요.

나는 침대에서 빠져나와 거리로 나가는 것이 점점 더 힘들어졌습니다. 아델이 2개월이 되었을 때, 니콜라는 내게 왜 의사를 보러 가지 않냐고 물었죠. 나는 아무 말 않고 받아들였지만, 마음은 아팠어요. 내가 제정신이 아니고, 어쩌면 미쳐가고 있다는 걸 확인해주는 말이었으니까요. 수치심이 나를 서서히 죽이고 있었죠.

의사는 비타민과 약한 수면제를 처방해주었어요. 그는 나를 안심시키려 했죠. 의사를 만나러 간 건 잘한 일이었어요. 베이비 블루를 가볍게 여겨서는 안 되지만, 곧 괜찮아질 거라고 했죠. 하지만 나는 실망한 채 병원을 나섰어요. 집으로 돌아오지 않고 곧장 병원이나 진료소로 가고 싶었죠. 누가 나를 치료해주고 수면제를 처방해줘서 모든 걸 잊게 해주면 좋겠다 싶었어요. 병은 악화되었죠. 나는 점점 더 공포에 사로잡혔고, 아델을 돌보는 일도 점점 더 힘들어졌어요. 나는 아이의 울음소리를 듣지 않으려고 이불을 뒤집어쓰고 침실에 틀어박혀 지냈어요. 아이에게 먹을 걸 주기 위해 억지로 일어나야 했죠. 나는 아이에게 해를 끼칠까 두려웠어요. 스스로 괴물이라고 되뇌었죠. 나는 의사들이 말하는 "대상부전" 상태에 빠졌어요. 내 안의 환상들이 풀려나왔죠. 나는 격분한 순간에 아델을 창문 밖으로 던지는 상상을 했어요. 베개로 눌러 아이를 살며시 질식시키고 차마 베개를 들지 못하는 상상도 했고요. 그러곤 욕조 속에서 내 손목을 칼로 긋는 상상도 했어요. 나는 점차 의식을 잃었고, 물은 짙은 핏빛으로 변했고, 온몸이 차가워졌지요.

결국 정신병원에 입원했어요. 그게 내가 원했던 것이었죠. 내가 위협처럼 느끼는 아기에게서 멀리 떨어져 치료받고, 나의 광기로부터 아기도 보호하고 싶었습니다. 아델은 생후 5개월이었죠. 나는 생트안 병원에 6주 동안 입원했어요. 아이를 보고 싶지 않았어요. 아이도 누구도 보고 싶지 않았죠. 누가 찾아오는 것도 원치 않았어요. 나는 무너졌죠. 그 시기를 떠올리는 것조차 시련입니다.

그 후 나는 산모 심리치료 병동으로 옮겨졌죠. 일주일에 며칠은 아델과 함께 보냈어요. 그 캄캄한 구렁 속으로 처음 빛이 비춰들었죠. 의료진은 나를 이해해주었어요. 나를 돕고, 내가 딸에게 말을 걸고, 만지고, 노래를 불러주도록 격려했죠. 휴식을 취하라고 권하기도 했고요. 이틀에 한 번씩 정신과 의사와 상담했지요. 여전히 아기에게는 아무 감정도 느끼지 못했지만, 더이상 공포에 질리지는 않았어요. 텔레비전도 라디오도 없었으니 완벽했습니다. 고요, 정적, 나는 그 이상을 바라지 않았어요. 니콜라가 나를 보러 왔어요. 내가 결국엔 허락한 유일한 방문이었죠. 나는 서서히, 그러다 완전히 나의 아파트로 돌아왔어요. 그리고 한 달을 버텼습니다. 니콜라는 할 수 있는 걸 했어요. 우리의 관계는 한결 평온해졌지만 서로 얘기할 수도, 사랑할 수도 없었어요. 나는 현실을 직시해야 했지요. 그이는 나를 피하고 있었어요. 믿을 수가 없었죠. 그의 태도에 나는 마음이 황폐해졌어요. 그 후 나는 그를 원망하고 있어요. 그이가 조금만 나를 배려했더라면 나는 자신감을 조금은 되찾았을 거예요. 그이는 아무런 도움도 주지 않았어요. 우리의 유대감은 날아가 버렸고, 우리는 사소한 애정 표현조차 하지 못했죠. 그가 나를 바라보는 방식이 마음에 들지 않았어요. 나는 다시 추락할까 봐 겁이 났어요. 공황 발작이 재발했죠. 의사에게 그 얘기를 하고 다시 집을 떠나기로 결정했어요. 나는 아직 준비가 제대로 되지 않았던 겁니다.

이미 일어난 일은 바꿀 수 없을 테지요. 바로잡지도 못하고요.

우정을 전합니다.
쥘리에트

장이 에스테르에게

파리, 2019년 3월 16일

안녕하세요 에스테르,

아버지와의 편지 얘기를 듣고 나니 당신이 왜 이 아틀리에를 열었는지 잘 이해가 되는군요. 아직 말씀드리지 않았지만, 여기 참여하게 되어 기쁩니다. 당신과 니콜라에게 편지를 쓰는 일은 나를 "안락한 영역 밖으로 나서게" 합니다. 유쾌한 일은 아니지요. 기억들이 수면 위로 떠 오르면서 자책하게 되고, 당신의 질문들은 나를 거북하게 하고, 때로 현실을 다르게 보게 만드니까요. 우리 모두 그런 건지, 아니면 나만 예외인지 모르겠네요.

이번 주엔 거의 내내 파리에 머물렀어요. 이참에 부모님과 점심식사도 했지요. 두 분은 연세가 여든다섯, 여든여섯이세요. 두 분 다 이런저런 가벼운 질병이 있고 약한 데가 있으시지만 대체로 건강하십니다. 아버지는 나를 보고 기뻐하시는 것 같았어요. 평소보다 훨씬 다정하셨죠. '다정하다'는 말은 과장인 것 같지만, 그런 비슷한 감정을 표현하셨어요. 두 분과 헤어진 후, 나는 오랫동안 어머니를 생각했어요(아마도 이 아틀리에의 영향인가 봅니다). 어머니에 대해서는 존경심을 품고 있어요. 어머니의 행복 관념을 못마땅하게 여기고, 그걸 어리석고 부도덕하다고 판단할 수는 있지만, 어머니는 결혼을 통해 당신의 꿈을 ― 부자가 되는 ― 이루셨고, 행복을 지켜냈으며, 끝까지 당신의 특권을 옹호하셨어요. 자식들에게는 되도록 덜 신경 쓰고, 일하지 않고 가진 재산을 누리며, 상류층의 역할에 안주하셨죠. 어머니는 책을 거의 읽지 않았고, 영화관이나 극장에도 거의 가지 않았고, 음악도 듣지 않으셨어요. 자주 사람들을 집으로 초대해 저녁식사를 대접했죠. 메뉴는 요리사가 맡았어요. 어머니가 무엇보다 좋아한 건 쇼핑이었어요. 옷, 보석, 가구뿐만 아니라 시골이나 바닷가에 있는 집도 샀지만 금세 싫증을 내셨죠. 별장이 몇 채나 있었는지 나로선 알 수가 없네요. 아버지는 어머니의 뜻에 따랐고, 어머니의 온갖 변덕을 다 들어주셨어요. 그 변덕이 얼마나 심했는지는 하느님만이 아시죠. 아버지는 나약했습니다. 아버지를 보면 연민이 느껴졌어요. 아니 불쌍한 마음마저 들었죠. 어머니는 고마움의 표시로 다정한 말 한마디 하지 않았어요. 심지어 여든다섯 살이 된 지금도 계속 아버지를 괴롭히고 계시죠. 나의 어머니는 어리석고 아름다운 분이셨어요. 그리고 행복하셨죠.

이미 썼듯이, 일은 내게 많은 즐거움을 주었고 힘이 되었어요. 하지만 이제는 점점 더 사실이 아니어서 과거형으로 말하는 겁니다. 어떤 특별한 사건이 이 새로운 무관심을 불러일으켰을까요? 그렇다면, 나는 아무 기억이 없습니다. 세상의 불평등과 비참함에 내가 마음 아파한다고, 내가 해고한 그 모든 사람들에 대해 죄책감을 느낀다고 말하면 거짓이겠죠. 혹은, 회한에 시달려 다른 삶을 살기로 마음먹었다고 해도 그렇고요. 아닙니다. 나는 생일에 뭘 요구해야 할지 모르는 고약한 응석받이 아이들 같아요. 돈은 더이상 나를 설레게 하지도, 흥분시키지도 않습니다. 이런 조건에서 사업을 하는 건 지독히도 지루한 일이죠. 더구나 내가 하는 건 더는 사업이 아닙니다. 인적 자원을 관리할 뿐이죠. 직원들의 성과를 평가하고, 효율이 떨어지거나 비용이 많이 들면 해고하죠. 그들이 50세가 넘었건, 부양할 자식들이 있건, 병들었건, 배우자가 떠났건, 내 알 바가 아닙니다. 그들은 그저 바둑돌일 뿐이고, 그들에게 선물을 주려고 내가 여기 있는 게 아니니까요. 그들에게 나쁜 소식을 알리는 건 내 몫이고, 그러면 인사팀이 그 주 내로 연락해서 퇴사 절차를 밟지요. 나는 비열한 인간이 되었어요. 나날이 더 지쳐갑니다. 돌이킬 수도 없어요.

사람들은 내 삶을 스쳐 지나갔죠. 내겐 이제 아내도 없고, 내 자식들도 나를 높이 평가하지 않아요. 아이들은 자랐는데, 내가 키우지 않았지요(아니면 아주 조금 키웠는지도 모르겠네요). 내 친구들도 결국 나를 잊었어요. 나는 일밖에 알지 못합니다. 일을 멈추는 건 공허 속으로 뛰어내리는 것과 같습니다. 그렇지만 이제 나는 그걸 생각하기 시작했어요.

에스테르, 당신에 대해 더 얘기해주세요. 당신은 결혼하셨고, 피아라는 딸이 있다고 하셨죠. 딸은 몇 살이에요? 너무 내 얘기만 하느라 못 물어봤네요.

나는 모레 다시 브뤼셀로 떠납니다.

우정을 담아,

장

<u>에스테르가 장에게</u>

릴, 2019년 3월 20일

안녕하세요 장,

우선 축하드립니다. 지난 편지에서 부사를 덜 사용했더군요. 문체가 간결하고 명확해지고 있어요. 내 조언이 열매를 맺는 걸 보니 기쁩니다.

당신 스스로에게 이 질문을 해보세요. 앞으로 15년 동안 같은 일을 할 거라고 상상합니까? 내가 서점을 운영하고 거기서 하루를 보내며 느끼는 즐거움은 10년 또는 20년 뒤에도 여전히 지금만큼 클 겁니다. 당신을 화나게 할 생각은 없지만, 당신이 겪고 있는 일은 흔한 일이에요. 당신은 오십 대이고, 하는 일에 권태를 느끼고, 다음 단계를 어떻게 나아갈지 알지 못합니다. 개미집을 세차게 걷어찰지, 아니면 인내심을 갖고 견딜지. 왜 우리는 자기 자신과 마주하는 걸 겁낼까요? 우리는 공허를, 무위를, 대답 없는 질문들을 마주하길 거부하지요. 기를 쓰고 계획을 세우려 듭니다. 당신이 쓴 표현대로, "공허 속으로 뛰어내리는 것"은 거칠 수밖에 없는 과정이라고 나는 생각합니다. 우리 가운데 몇몇은 그것에서 벗어나지 못하죠. 그들은 현재 처한 자리를 견디지 못하면서, 어디로 가고 싶은지는 아직 알지 못합니다. 겁먹지 않고 시간이 제 시간을 갖게 두는 걸 얼마나 어려워하는지요! 당신이 내게, 그리고 니콜라에게 쓴 내용을 보면, 당신도 분명히 그런 경우입니다. 미안하지만, 당신이 내게 쓴 편지와 니콜라에게 쓴(나도 읽어서 아는) 편지를 구분해서 생각할 수는 없어요. 나는 니콜라의 생각에 동의합니다. 당신이 혼자여서 삶을 바꾸고 싶지 않다는 건 그저 구실일 뿐입니다. 우리가 위험을 감수하고 상황을 흔들 때, 우리는 우리 안에서 생각지도 못한 자원을 발견하게 되지요. 이해하셨겠지만, 나는 개미집을 걷어차는 쪽을 지지합니다.

당신의 글을 읽고 나면 논리적으로 당신은 사귈 만한 사람이 못 된다고 판단해야 할 테지만, 그러지 못하겠어요. 왜 그런지는 모르겠습니다. 당신은 내가 평소라면 도망치듯 피하는 모든 걸 가진 사람인데 말이지요.

제 딸 피아는 열다섯 살이에요. 그 애가 태어난 뒤로 나는 그 애의 사춘기 위기에 대비해 왔지만, 아무 징후도 보이지 않네요. 아니면 거슬리는 점이 미미하다 할까요. 거울이 보일 때마다 끊임없이 자신을 비춰 보고(이건 짜증나죠), 남자애들에게 관심을 보이고(이건 웃음이 나고요), 전보다 책을 덜 읽어요(이건 속상하죠). 공부는 잘하는데, 손가락 하나 까닥하지 않아요. 피아는 똑똑하고, 아주 재미나고, 수다스럽고, 자존심도 세요. 할아버지의 자살에 몹시 힘들어했지만, 지금은 나아졌어요. 딸애 아버지와 나는 헤어졌지만 잘 지내고 있어요. 친구가 되었죠. 그 사람은 영화업계의 음향 엔지니어예요. 파리를 자주 오가는데, 일정을 잘 관리해서 딸을 2주에 한 번씩 자기 집으로 데려가죠. 그이도 나도 새출발은 하지 않았어요. 나는 마음에 드는 남자가 잘 없더라고요. 조금 마음에 들었다가도 어느새 치명적인 단점을 찾아내어 관계를 구제할 어떤 노력도 시도하지 않고 끝내 버리곤 하죠. 나는 "혼자 있는 게 지겹다"와 "남자 없이 혼자서 하고 싶은 대로 하니 참 좋다" 사이에서 오락가락합니다. 내게 맞는 삶을 살고 있고, 내 가치관과 내가 좋아하는 일에 충실하고 있다는 점에서 나는 행복하다고 말할 수 있어요. 이 정도만으로도 이미 큰 행복이죠.

우정을 담아,
에스테르

니콜라가 쥘리에트에게

파리, 2019년 3월 17일

내 사랑,

어머니는 당신 안색이 다시 나빠졌다고 생각해. 그저께 당신은 어머니에게 거의 말을 하지 않았지. 걱정돼. 얘기해줘.

내가 그토록 말하기 좋아했고 당신이 듣기 좋아했던 "내 사랑"이라는 말을 내가 언제부터 안 하게 되었을까? 당신이 이 말을, 어쩌면 소리 내어, 읽으면서 어떤 느낌이 들까 궁금해. 난 우리의 사랑이 온전하길 바라. 우리의 사랑이 예전의 생기와 열기를 되찾으면 좋겠어.

당신이 생트안 병원에 입원했을 때, 당신에게는 말하지 않았지만, 소식을 전하고 아델을 보러 오시라고 말씀드리려고 장인 장모님께 전화를 드렸지. 내가 얼마나 죄책감에 시달렸을지 당신은 상상도 하지 못할 거야. 두 분은 출산 때 이후로 아델을 보지 못했잖아. 그 사이 당신은 부모님과 연락을 끊었고, 그 때문에 나는 괴로웠어. 두 분이 말끔하게 차려입고 생나제르 역에서 감격한 얼굴로 눈물을 글썽이며 내려오던 모습이 떠올라. 장모님은 몇 달째 차곡차곡 모아둔 선물로 가득 찬 가방을 들었고, 장인 어른은 새 정장을 입고 참으로 당당하게 두 손엔 꽃다발과 미지근한 샴페인 병을 들고 계셨어. 나는 그때 울었지. 지금도 울어. 쥘리에트, 나는 장인어른과 장모님이 좋아. 처음 만난 날부터 그랬어. 당신 기억나? 트루빌 근처 들판 한가운데 자리한 생선 전문 레스토랑이었지. 이름은 잊어버렸어. 장모님은 내가 맛없다 할까 봐 요리하길 거부하셨잖아. 그날도 두 분은 멋지게 차려입고 오셨지. 우리와는 달랐어. 우리는 해변가를 산책하고 온 참이라 청바지와 흙투성이 운동화 차림에 꼭 허수아비들 같았으니까.

어쨌든, 나는 두 분께 전화를 걸었어. 산후우울증이 무엇인지 최대한 간략하게 설명드렸지. 무슨 일인지 알아보려고 두 분이 내게 전화를 걸었을 때 걱정하시는 걸 알면서도 전화를 받지 못한 일에 대해서도 사과를 드렸어. 소식을 당신이 전해야 한다고 생각했다고 말씀드렸지. 장모님은 당신과 아이를 걱정했지만, 그리 놀라지는 않았어. "언젠가는 그런 일이 일어날 거라고…." 장모님은 말씀을 끝맺지 못하셨지. 아델에 대해 많은 걸 물어보셨어. 우리 어머니가 두 분께 사진을 보냈다는 사실을 알게 되었지. 어머니가 나한테는 아무 말씀도 안 하셨거든. 이따금은 어머니가 내 반응을 겁내시는 건가 싶어. 두 분은 아기가 당신을 꼭 닮았다고 생각해. "눈도요? 그럼, 이 눈길은 완전히 지 애미야." 두 분은 파리에 올지 안 올지 곧 다시 전화로 알려주겠다고 하셨어. 난 두 분이 이 기회를 놓치지 않을 거라고 생각했지. 다음날 장인어른이 전화하셨어. 곰곰이 생각해 봤는데, 당신이 돌아올 때까지 기다리겠다고, 당신 마음이 내켜야 한다고 말씀하셨지. "이게 우리가 쥘리에트를 사랑하고 그 애가 겪는 걸 존중한다고 말하는 우리의 방식이라네." 그 후 우리는 자주 통화하고 있어.

당신 딸은 정말 잘 먹어. 파만 안 먹는데, 그건 타협의 여지가 없어. 그밖엔 뭐든 좋아해. 어머니와 나 사이에서 아이는 아주 신이 났어. 나는 당신이 돌아올 때까지 아이에게 과자를 안 먹이기로 했어. 짠 건 우리가 맡고, 달콤한 건 당신이 맡아. 아이는 온종일 서 있으려 하고, 이 가구에서 저 가구로 옮겨 다니는데, 지치지도 않아(내가 지쳐!). 평일에는 내가 아이 목욕을 시키는 경우가 드물지만, 주말에 아이 목욕을 시키면 아주 기분이 좋아. 포동포동하게 살찐 게 얼마나 이쁜지, 아기 피부는 또 얼마나 보드라운지, 머리카락이 젖어서 달라붙은 모습이 너무 깜찍해서 미칠 것 같아. 잠은 충분히 안 자고, 뒤척여. 자주 깨는데, 오후에 당신과 함께 병원에 다녀올 때는 예외야. 이런 게 아무 의미 없는 것이라고 당신이 나한테 대답하기 전에 내 말부터 할게. 아이는 당신과 함께 있었고, 서로 얘기를 했고, 바라보고, 만졌지. 의사들은 안심시켰고 격려했지. 그래서 우리 딸이 평온하게 잠을 자는 거라고.

N.

추신: 우리가 신청해둔 어린이집이 6월부터 아델을 받을 수 있대. 난 찬성이야. 다른 아이들과 함께 지내는 게 아이한테도 좋을 거야.

쥘리에트가 니콜라에게

말라코프, 2019년 3월 26일

니콜라,

답장이 늦어서 미안해. 의사와의 최근 몇 차례 상담이 쉽지 않았어. 나는 내 껍질 속에 틀어박힌 채 폭우가 지나가기만 기다렸지.

나는 내 삶에서 나의 출생을 지워버렸어. 마치 아무 특별할 게 없는 일처럼 말이야. 나는 다른 아이들과 다를 바 없는 아이였지. 나의 양부모님처럼 다정한 부모님과 함께 인생의 좋은 면만, 오직 좋은 면만 보는 건 어렵지 않았어. 내가 이름 없이 태어났냐고? 어쩌면 〈생장의 내 연인〉이라는 노래 가사처럼 "그건 과거이니, 더는 얘기하지 말아요"라고 대답할 수도 있었을 텐데. 내가 나에 대해, 나의 강점과 약점에 대해 좀 더 명료하게 인식했더라면 다르게 행동했을 테고, 아이를 낳기 전에 나의 출생에 대한 문제를 먼저 해결해야 한다는 걸 알았을 텐데. 나는 과거를 부정하는 데 너무 몰두한 나머지, 임신 중에도 나의 과거와 나의 불안을 연관 짓지 못했어. 아델이 태어나고 나서야 격변이 시작되었지. 상담의는 내가 아이에게 이 짐을 지우는 걸 무의식적으로 거부했다며, 그건 좋은 일이라고 말했어. 그럴지도 모르지.

당신이 우리 부모님께 전화를 드린 건 잘했어. 그 얘길 들으니 마음이 놓이고, 두 분이 나를 원망하지 않고 내가 돌아오길 기다리신다니 마음이 뭉클해.

이미 얘기했듯이 당신은 잘못 없으니 자책할 것 없어. 다만 내가 이해하고 싶은 건, 내가 입원 후에 집으로 돌아왔을 때 당신의 태도야. 왜 그렇게 거리를 두었어? 내게 거의 말도 하지 않았고, 소파에서 자고, 다정한 몸짓은 전혀 없었잖아. 그게 나는 무척 괴로웠어. 왜 그랬어? 내겐 당신이 필요했는데. 당신이 나를 위로해주고 지지해주길 바랐는데. 다른 어느 때보다 간절했는데. 당신의 사랑 없이 내가 어떻게 내 자리를 찾을 수 있었겠어? 설명해줘, 제발, 설령 내게 고통을 안길 대답일지라도.

아델이 어린이집에 가는 건 좋은 일인 것 같아. 이곳 병원에서도 아델은 다른 아이들과 쉽게 어울리더라고. 여기서도 내게 아이의 사회화 과정에 참여하라고 해. 시도해 볼게.

상담의가 항우울제 복용량을 줄였어. 나는 의사와 더불어 나아가고 있어. 종종 소녀처럼 펑펑 울고, 나를 원치 않았고 내게 아무것도 남기지 않았던 어머니에 대한 분노를 토해내고 있어. 그 낯선 여자가 밉지만, 그래도 내 곁에 한 자리를(아주 작은 자리를) 남겨줘야 해.

아델에게 과자를 맛보는 경험을 내가 주도록 당신이 기다린다는 얘기를 들으니 행복해. 처음으로 우리 집 부엌에서 딸에게 작은 케이크와 슈크림 빵을 만들어주는 내 모습을 상상해보았어.
내가 아델을 데리러 갈 때 달콤한 걸 가져갈 생각을 했었어야 했
는데. 정말 난 형편없어.

알렉스와 조엘이 오늘 아침에 전화를 했어. 브리 지역에 있는
돌맷돌을 갖춘 오래된 제분소를 살 생각이래. 우리와 같이 일하
고 싶대. 우리만의 밀가루를 직접 만들어 사업을 확장하고 싶다
는 거야. 제로에서 시작하는 건 아니고, 현 소유주가 이미 많은
고객을 확보하고 있대. 그 고객들을 유지하기 위해 해야 할 것들
을 하는 게 우리의 몫이지. 모든 건 유기농이고. 생각했던 세 번
째 빵집을 열기보다 난 이 계획이 더 좋아. 진짜 모험이 될 텐데.
어떻게 생각해?

난 우리의 만남을, 그리고 우리가 행복했던 그 모든 세월을 종
종 다시 생각해. 내가 다 망쳤어.

애정과 입맞춤을 담아,
쥘리에트

쥘리에트는 이 편지를 쓰고 나서 기분이 좋아졌다. 어쩌
면 이 글쓰기 아틀리에가 좋은 방법인지 모른다. 어쩌면 니
콜라와 그녀는 서로에게 자신을 설명할 수 있을 것 같다. 공

포와 고통과 분노 속에서 둘은 서로에게 하지 말아야 할 말을 해서 상처를 입혔다. 몇 주간의 갈등과 오해 끝에, 결국 그들은 완전히 말을 끊었다. 쥘리에트는 거의 침대를 떠나지 않았다. 니콜라는 거실 소파에서 잤고, 그녀를 피했다. 그녀는 자신이 알지 못했던 그의 재능을 새롭게 알게 되었다. 도피의 기술이다. 실망은 엄청나게 컸다. 무엇보다 그녀는 그의 솔직함과 즉흥성을 사랑했다. 그런 충정은 황금처럼 귀하다고 생각했다. 그녀가 잘못 생각한 것이다. 그녀는 그의 회피를, 그 비겁함을, 대면을 회피하는 그 졸렬한 방식을 견디지 못했다.

쥘리에트가 떠난 후, 그리움은 두 사람이 생각한 것보다 훨씬 빨리 엄습해왔다. 그들은 자신들 관계의 취약성을 잘 알고 있었다. 그것은 아슬아슬한 외줄타기처럼 위태로웠다. 이 깨달음이 그들을 관용으로 이끌고, 과거의 상처를 최소화하고, 고함, 내뱉은 고약한 말, 악의 등을 잊게 했다. 선 넘은 몸짓 하나, 불필요하게 상처를 주는 말 한마디, 한 번의 망각만으로도 쥘리에트나 니콜라는 둘의 이야기를 완전히 끝내기로 결심했을 수도 있었을 것이다. 그들은 서로 사랑했고, 그것은 두 사람 모두에게 명백한 사실이었지만, 그 사랑만으로는 더이상 균열과 결핍을 메울 수 없었다. 그렇지만 둘의 대화를 회복하길 원한다면 쥘리에트는 제 감정을 니콜라에

게 숨기지 말아야 했다. 그렇다, 그녀는 딸 곁의 자기 자리
를 대체한 시이머니가 미웠다. 그렇다, 그녀는 모순적이었
다. 그렇다, 그녀는 스스로 무능력자로 간주했다. 그녀는 자
기 말의 무게를 쟀고, 그 말들을 책임졌다. 그 말들은 폭력
적이었다. 그녀가 어쩔 수 있었겠나? 처음 몇 달 동안 무기
력과 두려움에 시달렸던 그녀는 이제 분노에 맞서 싸웠다.

<u>잔느가 사뮈엘에게</u>

베르쥐스-쉬르-손, 2019년 3월 20일

사뮈엘,

형의 책을 빌려서 읽기 시작하겠다는 건 멋진 생각이에요. 형
이 좋은 길잡이가 되어줄 거예요. 어쩌면, 형은 살아 있을 때부터
그런 역할을 하고 싶어 했는지도 모르겠네요.

나는 사뮈엘이 가족 안에서 자신이 어떤 자리를 차지하고 있는
지 자문하는 걸 이해해요. 형이 있을 때부터 그 대답은 확실치 않
았죠. 물론, 형이 아프지 않았더라면 그 자리는 달랐을 겁니다. 그
게 현실이니 어쩔 수가 없죠. 사뮈엘은 부모님이 당신을 덜 사랑

한다고, 심지어 형이 죽은 뒤로는 당신이 부모님에게 더는 존재하지 않는다고 생각하는 것 같군요. 부모님을 덜 사랑하세요? 그건 아닐 테고, 다만 두 분을 다른 방식으로 생각하겠지요. 부모님에게는 자식이 둘 있었고, 이제는 하나뿐입니다. 사뮈엘의 가족은 넷이었다가 이제 셋이지요. 가족 구성이 뒤흔들린 거죠. 그러니 다시 자리 잡겠지만, 가족의 모습은 달라지겠죠. 부모님은 슬픔에 짓눌려 있어요. 무슨 말을 하고 무슨 행동을 해야 할지 모르시죠. 두 분도 사뮈엘처럼 잘못하게 될까 봐 겁내는 게 아닐까요?

아! 사뮈엘, 시간이 항상 우리 편은 아니에요. 하지만 사뮈엘의 경우에 시간은 친구예요. 인내하고, 그 시간을 책 읽는 데 활용하세요!

그리고, 제발, 죄책감은 그만 내려놓아요. 사뮈엘이 형의 방을 갖고 싶어 했고, 형이 사라지길 바랐던 건 형이 모든 관심의 대상이고, 부모님과 사뮈엘에게 끝없는 걱정거리였기 때문이잖아요? 그만 끝났으면! 이렇게 말했다고요? 그건 인간적인 반응입니다. 사뮈엘이 형의 죽음을 초래한 게 아니에요. 그게 아니라 당신이 엄청난 힘을 가진 거라면, 그걸 남용하면 안 되고요….

《동급생》은 몇 년 전에 읽었어요. 잊을 수 없는 책이고, 고전이죠. 다 읽었어요?

잔느

<u>사뮈엘이 잔느에게</u>

3월 28일

안녕하세요 잔느,

《동급생》을 정말 재밌게 읽었어요. 물론, 읽지 않은 사람을 위해 결말을 스포일러하진 않겠지만, 결말이 정말 멋지더군요. 책에서 가장 참담한 순간은, 고국인 독일을 존경하고 신뢰했던 부모가 희망을 잃고 가스로 자살할 때예요.

저도 유대인이지만 실제 교인은 아니에요. 집에서는 종교 얘기를 하지 않아요. 그저 현관에 메주자[9]만 걸어 놨죠.

책장에 있는 두 번째 책인 에릭 파이의 《나가사키》도 끝냈어요. 《동급생》과는 전혀 다른 이야기인데, 이 책도 마음에 들어요. 이 책을 읽으셨는지 모르겠지만 그냥 앞부분만 얘기해 드릴게요. 실화를 토대로 했다는데, 이상한 이야기예요. 일본에 사는 어느 우울한 기상관측사가 자기 집 아파트에 카메라를 설치해요. 왜냐하면 누군가가 들어와서 요구르트를 먹고, 차를 마시는 것 같아서죠…. 제가 좋아한 건 마치 꿈꿀 때처럼 약간 비현실적인

---

9) 히브리어로 '문설주'를 뜻하며, 유대교 가정에서 문에 달아 두는 상자로, 그 안에는 성경 구절이 적힌 양피지가 들어 있다.

묘한 분위기예요. 그리고 이 남자는 그곳에서 무슨 일이 일어났으며, 이어지는 사건에서 자신이 한 역할을 알게 된 뒤로 더는 자기 집이라고 느끼지 못하게 된다는 점도 마음에 들어요. 그렇지만 언젠가 읽으실 거면 더 이야기하지 않겠어요. 형이 유쾌한 이야기를 좋아하지 않았다는 걸 알게 되었어요. 형의 방에는 형이 좋아한 책만 있거든요. 그렇지 않은 책은 방에 두지 않고, 바깥 벤치에 두었어요. 형이 직접 할 수 없어서 나한테 그것들을 내놓으라고 부탁하곤 했죠. 형에게는 이상한 강박증이 있었어요. 책이 마음에 들지 않으면 당장 밖에 내놓아야만 했죠.

어니스트 헤밍웨이의 《누구를 위하여 종은 울리나》를 읽어야 하는데, 걱정이에요. 두꺼운 책이라.

지금은 기분이 좋아요. 다음 주 화요일에 친구 벤과 함께 파리로 〈카바레 드 푸시에르〉를 보러 갈 거거든요. 나는 그 공연을 잘 모르지만, 벤의 누나가 팬이라서 벤에게 생일 선물로 표를 두 장 줬대요. 예전에는 토요일마다 파리에 갔는데, 그만뒀죠. 부모님이 이젠 용돈을 안 주세요. 얼마 전에는 아버지가 한말씀 하셨죠. 앞으로 뭘 하고 싶은지 생각해 보라고, 그렇게 집에서 빈둥대는 건 올해가 마지막이어야 한다고요. 아버지는 학교의 진로상담 선생님과 약속을 잡으라고 권하셨어요. 알겠다고 했죠. 그렇지만 진로상담 선생님들은 다 멍청이들이잖아요. 나는 아버지가 내 걱정을 한다는 걸 알았죠. 그래서 기분은 좋았어요.

저는 거의 매일 밤 형 꿈을 꿔요. 언제나 같은 꿈이에요. 우리
는 열 살과 열두 살쯤 되죠. 둘이 손을 잡고 초원을 걸어요. 날씨
는 화창해요. 우리는 똑같은 옷을 입었어요. 갈색 반바지에 흰 티
셔츠를 입고, 등산화를 신고 배낭을 메고 있죠. 나무도 꽃도 없
이, 그저 짧게 깎인 풀밭만 끝없이 펼쳐져 있죠. 나는 우리가 어
디로 가는 건지 궁금하면서도 아는 척해요. 걸을수록 풀이 높아
집니다. 풀이 우리 가슴 높이쯤 다다라서 계속 나아가려면 다리
를 높이 들어야만 하죠. 나무들이 보입니다. 나무가 점점 더 높이
뻗어 태양을 가립니다. 우리는 전나무숲을 가로지릅니다. 언제
부터 주변에 전나무가 있었지, 왜 내가 전에는 알아차리지 못했
지, 하는 생각이 들어요. 숲은 점점 더 우거지고, 우리가 따라가
는 길이 너무 좁아서 나는 형의 손을 놓고 앞서 걸어요. 가시덤불
이 내 몸을 긁지만, 손만 대면 상처가 사라집니다. 형이 넘어져서
나는 돌아서서 형이 다시 일어나길 기다리죠. 형은 괴로워합니
다. 형의 얼굴, 다리, 팔에 긁힌 자국이 보여요. 형은 다시 넘어지
고, 두 번, 세 번, 다시 일어나면서도 투덜거리지 않아요. 길이 사
라졌어요. 그래도 나는 계속 나아갑니다. 그러다 돌아보니 형이
없어요. 내가 뒤를 돌아본 지 오래되었고, 형 없이 걷고 있었다는
걸 깨닫죠. 내가 형을 잊었던 겁니다. 형은 저 멀리 뒤쪽에 있어
요. 큰일났다. 그 순간 잠에서 깨죠. 내가 계속 상담을 받고 있다
면, 그래서 이 꿈을 얘기한다면 상담의는 분명히 이렇게 물을 겁

니다. "사뮈엘, 흥미롭네요. 어떻게 생각해요?" 그러면 난 이렇게 대답할 테죠. "살아 있는 내가 개자식이라고 생각해요."

사뮈엘

지난 일요일 아침, 잔느는 비스트로에서 뤼크와 말다툼을 했다. 도착했을 때, 친구의 얼굴에는 만족감과 자부심이 가득했다. 그는 토요일 한나절 동안 비뉴의 회전교차로에서 다른 노란 조끼 시위대원들과 함께 도로를 막고 자동차 운전자들에게 사탕을 나눠주며 보냈다. 잔느는 이미 그 사실을 알고 있었다. 전날 빌뢰르반으로 가려다 교통체증에 묶일까 봐 포기했던 것이다. 뤼크는 그녀에게 〈르 프로그레〉지를 자랑스레 내밀었다. 그들의 사진이 거기 실려 있었다. 그들은 두툼한 패딩을 입고 난로를 에워싸고 서 있었다. 잔느는 어깨를 으쓱하며 눈을 하늘로 치켜떴다. "도로를 막고 사람들을 괴롭히면서 사탕이나 나눠주다니, 더 나은 방법을 못 찾은 거야? 솔직히 말해, 모닥불을 둘러싸고 있는 니네들을 보니 여름방학 캠프를 즐기는 철부지 아이들 같아 보여." 대화는 격해졌고, 목소리가 높아졌다. 뤼크는 주택단지 개발에 반대하는 그녀의 투쟁을 "부자들의 문제"라고 폄훼했다.

게다가 "안락한 은퇴 생활"을 누리는 그녀가 노란 조끼 시위대의 주장에 어떻게 공감할 수 있겠냐는 것이다. 잔느는 그들의 불만 가운데 몇몇은 이해하지만, 일터로 가는 사람들에게 불편을 감수하게 하는 건 용납할 수 없는 일이라고 생각한다. 도시에서 상점 유리창을 깨고, 버스 정류장을 부수고, 쓰레기통에 불을 지르는 사람들은 말할 것도 없다. 뤼크는 "그게 우리 목소리에 귀 기울이게 하는 유일한 방법"이라고 응수했다. 그녀는 그의 고약한 믿음을 비난했다.

<u>장이 니콜라에게</u>

파리, 2019년 3월 24일

안녕하세요 니콜라,

내가 무엇보다 혼자라서 미래를 계획하는 데 어려움을 겪는다고, 그렇지만 이 상황에 대해 불평하지는 않는다고 썼지요. 그런데 내 말을 듣지도 않는군요. 우리의 편지 교류를 그만둘까 망설이다가 곰곰이 생각해 봤어요. 우리가 꼭 잘 통해야 하는 건 아니잖나 싶었죠. 레몬 조각을 판 남자가 당신의 불쾌한 기분을 받아냈으니, 나는 그자와 함께 건배했죠. 나도 레몬 조각에 돈을 받는 건 용납할 수 없는 일이라고 생각하지만요. 고백하건대 아마 나는 계산하기 전에 계산서를 보지도 않았을 겁니다(이 말에 당신이 화낼까 걱정입니다만). 어쩌면 이미 레몬 조각에 돈을 많이 냈는지도 모릅니다!

당신은 내가 돈이 있으니 모든 걸 흘러가는 대로 내버려 두는 게 쉬울 거라고 생각하는 것 같군요. 그리 간단하지 않습니다. 당신도 종종 유혹을 느끼면서도 파리를 못 떠나고 있잖습니까. 나는 지금의 자리에 오르기까지 정말 열심히 노력했습니다. 내 인생의 20년을 바쳤죠. 나는 일하는 사람일 뿐입니다. 아시겠어요?

좋아요, 화제를 바꿉시다.

우리 아이들은 명문 경영대학원 두 곳에 다녔어요. 보리스는 오랑주 통신회사에서 일하는데, 그곳에 만족합니다. 내가 파리에 있을 때 전화하지 않으면, 난 그 애를 절대 보지 못할 거예요. 우리는 레스토랑에서 만나죠. 아들은 나한테 자기 일 얘기를 하고, 나는 내 일 얘기를 해요. 그리고 우리의 버거운 대화는 거기서 멈추죠. 계산서가 나오면 우리는 안도합니다. 아들은 우리 사이에 건널 수 없는 장벽을 쳤어요. 녀석은 어릴 때 내가 거의 자기를 돌보지 않았다고 원망하는 것 같습니다. 난 이해합니다. 내심 녀석은 내가 아빠가 되는 걸 원치 않았다는 걸 알 겁니다. 용기를 내어 아들에게 그 얘기를 해야 할 텐데. 하지만 내가 예전의 나였던 걸 후회하지 않기 때문에 입을 다물고 맙니다. 내가 다시 산다면 다르게 행동했으리라고 진심으로 생각하고 아들에게 그렇게 말할 수만 있다면 상황은 달라질 테죠. 아니면 아들과 딸애가 부족함 없이 살도록 내 사생활을 희생했다고 말할 수 있다면 말이죠. 하지만 그건 거짓말입니다. 나는 나를 위해 그렇게 살았어요. 오직 나를 위해.

에마는 방트-프리베 닷컴Vente-privee.com에서 구매 책임자로 일합니다. 지난주에 딸애는 문학 공부를 다시 하기 위해 사직할 거라고 알려왔습니다. 아니면 글쓰기 아틀리에에 참석할 거라고요. 나는 불만 없습니다. 딸애에게 그래서 뭘 할 생각이냐고 물었죠. 아직 정확히 모르겠다고 하더군요. 나는 다시 물었습니다. "무슨 목적으로?" 딸은 우물쭈물 대답했죠. "저는 꿈이 있어요. 글을 쓰고 싶어요." 딸은 내 반응을 예상하지 못했죠. 나는 아이를 끌어안고 축하해 주었어요. 더 어렸을 때 에마는 프랑스어를 아주 잘했지요. 나는 아이가 문학 공부보다 경영학을 선택해서 아쉬워했었어요. 하지만 대학입시 결과를 물어보려고 전화하는 걸 잊었기 때문에 나는 입 다물고 내 의견을 말하지 않았죠. 아이도 내 의견을 묻지 않았고요. 프랑스어에 좋은 점수를 받았다고 재능 있는 작가가 되는 건 아니니까요. 하지만 딸이 선택한 길은 매력적입니다. 어렵지만 매력적이죠. 아이의 엄마는 격분했어요. 아이가 자기 인생을 망칠 거라고 생각하죠. 에마는 눈물을 글

썼였어요. 스물다섯 살이나 된 아이가 엄마의 의견에 그렇게 신경 쓰는 게 나는 이해가 안 갑니다. 게다가 엄마가 나와 헤어지고 나서 예술가와 결혼했다는 사실을 왜 떠올리지 않는지도 모르겠고요. 하지만 나는 입을 다물었죠 (또, 라고 당신은 말하시겠죠.)

나는 내일 아침 시카고로 떠납니다. 전자 폐기물 재활용에 관한 학회에 참여하려고요. 시간을 내어 시카고 미술관에도 들러볼까 싶네요. 물론 혼자서죠.

장

추신: 당신의 '뭔지 모를' 요리는 어떤 거죠?

<u>니콜라가 장에게</u>

파리, 2019년 3월 31일

안녕하세요 장,

당신 말이 맞아요. 당신이 언짢은 내 기분을 받아냈죠. 미안합니다. 사실은 아내가 없으면 나는 멍청이나 다름없어요.

에마가 하려는 일은, 성공하든 아니든, 긍정적입니다. 딸은 곧 제자리를 찾을 거예요. 그런 종류의 결정은 후회할 수 없는 거죠.

당신은 자녀들에게 그리 따뜻하거나 다정해 보이지 않는군요. 감정이 떠오를 때 자식들에게 자주 표현하지 않으시는 것 같고요. 딸의 일에 무척 기뻐하면서도 "나는 불만 없습니다"라는 말로밖에 표현하지 않으시잖아요. 그리고 이렇게 물으시죠. "무슨 목적으로?" 다시 말하지만, "무슨 목적으로?"라니요. 이건 흡사 상사와 부하직원 사이의 대화 같잖아요…. 그러다가 당신은 놀라움에서 기쁨으로 갑자기 건너가 딸을 품에 안습니다. 딸이 놀랐다는 사실에 놀라신 겁니까? 딸 앞에서 몇 번이나 기뻐하셨고, 몇 번이나 자발적으로 끌어안으셨어요? 이 질문에 대답해 보면 딸의 당혹감을 더 이해하게 될 겁니다. 딸은 하물며 엄마의 반응을 본 뒤라 당신에게 소식을 알리기가 두려웠을 거예요. 내 생각이 틀렸을까요? 대개 나는 이런 종류의 추측은 잘합니다(그래요, 제 아내와 관련된 추측은 빼고요). 장, 당신은 달라지고 있어요. 당신의 생각을 표현할 욕구를 느끼고 있어요. 내가 잘못 짚은 게 아니길 바랍니다. 내 생각을 물으신다면, 이렇게 대답하겠습니다. 좋은 일이라고요.

곧 우리 메뉴판에 이런 게 오를 겁니다. "봄의 정취를 담은 뭔지 모를 무엇, 여린 초록 아스파라거스에 성게, 타라마, 그리고 환상적인 레몬그라스를 곁들인 요리."

곧 또 오다가다 봅시다.

니콜라

추신: 당신이 글쓰기 아틀리에에 참여하는 걸 딸이 압니까?

<u>니콜라가 장에게</u>

파리, 2019년 4월 1일

어제 보낸 편지에서 깜빡 잊고 말 안 한 게 있어요. 이 편지는 내일 받으시겠지요.

나는 우리 아버지보다 더 과묵하고 투박한 사람을 알지 못합니다. 일요일 아침마다 아버지는 누이와 나를 데리고 동브 Dombes 지역으로 개구리 낚시를 가셨어요. 우리는 이런 외출 때 세 문장 이상 주고받지 않았죠. 아버지는 우리의 학교 성적에도 거의 관심이 없었어요. 열일곱 살에 내가 아버지에게 요리사가 되고 싶다고 말했더니 아버지는 내 머리카락을 헝클어뜨리며 말했죠. "안 될 것 없지, 괜찮겠네". 그러곤 내게 등을 돌리고 당신의 화덕으로 돌아가셨죠. 어머니는 정반대였어요. 어머니는 두 사람 몫을 말했고, 마주칠 때마다 우리에게 뽀뽀를 하셨죠. 그 뒤로도 변하지 않으셨고요. 아버지는 감정을 드러내지도 다정하지도 않으셨어요. 당신처럼요. 그렇지만 누이와 나는 아버지의 사랑을 한 번도 의심해본 적이 없어요. 아버지와 함께라면 우리에게는 아무 일도 일어날 수 없었죠. 우리 아버지의 아내와 자식들에게 시비를 걸려는 미친 생각은 누구도 하지 못했을 겁니다. 나는 성인이 되었는데, 아버지는 여전히 그대로입니다.

아버지를 흔들어놓을 수 있는 유일한 사람은 쥘리에트입니다. 쥘리에트는 자신이 드러내는 애정에 아버지가 반응을 보이지 않아도 아랑곳하지 않지요. 아버지가 조금 더 열정을 드러낼 기미가 보인다 싶으면 쥘리에트는 짜증을 내며 말하죠. "아버님, 기쁨을 감추세요", 라고요. 아내가 이런 스스럼 없는 말투를 사용하면 내 심장은 멈춥니다. 그럴 때마다 아버지가 그걸 어떻게 받아들일지 조마조마하죠. 아버지는 미소를 지어 보입니다. 쥘리에트를 아주 좋아하시죠. 아버지가 쥘리에트을 어떻게 생각하시는지 나는 알 것 같습니다. 쥘리에트는 제빵사이고, 빵을 만드는 사람은 발을 땅에 딛고 있다고 생각하시는 겁니다. 미슐랭 스타를 단 고급 레스토랑을 하는 아들과 다른 거죠. 내가 파리에 정착하는 걸 아버지는 좋아하지 않으셨어요. 그 생각이 쥘리에트에게서 나온 것임을 아버지도 아셨는데, 이상하게도 그걸 잊으셨죠. 아버지는 레스토랑이나 내 요리에 관해 묻지 않으셨어요. 미슐랭 스타를 받은 것에 대해서도 마지못해 축하했을 뿐이죠. 어머니는 그래도 아버지가 부르앙브레스 전역에 그 소식을 알렸다고 내게 알려주셨죠. 어머니의 말에 따르면, 아버지는 나를 자랑스러워하면서도 열등감을 느꼈다는 겁니다. 참으로 말도 안 되는 일이죠! 어처구니없고 마음이 아픕니다. 아버지의 전통 요리는, 이미 앞선 편지에서 썼듯이, 정말 탁월했어요. 게다가 요리사가 될 욕망을 누가 내게 심어주었겠습니까? 당연히 아버지죠.

쥘리에트가 떠난 뒤로 아버지는 매일 내게 전화하십니다. 내 말 들으셨어요? 매일요. 아내와 이야기하기 위해서가 아니라 아들과 얘기하려고요. 특별한 얘기는 없어요. 아버지는 그곳 날씨와 텃밭, 개와 함께하는 산책에 대해, 그리고 욕실에 또 물이 샌다는 얘기, 얼마 전에 산 차에 대해, 신경을 곤두서게 하는 컴퓨터에 대해, '톱 셰프'에 대해 말씀하시죠. 나는 카멜리아에 대해, 아델에 대해, 공급업자들에 대해, 어머니와 함께 아버지를 위해 준비한 음식에 대해 말하죠…. 매일 아침 나는 아버지의 전화를 기다립니다. 마흔 살에 아버지에게 기댈 수 있고, 아버지가 내 걱정을 하신다는 걸 알게 된 건 하늘이 내린 선물입니다.

언젠가는 아들 보리스에게 당신이 필요할 겁니다. 왜, 어떻게 필요한지에 대한 긴 설명은 필요 없을 거예요. 당신이 내뱉지 못한 말들이 계속해서 당신의 속을 갉아 먹겠죠. 하지만 때가 되면 당신은 그 아이 곁에 있게 될 겁니다. 그게 전부예요.

나중에 오다가다 또 봅시다.

니콜라

나중에 오다가다 또 봅시다.

니콜라

동물

nico-esthover@free.fr, juju-esthover@free.fr, jeanne.dupuis5@
laposte.net, jean.beaumont2@orange.com, samsam-cathen@free.fr

모두들 안녕하시죠?

약속한 대로, 다음 편지에 포함할 세 가지 연습문제를 알려드립니다(각자 두 분과 편지 교환을 하시니 연습은 두 배가 되겠지요). 처음 두 가지 연습은 담론 형식입니다. 하나는 대화체로, 다른 하나는 독백 형식으로 해주세요. 허구든 현실이든 상관없습니다. 세 번째는 상상력을 발휘하셔야 할 겁니다. 10년 후인 2029년에 당신은 어떻게 되어 있을까요, 라는 질문입니다.

이 세 가지 연습을 꼭 연달아 해야 하는 건 아닙니다. 하지만 대화,

독백, 2029년의 순서는 지켜주시기 바랍니다. 그리고, 이 연습문제 가운데 하나가 준비되면 편지 머리에 그것을 표기해주시면 고맙겠습니다.

대화에 관해 말씀드릴게요. 라루스 사전이 내놓은 정의에 따르면 대화는 "둘 또는 여러 사람이 정해진 주제로 나누는 대화. 그 대화의 내용. 면담, 논의"를 의미합니다. 최소한 두 명의 대화상대를 상정해야만 합니다. 직접화법과 간접화법을 번갈아 사용하시고, 삽입절(그가 말했다, 그가 단언했다, 그가 물었다… 등)은 남용하지 마시고, 문장의 길이가 일정하지 않게 대사를 써보세요, 인물들의 말투에서는 그들의 개성이 드러나야 합니다.

조르주 심농, 애거사 크리스티, 어니스트 헤밍웨이가 대화체 문장의 대가였죠. 시작하기 전에 이 작가들을 (다시) 읽기를 권합니다.

독백에 관해 말씀드리자면, 에두아르 뒤자르댕(1861~1949)은 《내적 독백》에서 독백에 관해 이런 정의를 내놓았어요. "상대역 없이 인물이 무의식에 매우 가까운 내밀한 생각을 논리적 구성 이전의 상태로, 다시 말해 태동 단계에서 '무심코 흘러나온' 인상을 주도록 최소한의 구문으로 압축된 직접적인 문장으로 드러내는, 발화되지 않고 청자 없는 대사." 아라공의 《오렐리앙》, 버지니아 울프의 《파도》, 윌리엄 포크너의 《소리와 분노》, 나탈리 사로트의 《어린시절》, 알베르 카뮈의 《전락》에서 대단히 아름다운 내적 독백을 만나볼 수 있을 겁니다.

마지막 연습에서는 완전한 자유를 누리십시오.

이 연습은 여러분이 배운 것을 실천해 볼 기회가 될 겁니다. 지금까지 우리가 논의한 모든 점을 생각해 보세요.

<u>잔느가 쥘리에트에게</u>

베르쥐스-쉬르-손, 2019년 3월 17일

친애하는 쥘리에트,

일어난 일은 바꿀 수 없어요. 하지만 고칠 수는 있죠. 당신의 상처를 받아들이고, 그것과 함께 살아가야 합니다. 딸은 당신 모습 그대로의 당신을 사랑하고, 당신의 과거까지도 사랑할 겁니다. 당신은 치유를 위해 할 수 있는 모든 걸 하고 있고, 딸과의 관계도 개선되고 있는 듯 보여요. 당신은 아이의 생애 첫 몇 달을 제대로 누리지 못했거나 거의 못 누렸죠. 아쉬운 일이긴 하지만, 당신에게는 아직 많은 시간이 남아 있습니다. 언젠가, 당신은 당신에게 일어난 일을 아이에게 이야기해줄 수 있을 거예요. 당신이 경험한 격변의 이유를 나야 잘 모르고, 어쩌면 당신도 모를 수 있겠군요. 하지만 당신이 솔직하고 용기 있게 문제의 근원으로 다가간다면 저주의 사슬을 끊게 될 겁니다. 당신의 출산이 고통스러운 감정을 불러일으킨 거죠. 당신은 무너졌고요. 하지만 당신은 그걸 딛고 더 탄탄히 일어설 겁니다. 당신과 같은 고통을 겪는 여성들의 모임인 마망 블루 협회가 펴낸《어머니들의 흔들림》을 읽었어요. 아마 들어보셨을 거예요. 산후우울증을 겪은 사람들의 증언 모음집이죠. 이 어머니들은 치유되었어요. 오늘날 그들은 아이와 평온한 관계를 유지하고 있지요.

내게 닥친 일을 생각해 보세요. 내 딸과 나는 25년 동안 아주 가까웠는데, 지금은 아무 사이도 아닌 것처럼 되었죠. 아무 설명도 없이 말이에요. 삶이 내게 이런 시련을 준비해두고 있을 거라고는 상상도 하지 못했어요. 우리가 이런 극단적 상황에 이르게 될 줄은 몰랐죠. 딸애를 참으로 애지중지하고 아끼고 품었던 어머니인 나는 딸을 용서할 수도 없고, 모든 걸 무릅쓰고 보호할 수도 없습니다. 내가 비정상인가요? 나는 어떤 어머니일까? 나는 어떤 아버지일까? 모든 부모는 한 번쯤 이런 질문들을 스스로에게 제기하죠. 나는 매일 아침 눈을 뜰 때마다, 그리고 매일 저녁 잠자리에 들 때마다 이 질문을 떠올립니다.

나는 사뮈엘 청년과 편지를 주고받고 있어요. 그 친구를 기억하실지 모르겠네요. 우리 만남 때 무척 투덜거렸던 이 아이에게 나는 큰 애정을 느껴요. 사뮈엘에게는 거짓말을 했어요. 내가 딸을 거의 보지 못한다고, 딸은 결혼해서 중국에 산다고 했죠. 그 친구가 자기는 절대로 아이를 갖지 않겠다고, 자기 부모와의 관계가 얼마나 복잡한지 내게 편지로 썼기에 진실을 말할 수가 없었어요. 중국에 남편이 있다니? 왜 내가 이런 삶을 지어냈을까요? 불가사의합니다….

당신이 집으로 돌아왔을 때 남편이 왜 당신을 피했을까 자문하셨죠. 남편께 물어보셨나요?

나는 기분이 좋습니다. 이곳 시장과 친환경 주택단지 전문 건축가와 미팅 일정을 잡았어요. 이 건축가는 목재 골조에 짚단으로 벽을 쌓는 주택을 건축합니다. 난방의 일부는 태양열로 해결하고, 빗물을 저수조에 모아 활용하고, 예쁜 개인 정원과 공동 공간과 공동 채소밭도 갖춘 주택이죠. 의견 차이는 있지만 나는 시장을 존경합니다. 그는 내가 왜 선사시대에 그토록 집착하는지 물었죠. 그는 유머 감각이 있어요. 그의 여러 장점 가운데 하나죠. 그런 그가 생태와 건축에 그토록 무관심하다니 참으로 안타까워요. "브르타뉴와 프랑스 북부에서 가능한 것이 여기서는 왜 안 되죠?"라고 나는 그에게 대답했죠. 그는 한숨을 쉬며 말했어요. "잔느, 이번에도 결국 당신이 이길 것 같네요." 우리는 그의 정원에서 보졸레 와인 한 병을 마시며 평화의 파이프 담배를 피웠지요.

쥘리에트, 당신 일은 다 잘될 겁니다.

잔느

쥘리에트가 잔느에게

말라코프, 2019년 3월 29일

안녕하세요 잔느,

격려에 감사드려요. 큰 힘이 됩니다. 따님과의 문제에 대해서는 안타깝기도 하고 존경스럽기도 합니다. 어떡해서든 따님을 보려고 애쓰지 않고 소식을 기다리지도 않는 건 용기 있는 태도예요. 사실 우리가 자식들의 모든 걸 받아들여야 하는 건 아니죠. 하지만 그런 결정을 내리기가 얼마나 어려웠을까요! 게다가 그 결정을 유지하기는 더더욱 어려울 테고요. 솔직히 저는 당신이 딸과 대화를 회복하기 위해 모든 방법을 시도하지 않는 것이 옳은지 잘 모르겠어요.

당신은 내가 어쩌면 내 우울증의 원인을 모를지도 모른다고 쓰셨죠. 나는 그 원인을 알고 있고 당신에게 이미 얘기했다고 생각했어요. 나는 1979년 12월 10일, 캉에서 이름 없이 태어났습니다. 나의 어머니는 내게 아무것도 남기지 않았어요. 자기 행동을 내게 설명해줄 편지도, 기념이 될 물건 하나도요. 나는 8년 전에 입양 신청을 해둔 한 부부에게 입양되었죠. 두 분은 제게 사랑을 쏟아부으셨어요. 두 분에게는 제가 세계 8대 불가사의였죠. 양부모님은 내게 내 출신에 대해 아무것도 감추지 않으셨습니다. 그건 금기시되는 주제가 아니었어요. 다만 내가 그걸 한쪽 구석에 치워두었을 뿐이죠. 그 일을 가볍게, 심지어는 무의미하게 생각했지요. 나의 진짜 아버지 또는 진짜 어머니 중 누가 검은 머리카락을 가졌고, 아몬드처럼 갸름한 눈을 가졌으며, 이렇게 질은 눈썹을 가졌을까? 알아봐야겠다는 생각은 해본 적이 없었죠. 그게 가능한지도 알지 못했고요. 최근에야 그런 전문 웹사이트가 있다는 걸 알게 되었어요. 이름과 장소, 생년월일을 입력하면 데이터베이스의 기록들과 정보를 대조해주죠. '개인 출신 정보 관리 국가 위원회' 라는 곳도 있고요. 사실, 나는 알고 싶지 않습니다. 결과가 나를 아프게 할까 봐 겁이 나서요. 너무 늦기도 했고요. 내 삶의 한 자리를 이 유령 어머니에게 남겨두는 법을 배우는 편이 낫겠어요. 내가 빼앗긴 것, 내게 주어진 걸 가진 채 나는 나아가고 싶습니다. 당신이 참으로 적절히 말하듯이, 저주의 사슬을 끊고서 말입니다.

당신은 남편분을 존경하셨죠. 저도 제 남편을 존경합니다. 그이가 자신의 길을 개척해나가는 방식을 존경하죠. 제가 이미 얘기하지 않았던가요? 그이는 미슐랭 스타를 받았다고 들뜨지 않았죠. 자랑스러워하긴 했지만요. 그가 달라지지 않은 걸 보니 마음이 놓였어요. 그이는 그런 종류의 상이 초래하는 초대나 아첨에 무심하지는 않지만, 그런 것들은 그저 오리 깃털 위로 물방울이 미끄러지듯 그이의 위로 미끄러질 뿐이었죠. 그는 언제나 자기 자신의 본질로 돌아옵니다. 요리라는 예술에 매료된 아이로 말이지요. 파리의 화려함이 그를 구렁에 빠뜨릴 수도 있었을 텐데. 그는 그런 것으로부터 자신을 지켰어요. 음식은 맛없으면서 터무니없이 비싼 비스트로나 유행을 좇는 레스토랑들은 그를 짜증나게 할 뿐이죠. 니콜라는 쉽게 화를 냅니다. 물의를 일으키길 좋아하죠. 폭발이 임박할 때면 그에게 진정하라고, 가던 길을 가자고 말해도 소용없어요. 그는 더이상 아무것도 못 보고 못 듣죠. 오직 한 가지 욕구밖에 없어요. 닥치는 대로 돌진하는 거죠. 그럴 때 나의 남자, 내가 사랑하는 화산은 나를 미치게 합니다.

잔느, 카멜리아에 꼭 저녁식사 하러 오세요. 음식이 정말 맛있고, 식당도 아주 아름다워요. 니콜라는 돌담을 그대로 두고 콘크리트 바닥을 깔고, 목탄색의 두꺼운 벨벳 커튼, 훈연 처리된 오크 테이블, 낡은 가죽이 덮인 검은색 의자로 장식했어요. 그곳에서 저녁식사를 한 아버님이 "아주 밝은 분위기는 아니네"라고 말씀하셨는데, 제대로 보신 거죠.

시장과 약속 잡으신 것 축하드립니다. 고집이 좋은 결과를 낳았네요. 친환경 건축에 대해 저는 잘 모르지만, 저희 부모님은 당신이 묘사하신 것과 매우 비슷하게 생긴 주택단지에 살고 계세요

이 글쓰기 아틀리에 처음부터 에스테르는 내가 문장 연결을 어려워하고, 등위접속사를 충분히 사용하지 않는다고 지적했어요.

당신에게 편지를 쓰기 전에는 그 생각을 하지만 곧 잊어버려 소용
이 없네요. 그것 때문에 내 말이 모호하지 않았으면 좋겠어요.

우정을 담아,
쥘리에트

<u>장이 에스테르에게</u>

캉통-파리, 2019년 3월 27일

안녕하세요 에스테르,

"사실, 당신은 내가 피하고 싶은 모든 걸 갖춘 사람이에요." 이
말에 기분이 정말 씁쓸했어요. 너그럽게 봐주세요. 나는 당신에
게 아주 솔직하게 내 얘기를 하고 있고, 자기성찰은 쉽지 않잖아
요. 연인을 '치명적인 단점' 때문에 내쫓을 때는 주저하지 말아야
하죠. 그런데 그런 단점들이 어떤 건지 궁금하네요.
종종 당신과 당신의 아버지를 생각합니다. 아니, 두 분이 주고
받은 편지들을요. 흔한 일은 아니잖아요….
내가 일을 그만둔다면 한 가지 계획이 있어요. 내 아파트 발코

니에 자리 잡고는 하늘을 바라보고, 내가 정말 좋아하는 튈르리 공원에서 산책하고 만나는 사람들을 관찰할 겁니다. 다른 어디보다 그곳이야말로 내가 있어야 할 곳 같거든요. 하루하루가 흘러가면 나는 오래된 빵처럼 눅눅해질 테지요. 우리 할머니라면 아마 그렇게 말했을 겁니다. 내 뇌는 이 발코니에서 바라보는 풍경 그 이상을 상상하거나 다른 전망을 내놓길 거부합니다.

에스테르, 당신을 위해, 그 이후를 억지로 상상해볼게요. 겨울이고, 나는 발코니에서 담요를 두른 채 추위에 떱니다. 이제 나는 담배를 하루에 한 갑이 아니라 두 갑을 핍니다. 나는 지쳤어요. 지나가는 사람들을 바라봅니다 — 매일 아침 7시 정각에 나타나는 신사분과 닥스훈트, 열 마리쯤 되는 개들을 거느리고 빠른 걸음으로 걷는 개 돌보미, 헤드폰을 쓰고 조깅하는 사람들, 아이들이 노는 동안 벤치에 앉아 수다 떠는 보모들, 온종일 길에서 일하는 청소부와 정원사들, 걸으며 감탄하는 관광객들. 그렇지만 이런 사람들이 내 기분을 더는 풀어주지 못하는 날이 올 테지요. 내가 흔적을 남기지 않고 떠나야 할 시간이죠. 나는 사라질 준비를 합니다. 일본에서 말하듯, 증발한 사람이 될 겁니다. 껍질을 벗고 이름을 버리고 모든 구속, 모든 영향에서 벗어날 겁니다. 더이상 나 자신이나 타인들에게 어떤 요구도 하지 않고요. 더는 아무도 아닌 존재가 되는 겁니다. 에스테르, 이것이야말로 근본적 변화가 아니겠어요?

우정을 담아,

장

장은 자기 이미지가 더 손상될까 봐 자신의 일, 최근 몇 년 동안 맡았던 일, 불평 없이 실행해온 일에 대해 에스테르에게 말하지 않는다. 아르노와 파스칼은 그의 약점을—돈을—이용했다. 그들은 그에게 매년 점점 더 고약한 일을 시켰다. 양심의 가책을 느끼면 제대로 수행할 수 없는 그런 일이었다. 그는 거부할 수도 있었을 것이다. 하지만 그러지 않았다. 그는 마음대로 부릴 수 있는 사람이 되었고, 보수만 좋다면 어떤 임무라도 기꺼이 맡을 준비가 되어 있었다. 장은 아르노와 파스칼이 자신을 친구가 아닌 다른 입장으로 생각할 거라고는 한 번도 상상하지 못했다. 그런데 더는 확신할 수가 없다. 나쁘게 보면 그들은 그를 멸시하고, 좋게 봤자 그에게 무관심한 것이다. 그는 그들의 입장이 되어 본다. 그리고 그들을 이해한다.

2019년 4월 2일

장!

당신은 믿을 수 없을 정도로 고약하군요. 논리적으로는 당신을 비열하다고 생각해야 마땅한데 그렇지 못하겠다고 썼더니, 당신은 그저 "당신은 내가 피하고 싶은 모든 걸 갖춘 사람이에요"라는 한 문장으로 내게 가혹하다고 비난하시는군요. 그런 단순화는 우리 둘 모두에게 공정하지 않아요. 당신은 나를 권위적이고 남자들과 타협하지 않는 사나운 여자로 만들고 있어요. 마치 내가 남자들에게 "당신 목소리 톤이 끔찍해. 우리 여기서 그만두는 게 좋겠어"라거나, "희한하네, 당신이 입 벌리고 먹는 줄 몰랐네"라거나, "당신이 아침 식사 때 리코레[10]를 마시는 줄 알았더라면 어젯밤에 우리 집에 가서 잤을 텐데" 같은 최후통첩을 던지는 것처럼 상상하는군요. 착각하지 마세요. 오히려 나는 커플의 삶에 대한 나의 신경증적인 공포를 남자들에게 조심스럽게 감춘답니다. 그러고는 혼자 있고 싶다거나, 새로운 삶을 시작하

---

10) 인스턴트 커피와 치커리를 혼합한 음료.

기에는 적절치 않은 때라고 핑계를 대죠.

당신 말이 맞아요. 나와 아버지의 편지교환은 정말 독특했죠. 서로 편지를 쓰면서 — 더구나 같은 도시에 살면서 말이죠 — 우리는 기이한 공룡처럼 행동했어요. 어쩌면 이런 "편지 쓰던 과거" 때문에 내가 이메일이나 문자 메시지, SNS와 잘 못 지내는지도 모릅니다. 사람들이 사진과 동영상을 공유하는 인스타그램에서는 자신의 에고를 전시하는 데 거의 글은 필요 없지요. 꿈 같은 배경, 미소 짓는 얼굴, 그을린 몸, 광대 같은 고양이, 먹음직스러운 음식…. 기껏해야 사람들을 웃기려고 사진의 설명을 넣는 정도죠. 그런 인위적이고 과장된 행복의 과시, 자랑스럽게 내세우는 나르시시즘이 나는 거슬립니다. 왓츠앱도 나을 게 없고요. 단체방을 만들어 대개 개탄스러운 댓글과 증빙용 사진을 달아 우리의 사소한 일과 행동 하나하나를 공유하지 않고는 저녁 식사나 파티에 참여할 수도 없고, 주말여행이나 휴가를 떠날 수가 없죠. 현재 순간에 만족하지 못하고, 그 순간을 떠나보내지 못하는 이 불가능성은 무슨 의미일까요? 왜 우리는 사물과 사건을 있는 그대로 감상하지 못할까요? 우리의 정원은 잡초로 뒤덮여 있지요. 내가 딸에게 글쓰기의 이점을 설득하려 하면, 딸은 내게 소셜 네트워크의 이점을 설득하려 하죠. 딸애는 내가 소셜 네트워크를 왜곡하고 경멸한다고 비난합니다. 인스타그램은 자기 일을 보여주고, 순간들을 공유하고, 자기 의견을 주장하고, 스토리를 전하는 데 쓰인다는 거죠…. 딸애가 내게 그런 말을 할 때면 내가 102살쯤 먹은 것 같은 기분이 들어요. 게다가 뭐, 스토리? 왜 이야기가 아니고? 결국엔 매번 말다툼을 하게 되지요.

튈르리 공원은 나도 알아요. 아주 아름다운 곳이죠. 그 맞은편에 사신다니 참 운이 좋으시네요. 하지만 발코니에서 하루 종일 시간을 보낸다는 건 좀 과장된 표현 아닌가요? 그리고 왜 "증발하겠다"고 말씀하세요? 일본에서는 해고된 사람들이 불안한 직장, 견딜 수 없는 가정 상황, 빚, 불명예에서 벗어나려고 '조하쓰' 하죠[11]. 무슨 이유로 사라지려 하시는지요? 당신이 나한테 장난을 치시는 건 알지만, 제발 좀 봐주세요. 남자들이 인생 최악의 상황을 생각하고 편지로 내게 알릴 때 난 웃을 수가 없어요.

나는 용기를 내어 20년 넘게 아버지에게 보낸 편지들을 집으로 가져왔어요. 아버지가 그 편지들을 상자에 담아 두었다는 건 알았지만, 그렇게 시간순으로 첫 편지부터 마지막 편지까지 잘 정리해 둔 건 알지 못했어요. 나도 아버지의 편지를 분류하기 시작했어요. 아직 마음 정리가 끝난 건 아니에요. 아버지는 질서정연한 분이셨죠. 나는 전혀 그렇지 않고요. 그 편지들을 다시 읽고 싶지는 않아요. 준비가 되지 않았어요. 그저 나의 필체가 20년 사

---

11) 조하쓰じょうはつ(蒸発). 개인적인 여러 이유로 작정하고 자기 존재를 지우고 사라지는 사람들을 가리킨다.

이에 변해서 이제는 아버지의 필체를 닮았다는 것만 알게 되었죠. 수십 개의 상자와 흩어놓은 약 6천 통의 편지 틈에 앉은 내 모습을 상상해 보세요. 제 아버지의 집에서 일주일을 보내고 온 피아가 그런 나를 봤죠. 딸애는 "상당히 무서웠다"고 하더군요. 언젠가 그 편지를 읽어볼 수 있을지 알고 싶어 하더군요. 물론 되죠.

우정을 전하며,
에스테르

추신: 생각 나면 튈르리 정원에서 찍은 사진을 한 장 보내주세요. 가능하면 비 오는 날 사진으로. 안개 낀 날이면 더 좋고요!

니콜라가 쥘리에트에게

파리, 2019년 3월 30일

나의 쥘리에트,

당신이 집에 돌아왔을 때, 나는 무슨 일이 벌어질지 알지 못했어. 당신이 다시 무너져서 망상에 빠질까 봐 너무 두려웠지. 그 생각만 했어. 조금이라도 기미가 보이면 의사를 불러야 했으니까. 나는 당신의 비난, 절망, 광기, 질투를 더는 원치 않았어. 나는 집 자물쇠에 열쇠를 집어넣기 전에 심호흡을 했고, 신경이 곤두선 채 침대에 누워 있는 당신을 보게 되지 않기를 기도했어. 항상 경계상태였지. 활시위처럼 팽팽했고 지쳐 있었어. 당신이 다시 자리를 잡기를, 아델과 함께 새롭게 시작하길 바라며 나는 몸을 아주 작게 웅크렸지. 며칠 떠나고 싶은 마음도 있었어. 우리 관계를 재건할 생각은 엄두도 못 냈지. 그 점 때문에 당신이 나를 비난하는 걸 이해하겠어. 나로선 달리 어쩔 수가 없었어. 만약 당신이 내게 "나를 사랑한다고 말해줘. 자신감을 되찾고 안심할 필요가 있어"라고 했더라도 아마 나는 그 말을 하지 못했을 거야.

시청에서 올린 우리 결혼식 때 당신이 고른 미셸 르그랑의 노래 〈어느 왕자와 공주의 비밀 꿈〉[12]의 가사 생각나? 얼마 전에 그 노래가 라디오에서 흘러나오더라고.

이 큰 사랑을 어떻게 할까요?

보여줄까요 감출까요?

우리, 금지된 걸 해요

함께 술집에 가요

몰래 파이프 담배를 피워요

---

12) 영화 〈당나귀 공주〉 주제곡.

이 노래는 우리를 닮았어. 우리는 서로 이런 질문을 던지길 좋아했잖아. 이 큰 행복을 어떻게 할까? 우리는 그 행복을 꽉 붙들고, 처음이자 마지막인 것처럼 매일 음미했잖아. 15년이 지나서도 우리는 여전히 손에 작은 기적을 붙들고 있다고 생각했지. 적어도, 나는 그렇게 생각했어. 내가 우리를 이상화했던 걸까?

노래 마지막 부분을 들으며 나는 불안하게 웃었어. 들어봐.

아이는 당연히 많이 낳아야죠

우리 함께 살아요.

아름다운 동화처럼.

아이를 많이 낳는 건 안 해도 돼. 난 당신이 돌아와서 셋이서 몰래 파이프 담배를 피우고 싶고, 과자를 잔뜩 먹고 싶어. 그러면 모든 게 완벽해질 거야.

N.

<u>쥘리에트가 니콜라에게</u>

말라코프, 2019년 4월 7일

니콜라,

미셸 르그랑의 노래는 이렇게 시작해. *당신이 나를 사랑한다는 걸 난 알지 못했어요. 지금도 확신하나요?* 난 당신이 더는 나를 사랑하지 않을까 봐 겁났어. 당신이 내 곁에 없다면 나는 비탈길을 다시 오르지 못할 거야. 사랑과 격려의 말이 가득 담긴 당신의 편지가 있어서 참 다행이야. 난 낮에도 밤에도 그런 말을 갈구해. 그 말들은 나를 어루만지고 간지럽히고 위로해줘. 어제는 아델과 함께 평소보다 한결 가벼운 마음으로 병원에 갔어. 처음으로 우리는 함께 폭소를 터뜨렸지. 당신에게 얘기해줄게. 우리가 놀이방에 있을 때 꼬마 남자애 하나가 울기 시작했어. 아델은 노는 걸 멈추고 그 아이를 지켜보더니 따라 울려고 했지. 그런데 울음이 나오지 않았나 봐. 아델은 입을 삐죽거리고 뺨을 부풀리고, 눈을 찌푸렸어…. 그 모습이 어찌나 웃기던지. 웃음이 터져 나왔는데 그칠 수가 없었어. 아델은 나를 놀란 눈으로 바라보더니 저도 웃음을 터뜨렸지. 아주 크게. 얼마나 좋았는지 몰라! 몇 분 동안 난 모든 걸 잊었어. 오직 아이와 함께 웃고, 웃고, 또 웃는 것만

이 중요했지. 그렇게 난 우리 딸과 함께 처음으로 행복을 느꼈어. 다른 어떤 행복과도 비교할 수 없을 행복을 알게 되었지. 아델은 작별인사를 하려고 내가 안았을 때 울음을 터뜨렸어. 나도 울었고. 당신도 어머니에게 들어 이미 알고 있겠지. 어머니도 눈물을 흘리지 않을 수 없었으니까. 어머니는 왜 내가 그냥 남지 않는지 물었지. 난 대답하지 못했어.

앞으로 아델과 함께 다른 많은 첫 경험을 하게 되길 희망해. 아무것도 잃은 게 없으면 좋겠어. 우리 둘이 함께하는 삶은 이제 시작이야. 예상보다 조금 늦었지만.

꿈속에서 난 당신에게 입 맞추며 손으로 당신 머리카락을 쓰다듬어. 당신은 나를 품에 꼭 끌어안고 내 옷을 벗기지. 그러다더는 당신이 안 보여. 난 발가벗고 있고. 당신은 폭우의 소란 속으로 사라져버렸어.

무미에 관한 당신의 연구에 대해 내게 다시 말해주지 않았네.

마르티르 길에 새로운 빵집과 제과점이 여러 개 생겼다고 에믈린이 말해줬어. 한번 들러봤는데, 그 제과점들은 어떻게 버티는지 모르겠어. 1번지에서 60번지 사이에 빵집이 네 개, 제과점이 둘, 머랭 가게가 하나, 슈크림 전문점이 하나 있더라고. 말도 안 되지? 프랄린[13] 브리오슈가 유행하기에 하나 먹어 보았어. 그

---

13) 견과류를 핑크빛 색소를 넣은 설탕 시럽에 조린 것.

냥 그랬어. 반죽은 잘했는데, 프랄린이 너무 달더라고. 늘 그래. 프랄린이 맛없는데 너무 많이 들었거나, 맛있는데 너무 적게 들어있지. 프랄루스[14]가 쉽게 되는 게 아니잖아. 그래서 카푸치노 맛의 페스츄리 브리오슈를 만들어볼 생각이 떠올랐어. 요즘은 유기농 수제 밀가루가 점점 더 많이 보여. 제분소 사업계획이 좀 더 확실해졌어. 내가 직접 곡물을 생산하고 고를 기회를 갖게 될 거야. 얼마 전부터 상황이 좀 나아지는 것 같고, 공식 목록에 없는 일부 곡물의 사용도 점점 더 허용되는 것 같아. 이 계획에 대해 당신은 어떻게 생각하는지 말해주지 않았어.

우리 부모님에게도 편지를 써보려고 했는데, 결국 못 썼어.

애정과 입맞춤을 담아,
쥘리에트

잔느가 사뮈엘에게

베르쥐스-쉬르-손, 2019년 4월 1일

---

14) 프랄린으로 유명한 초콜릿 가게.

사뮈엘,

리옹에 가게 되면 《나가사키》를 사려고 해요. 《누구를 위하여 종은 울리나》는 고등학교 2학년 때 읽었어요. 그 시절에 난 같은 반 학생인 헤수스라는 스페인 남자애를 사귀고 있었죠. 이 이름이 그 나라에선 흔한 이름이라는 걸 알았어요. 무신론자 집안에서 자란 내게는 그 이름이 아주 특별하게 느껴졌거든요. 예언자의 이름을 갖고 산다는 건 어떤 기분일까요? 아들을 헤수스라고 부르기로 정한 부모님은 어떤 분들이었을까요? 그 친구의 얼굴을 아무리 뜯어보아도 이런 질문에 대한 답을 얻을 순 없었고, 하지만 사랑에 빠졌지요. 나의 헤수스('ㅎㅎ헤주스'라고 발음해줘요)는 진짜 예수와 그 무리에는 전혀 관심이 없었죠. 그가 열정을 쏟은 건 스페인 내전이었어요.

독서를 꾸준히 이어가다니 멋지네요. 부모님도 아실까요?

지금까지 친구 벤에 관해 얘기해 준 적 없었잖아요. 오래전부터 알고 지낸 사이에요?

나는 꿈을 잘 기억하지 못해요. 반면에, 남편은 꿈 이야기를 해주는 걸 좋아했죠. 꿈들이 황당했어요. 남편이 갑자기 이야기를 중단하면, 나는 "그래서?"하고 묻죠. 그러면 그는 "그게 다야"라고 대답했어요. 사뮈엘의 꿈은 투명하네요. 시작과 중간과 끝이 있군요. 사뮈엘은 '고약한 놈'이 못 됩니다. 다음에 숲을 거닐 때는 길을 따라가기 전에 뒤돌아보고 형에게 작별인사를 하세요. 더는 앞으로 나아가지 못하는 형에게 사뮈엘은 아무것도 해줄 수 없어요.

내 동물들에 대해 말하는 걸 잊은 건 아닌데, 어디서부터 시작해야 할지 모르겠네요. 동물들에 대한 나의 공감을 사뮈엘이 함께 나누든지 아니 적어도 존중해주면 좋겠는데. 날 우습다고 생각할까 봐 걱정이에요. 내가 얼마나 이 동물들에게 애착을 느끼는지를 말하는 게 가장 좋을 것 같네요.

내 서른 살 생일에 남편 아드리앙이 내게 개 한 마리를 선물했어요. 디망슈라는 이름으로 불렀죠. 플랫코티드 리트리버예요. 키가 크고 날씬하면서도 근육질이었고, 눈도 까맣고 털도 길고 까맸죠. 플랫코티드 견종이 아주 멋진 개이지만, 이 아인 특히나 멋졌어요. 원래 시각장애인을 위한 개였는데, 생후 18개월에 훈련을 중단하고 입양을 제안받았죠. 아주 착하고 활기 넘치는 녀석이었어요. 이 아이를 맹인 안내견으로 상상하면서 아드리앙과 나는 많이 웃었죠. 이 아이를 배정받았을 가련한 남자나 여자는 금세 네 발 들고 길바닥에 드러눕거나 도랑에 빠졌을 것 같아서요.

디망슈는 열 살에 죽었어요. 마지막 몇 달은 끔찍했죠. 엉덩이 쪽에 암이 있었어요. 달리기와 수영을 그렇게나 좋아했던 녀석이 매일 점점 더 쇠약해졌죠. 오! 그 아이가 숲속에서 달리거나 연못이 얼었을 때 얼음 위를 걷는 걸 봤어야 하는데요! 더는 버티기 힘들어졌고, 우리의 산책도 점점 더 짧아졌죠. 디망슈는 길 한 가운데 주저앉아서 기운을 차리려 애썼어요, 아마도 발작이 지나가길 기다린 것 같아요. 나는 옆에 앉아서 녀석을 어루만지며 말했죠. "바쁠 것 없어". 거짓말이었어요. 난 약속이 있었고, 늦었으니까요. 녀석이 다시 일어서면 우리는 한 걸음 한 걸음 다시 내딛었죠. 나는 녀석 뒤에서 걸으려고 애썼어요. 녀석이 언제나 그래왔듯이 여전히 나를 인도하고 있다는 느낌을 안겨주려고요. 녀석은 아드리앙이나 내 뒤에서 걷는 걸 견디지 못했거든요. 디망슈에겐 목줄을 매지 않았어요. 난 목줄, 입마개, 우리, 채찍, 재갈 등… 가두고, 옥죄고, 동물에 대한 우리의 지배를 상징하는 그 모든 물건이 불편해요. 나는 걸으면서 디망슈에게 말했지요. "디망슈, 넌 참 용감해". 그런 생각을 하면서 마음이 아팠어요. 그전까지 나는 길 한가운데에서 개와 대화를 나누는 노인들을 안타깝게 바라보곤 했거든요…. 그 크고 튼튼한 애는 고통받으면서도 포기하려 들지 않았지요. 나는 말했어요. "산책할까?" 그러면 디망슈는 벌떡 일어서서 비틀거리다가 겨우 균형을 잡곤 했어요. 나는 녀석이 쓰러질까 봐 겁이 났지요.

녀석은 간이 망가졌고. 이어서 폐까지 망가졌죠. 이제는 겨우 몇 발짝 걷다가 돌아와 드러누웠어요. 녀석은 너무 마르고 쇠약해졌지요.

몇 번이나 안락사를 생각했다가 미루었습니다. 어느 날 아침,

녀석은 일어서지 못했어요. 무척 고통스러워 보였죠. 끝이었어요. 나는 녀석이 집에서 죽기를 바랐어요. 그래시 수의사를 집으로 불렀죠. 나는 나의 개를 어루만졌고, 옆에 누워서 녀석의 머리에 내 머리를 기댔고, 눈물 너머로 말했어요. "디망슈, 넌 경이로운 개야. 내가 아주 어려서부터 꿈꿨던 그런 개야." 나는 초인종 소리가 날까 봐 두려웠어요. 결국 초인종 소리는 들려왔죠. 수의사가 주사를 놓았고, 녀석은 평온히 숨을 거두었어요.

사뮈엘, 나는 12일 동안 아침부터 저녁까지 울며 보냈어요. 상상하기 힘든 일이었죠. 눈물이 도무지 멈추질 않았어요. 그렇게, 쉬지 않고 오랫동안 우는 건 정말 지치는 일이잖아요.

모든 게 디망슈를 생각나게 했죠. 항상 그리웠어요. 아파트 문을 열고 들어서면 나를 맞아주던 녀석이 더는 없었죠. 차를 타도 백미러 한가운데 그 예쁜 머리가 더는 안 보였고요. 모든 거리, 모든 가게, 모든 공원에 녀석과 함께한 추억이 깃들어 있었죠. 내 슬픔은 무한했어요. 난 부끄러워 말할 수도 없었죠. 표현할 말이 없었으니까요. 친구들에게 내 슬픔을 털어놓았더라면 그들은 그걸 터무니없고 우습다고 판단했을 겁니다. 심지어 부적절하다고 여겼을 테죠. 난 그 슬픔을 이겨낼 수 있으리라는 걸 알았지만, 문제는 그게 아니었어요. 이 슬픔이 왜 이리 격렬한지, 왜 그걸 제어하지 못하는지 영문을 몰랐지요. 아이를 잃은 것도 아니고, 개 한 마리 잃었는데 말이죠. 이미 꽤 오래전부터 최악의 상황에 대비하고 있었는데요. 그러면 뭘까요? 한 가지 가설을 생각해보자면, 인간과 개의 관계가 비교할 데 없이 유일무이하다는 겁니다. 개는 몸과 마음을 바쳐 주인에게 헌신하죠. 마치 그게 자기 삶인 양. 그에겐 오직 한 가지 목표밖에 없어요. 주인을 만족시키는 것. 그는 충직하고 다정하며, 그의 사랑은 확고하죠. 내가 디망슈에게 잔인했더라면, 녀석을 때리고, 굶기고, 공포에 떨게 했더라면 녀석은 얻어맞은 개의 눈빛을 내게 보냈을 거예요. 그래도 마지막 숨을 거둘 때까지 충직하고 고분고분했을 겁니다. 이 흔들림 없는 사랑이 나의 경외심을 키웁니다. 하지만 그 너머엔 현기증 나는 무언가가 있어요. 디망슈와 함께 나는 개를 이용하기가, 개의 친절을 이용하기가 얼마나 쉬운지, 그 반대편으로, 다시 말해 멸시와 무관심 쪽으로 기울어지기가(동물을 학대하는 사람들 얘기가 아니에요) 얼마나 쉬운지 알게 되었어요. 우리의 나쁜 기분을 개에게 풀고, 바쁘다고 산책을 취소하고, 밖으로 내쫓기가 얼마나 쉬운지 말이에요. 그 대가로 우리는 어떤 위험을 감수할까요? "내가 뭘 잘못했나요? 날 용서해주세요! 사랑해요"라고 말하는 눈빛뿐이죠. 우리가 이 큰 사랑을 받을 자격이 있나요? 물론 아니죠. 우리는 그 수준에 미치지 못합니다. 불가능해요.

우리가 그 사랑의 수준에 미치지 못한다는 사실을 깨닫는 건 화나고, 불안하고, 잊을 수 없는 일입니다. 사뮈엘은 내 동물들에 관해 얘기해 달라고 거듭 말했는데, 나는 디망슈에 대해 말하지 않고는 동물을 얘기할 수가 없었지요.

형 때문에 슬퍼하는 사뮈엘에게 이런 이야기를 하는 건 적절치 않네요. 동물의 죽음은 형제의 죽음과 다르지요. 그건 다른 가치를 지닌, 다른 차원의 일이니까요.

주인과 함께라면 개는 행복하고, 명령에 복종합니다. 그렇게 우리는 우리의 권력을 모든 동물에게 하듯이 개에게 행사합니다. 한계 없고 예외 없이 말이죠. 인간은 수 세기 전부터 동물을 노예로 삼았어요. 그 지배를 한 번도 문제 삼지 않았죠. 21세기 초에도 우리는 여전히 동물을 먹고, 사냥하고, 낚고, 길들이고, 고문하고, 때리고, 해체하고, 가두고, 학살합니다. 이 때문에 나는 괴롭고 불행하기까지 합니다. 무슨 권리로 인간은 이렇게 행동할까요? 우리는 그 대답을 압니다. 우월한 지능을 내세우며 그렇게 행동하는 거지요. 가장 약한 존재들을 이용하고 학대하는 것이 정말 지능의 증거가 될까요? 내 연민은 보다시피 끝이 없어요. 그것이 내 속을 뒤틀리게 하고, 우리가 저지르는 추악한 짓들을 고발하기 위해 L214[15)]나 PETA[16)]에서 제작한 영상을 용기 내어 볼 때마다 그 앞에서 분노로 울부짖게 합니다. 오늘 아침, 중국인들이 매년 180만 장의 당나귀 가죽을 아프리카에서 사들인

---

15) 2008년에 설립한 프랑스의 비영리 동물 보호 단체.

16) 미국 버지니아주에 본부를 두고 있는 국제 동물권 단체.

다는 사실을 알았어요. 그들 약제에 꼭 필요한 재료라고요. 아프리카에서는 이 가련한 짐승들을 망치로 때려죽인다고 하고요. 으으… 나는 이런 끔찍한 현실을 위로받기 위해 동물 보호 활동에 참여하고 있어요. 다른 활동을 선택할 수도 있었겠죠. 선택지는 아주 많으니까요. 아마 나는 이런 활동에 참여하지 않았으면 우울증에 빠지고 인간혐오자가 되었을 겁니다.

아드리앙은 시골에서 살고 싶어 했어요. 나는 한 가지 조건으로 그걸 받아들였죠. 도살장으로 갈 동물들을 거둔다는 조건이었죠. 나의 암소 두 마리는 프림홀스타인 종인데 이름이 메조와 소프라노예요. 이 애들이 내 어깨에 머리를 기댈 때는 무한히 감미롭죠. 나의 당나귀 쇼콜라도 '자유의 갈기'라는 보호소에서 데려왔어요. 야생이에요. 모든 걸 겁내요. 3년째 안심시키려 애쓰고 있는데, 아직 성공하지 못했어요. 그렇지만 쇼콜라는 나의 말 야마하만큼은 믿어요. 야마하는 승마클럽에서 사왔는데, 도살장으로 갈 운명이었죠. 너무 늙고, 너무 지쳤다고요.

돼지도 두 마리 있어요. 공장형 사육장에서 길러진 녀석들인데 병들어서 내가 데려오게 되었죠. 이 아이들은 처음에는 우리 안쪽 구석에서 겁에 질린 채 지냈어요. 내가 가까이 다가가려 하면 안쪽 벽에 대고 머리를 박곤 했죠. 꽝! 한참 후에야 밖으로 나왔어요. 아주 경계가 심했죠. 내가 무슨 몸짓이라도 하거나 바깥에 뭔가 움직이는 게 보이면 숨으려고 달려갔어요. 그러다 흙에,

풀밭에 발을 딛고, 족쇄 없이 걷는 걸 알게 되었고, 낮의 햇살을, 태양을, 공기를, 나무를, 지평선을 맛보았죠. 그리고 난생처음 진흙탕에 구르기도 했지요! 갇혀 지내며 학대당했던 동물이 자유를(사실은 절반의 자유죠) 발견하는 걸 보면 나는 이런 고생을 하길 잘했다는 생각이 듭니다.

이 녀석들을 치료한 뒤 나는 마을 아이들에게 소개해줬어요. "우웩, 못생겼다. 뚱뚱해, 냄새나!" 아이들은 겁이 났지만 차마 겁난다고 말을 못했어요. 아이들은 돼지가 그렇게 덩치가 크리라고는 상상하지 못했던 거죠. 그래서 이렇게 농담하곤 했어요. "장봉은 언제 만들어요?" 아니면 "저 돼지로 핫도그를 만드는 거예요?" 아이들은 내게 돼지들의 이름을 제안했죠. 뚱뚱이와 비계, 저스틴과 브리두, 다맛나와 돼지코, 소시송과 앙두예트… 등. 난 모두 거절했어요. 아이들은 돼지를 존중하는 법을 배웠죠. 그들을 알프레드와 로베르라고 불렀어요. 나의 동물들은 드넓은 초원에서 살아요. 주말에는 아이들이 우리 집 문을 두드리죠. 동물들에게 먹이를 주고 우리를 청소하는 걸 도우려고요. 아이들은 동물들에게 말을 걸고, 어루만집니다. 이건 하나의 승리예요. 언제나 그렇듯이 교육의 문제죠. 나는 알프레드와 로베르를 길들였어요. 이제 녀석들은 거의 다정해졌어요. 운 좋게 지옥에서 벗어난 동물들이 자신의 과거를 기억하는지 아니면 잊는지 궁금해요.

디망슈가 떠난 뒤로 개는 더 키우지 않았죠. 그 슬픔을 다시 경험하지 않고 싶어서예요. 철학자 마르크 알리자르트의 경이로운 에세이 《개》에서 발췌한 구절을 소리 내어 읽어보세요.

나는 이렇게 덧붙이겠다. 이 천사도, 그리고 무엇보다 저 천사도 개다. 걸어다니는 재앙인 우리가 뒤따라오는지 어깨 너머로 끊임없이 살피면서 들떠서 주인 앞에서 길을 인도하는 개들 중 하나다. 저 개는 너의 왕이다.

잔느는 현관 초인종 소리에 쓰던 편지를 중단했다. 뤼크다. "내가 찾아온 건 내 생각이 틀려서가 아니라, 우리 사이의 이런 상황이 편치 않아서야"라고 그는 문 앞에서 툴툴거린다. 그녀는 그에게 저녁을 같이 먹자고 제안한다. 두 사람은 불편한 주제는 피한다. 저녁은 음악으로 마무리된다. 그녀는 극히 드문 호의를 보이며 피아노를 연주하기로 한다. 쇼팽의 〈녹턴〉, 거슈윈의 〈랩소디 인 블루〉, 드뷔시의 〈로맨틱 왈츠〉를 연주한다. 뤼크는 그녀 곁에 선 채 건반 위를 달리는 그녀의 손가락과 음악에 맞춰 움직이는 그녀의 몸을, 평온하게 미소 짓는 그녀의 얼굴을 바라본다. 그는 꽤 늦게 집으로 돌아간다. 그는 그녀의 그런 모습은 한 번도 본 적이 없었다. 그녀도 손에 통증 없이 오랫동안 연주하고 나니 아주 기분이 좋았다. 편지는 나중에 끝낼 것이다.

사뮈엘, 마치 내가 거기 있는 것처럼 당신이 보이고, 당신이 무슨 생각을 하는지도 알겠어요. 맛이 간 저 할매는 씨앗과 지렁이를 먹고, 으깬 아보카도로 머리를 감고, 촛불을 켜고 살고, 삼베 자루로 만든 옷을 입을 게 틀림없어. 하하! 전혀 아니랍니다. 난 근본주의자가 아니에요. 난 고기를 안 먹고, 퇴비장을 갖고 있고, 빗물을 받는 저수조가 있고, 지속가능한 농법으로 경작하는 포도밭이 있고, 할 수 있는 한 플라스틱을 안 쓰려고 해요. 그게 다예요. (저런! 에스테르의 조언대로 감탄사를 너무 남용하지 않으려고 조심했는데, 다시 시작하고 있네요.)

미국의 변호사이자 동물 복지 옹호자였던 조지 손다이크 앤젤의 이 인용문으로 편지를 끝낼게요.

사람들이 종종 제게 물어요. "인간에 가해지는 잔혹행위가 이토록 많은데 왜 동물을 향한 호의를 이야기하는 데 그토록 시간과 돈을 쓰십니까?" 저는 대답하죠. "저는 인간의 뿌리를 연구하는 겁니다."

잔느

<u>사뮈엘이 잔느에게</u>

4월 5일

안녕하세요 잔느,

벤은 초등학교 때부터 가장 친한 친구예요. 중학교 때는 뺀질이였는데, 지금은 반대예요. 이 친구는 실업고등학교를 졸업했고, 그 후로 식당에서 일하고 있어요. 학업을 계속하지 않은 건 요리가 너무 좋고, 돈을 벌고 싶어서였죠. 부모님이 힘들게 사시거든요. 친구는 학업을 중단한 걸 후회하고, 자신에게 기초가 부족하다고 말하죠. 요리학교에 진학하려고 해요. 벤이 약간 형 같다고 말씀드리고 싶지만 제 형과의 관계 때문에 그러진 못하겠어요. 벤과 제브르 드 벨빌 극장에서 〈카바레 드 푸시에르〉를 봤어요. 솔직히 말해 정말 멋진 저녁이었어요. 공짜 티켓이 없었더라면 절대 가지 못했을 거예요. 가수들, 무용수들, 이야기꾼들이 출연했는데, 저속하고 정말 대담해서 낄낄거리고 웃었어요. 극장을 나오는데 한 여자애가 '뷔를레스크의 진수'라고 하더군요. 저는 뷔를레스크가 뭔지 휴대전화로 검색해 보았죠. 그 말이 맞아요. 당신이 말한 감탄사라는 것도 마찬가지로, 그게 무슨 뜻이었는지 기억이 안 났거든요.

사실, 제가 더이상 파리에 가지 않는다는 건 사실이 아니에요. 저는 시위에 참여하려고 계속 가고 있어요. 솔직히 이유는 별로 중요하지 않아요. 흥분해서 노래하고 소리치는 사람들 한가운데, 밀집한 군중 속에 있는 게 좋아요. 그런 분위기에 휩쓸릴 때마다 기분이 좋아져요. 저는 액트업Act Up[17]이라는 단체와 함께 팡테옹 앞에서 외국인 학생들의 등록금 인상, 기후 문제, 주거권, 불법체류자, 응급 서비스 등의 문제로 행진했어요. 중요한 사람이 된 것 같고, 공동체에 속한 느낌이 들더라고요. 처음에는 여자들을 만날까 해서 갔지만, 그게 좋은 방식이 아니었다는 건 금방 깨달았죠. 여자들은 무리 지어 와서 주의를 끌기가 어려웠어요. 네, 이건 과장이고요. 괜찮은 여자들도 있죠. 하지만 그 여자들 주위에 있으면 제가 바보처럼 느껴지더라고요. 공부도 열심히 하고, 외치고, 크게 노래하는 여자들에게 마음이 끌려야 하잖아요. 그 여자들이 제게 관심을 가지고 질문을 던지면 저는 당황해요. 내가 그 수준에 못 미치는 것 같아서 그냥 그 자리를 떠나고 싶어져요. 그런 일에 아주 능숙한 친구들이 있는데, 저는 아니에요.

잔느를 맞이 간 할머니라고 전혀 생각 안 해요. 제가 왜 시위에 가는지 얘기했으니, 잔느야말로 저를 멍청하다고 생각하겠어요.

저희 어머니도 환경운동을 하는데, 어머니는 쥘리앙의 병 때

---

17) 1987년 뉴욕에서 결성된 에이즈(AIDS) 행동주의 단체.

문에 그렇게 되었죠. 세균과 유해물질에 대한 공포증이 있거든요. 어머니는 세제도 직접 만들어 쓰고, 구입하는 모든 식품의 성분을 꼼꼼히 살피시죠. 유카Yuka[18]의 허락 없이는 아무것도 문을 통과하지 못해요. 유카를 아세요? 우리는 일주일에 한 번 푸줏간에서 산 고기를 먹어요. 저희 어머니가 교도소 간호사라고 말씀드렸는지 모르겠네요. 힘든 일이지만 어머니는 당신의 일을 좋아하세요. 재소자들과 간수들에게 도움이 된다고 느끼기 때문이죠. 어머니가 싫어하는 건, 아마 절대 익숙해지지 않을 거라는데, 바로 교도소 안의 냄새예요. "곰팡내, 습기, 젖은 걸레, 두려움, 분노, 복수의 냄새"죠. 저는 어머니가 그 냄새에 대해 말하는 방식을 좋아해요. 어머니는 "교도소의 냄새를 빨리 잊기" 위해 집 거실에 에센셜 오일 디퓨저를 설치해 두었어요. 우리 집은 아주 작아서 아파트 전체에 그 냄새가 나지만, 저는 익숙해져서 괜찮아요.

당신이 동물에 대해 쓰신 글이 참 좋아요. 제 생각에는 언젠가는 지구상에 동물이 하나도 남아 있지 않을 것 같아요. 코끼리도, 사자도, 메뚜기도, 사슴도, 파리도, 나비도 없을 것 같아요. 우리가 다 멸종시킬 겁니다. 인간은 아직 남아 있을 테지요. 다른 먹을거리를 찾아냈을 테니까요. 마지막 동물을 알았던 사람들은

---

18) 식품 및 화장품의 바코드를 스캔해 제품 성분을 분석하고 건강에 미치는 영향을 평가해주는 모바일 앱 서비스.

아쉬워할 것이고, 그들의 자식들은 왜 그러는지 이해하지 못할 겁니다. 진짜 동물을 본 적이 없을 데니까요. 그들은 생각하겠죠. 동물은 구식이라고요. 복제동물도 똑같고, 심지어 낫다고 생각하겠죠.

《누구를 위하여 종은 울리나》는 아직 시작 안 했어요.

사뮈엘

장이 니콜라에게

튀니스, 2019년 4월 12일

니콜라,

나는 그냥 이런 사람입니다. 사업에는 재능이 있어 부자가 되었고, 값비싼 차를 사고, 시계와 에르메스 재킷을 수집하며 즐겼죠. 25년 동안 아무것도 의심하지 않았고, 내 삶에 어떤 의미를 부여할지 한 번도 자문하지 않았어요. 한치의 죄책감도 없이 수백 명을 해고했어요. 각자 알아서 사는 것이고, 내겐 채워야 할 목표들이 있었을 뿐이었죠. 그러다 이상한 일이 일어났어요. 쉰

살이 되기 직전에 나는 내 시계들을 팔았고, 얼마 후엔 내 자동차들을 팔았죠. 돈을 만들기 위해서가 아니라 그게 짐으로 느껴졌기 때문입니다. 그것들이 더는 즐거움을 주지 않았죠. 그렇게 쌓인 소유물이 지겨웠어요. 혐오스러웠고요. 없애면 없앨수록 가볍고 유쾌해지더군요. 비우기, 내가 갈망한 건 그것뿐이었습니다. 그 희열을 설명해주는 건 아무것도 없었어요. 논리적으로 생각하면 그 희열은 오히려 불안했죠. 모든 걸 팔고 나자 이런 생각이 들었어요. "이제 뭘 하지?" 남은 게 아무것도 없었어요. 나는 꼭 바람 빠지는 풍선 같았죠. 공허를 만들고 허영을 벗어던졌더니 이런 질문이 떠오르더군요. "남은 인생에는 뭘 하지?"

언젠가 보리스에게 내가 필요하다면, 그 기회를 놓치고 싶지 않아요. 어쨌든 당신의 아버지에 대해 얘기해줘서 고맙습니다.

당신 말이 맞아요. 나는 가끔 이상한 반응을 보일 때가 있지요. 내 감정을 자식들에게 말하는 게 쉽지 않아요. 다음날, 딸애가 나를 우스꽝스럽게 여기지 않았을까 하는 생각이 들었어요.

시카고에선 날씨가 끔찍했어요. 강연은 잘 진행되었지만, 미술관에 들를 시간은 없었어요.

내 딸에게 글쓰기 아틀리에에 등록했다는 건 말하지 않았어요. 생각도 못 했네요. 아이에게 그걸 알리고 싶은지도 모르겠고요.

장

추신: 당신의 '뭔지 모를' 요리를 어서 빨리 맛보고 싶습니다. 난 성게를 아주 좋아하거든요.

니콜라가 장에게

파리, 2019년 4월 20일

(대화체 연습)

안녕하세요 장,

당신이 자신을 종말론적 인물로 그리고 있다는 걸 아시는지 모르겠군요. 당신 같은 유형들을 내가 몇몇 아는데, 내가 아주 싫어하는 면모를 전부 갖췄죠. 돈을 과시하고, 배당금으로 호화롭게 살며, 경쟁에 뒤처진 사람들을 전혀 신경 쓰지 않는 사람들 말이에요. 그럼에도 당신에겐 호감이 갑니다. 당신이 그런 사람이라고 믿을 수가 없네요. 당신이 솔직하고, 자기성찰을 하기 때문일까요? 내 요리가 대중적이지 않고 저렴하지도 않다는 점을 고려하면, 내 이론과 판단을 액면 그대로 받아들이지 않아도 됩니다. 내 양심과 가책 사이에서 싸움이 벌어지고 있거든요. 변명하자면, 나는 메뉴판에 적을 내 요리의 가격을 최대한 합리적으로 책정합니다. 직원들의 급여, 재료비, 임대료를 내고도 나는 잘 삽니다. 하지만 빈둥거릴 정도는 아니지요.

매일 나의 양심과 나 사이에 이런 대화가 오갑니다.

— 니콜라, 말해봐, 앙트레에 60유로를 받으면 좀 너무한 거 아냐?

— 그렇지만 성게가 들어갔어. 성게는 비싸잖아.

— 겨우 하나 들어갔잖아!

— 그래, 하지만 캐비어도 있잖아….

— 허풍 좀 그만 쳐, 몇 알인지 셀 정도잖아.

— 어쩔 수가 없어. 55유로로는 감당이 안 돼. 게다가 진짜 맛있다니까….

— 네가 화이트 트러플을 곁들여 재해석한 코키에트-장봉 요리에 값을 얼마를 붙였는지 환기해줄까? 네가 재해석한 건 무엇보다 가격이었지.

— 너 정말 짜증 난다.

— 니네 아버지가 이걸 보셨으면…. 맞다, 네가 그렇게 당당하면 아버지를 한번 초대해봐. 이번에는 가격이 붙은 메뉴판도 보여드리고.

— 파리에서 내 점심 메뉴보다 가성비 좋은 데가 없다니까.

— 맞아, 그런데 그걸 누가 누리지? 사업가들이지. 장애인들과 함께하는 레스토랑 계획을 세운 건 기억나?

- 조금만 여유가 생기면 제대로 해볼 거야.

- 두고 보자고….

나중에 오다가다 봅시다.

니콜라

대화

잔느가 쥘리에트에게

베르쥐스-쉬르-손, 2019년 4월 6일

안녕하세요 쥘리에트,

이건 내 대화체예요.

그러니까, 당신의 아이가 태어나고 나서야 당신의 출생이 부메랑처럼 돌아와 당신을 후려친 거군요. 아무 일도 없던 것처럼 임신과 출산을 경험하고 계속 과거를 외면한 채 살아갈 수도 있었겠죠. 그랬더라면 당신과 아이 모두의 미래에는 훨씬 놀랍고 불안한 일이 닥쳤을 겁니다. 그렇게 생각하지 않으세요? 당신이 앓는 산후우울증은 두 어머니, 다시 말해 당신의 어머니와 당신이 된 어머니, 그리고 두 딸, 아델과 당신 사이에 거울 효과를 드러냅니다. 아델을 위해 당신이 그 거울을 깨뜨린 겁니다. 나는 정신과 의사가 아니니, 내가 지금 쓰고 있는 건 그저 예감이고 감정일 뿐이에요.

당신 남편 니콜라가 나는 마음에 듭니다. 이웃들이 마트에서 정크푸드를 자동차 트렁크에 잔뜩 싣고 돌아오는 게 보이면 나도 화가 치밀어요. 분노에도 좋은 점이 있어요. 상상해 보세요. 우리 마을엔 상냥한 젊은 부부가 운영하는 아주 훌륭한 빵집이 있어요. 그렇지만 대형마트에서 공장 빵을 사는 마을 사람들이 많습니다. 언젠가, 이웃집 나탈리가 장 본 걸 차에서 꺼내고 있기에 나는 밖으로 나가 도와주겠다고 했죠. 바게트 얘기를 꺼낼 구실이 필요했거든요. 나탈리는 바쁘기도 했고, 3차 세계대전이라도 대비하듯이 장을 잔뜩 봐온 터라 내 도움을 받아들였죠. 자동차에서 진공 포장된 스테이크와 치킨너겟을 꺼내면서 나는 이를 악물었어요. 달걀에는 그래도 신경 쓴 게 보여서, 거길 공략했죠.

― 이거 처음 보는 달걀인데, 나탈리, 방목 사육한 닭이 낳은 유기농… 이 달걀 어때?

― 아, 그거, 달걀은 조심해야 되잖아. 공장 사육하는 닭 사진을 봤는데 정말 끔찍하더라. 넌 이런 거 잘 알잖아. 마트에 사람 엄청 많더라. 꼭 포도 수확철 같았어!

- 이 종이 냅킨 예쁘네,

- 예쁜 게 엄청 많아. 다 사지 않으려고 참았어.

- 이 빵은 맛있어?

- 괜찮아, 그냥 빵이지 뭐.

- 아, 마을 빵집의 빵 정말 맛있던데 알아? 원하면 내가 아침에 갈 때 사다 줄 수 있어.

- 고맙지만, 보다시피 난 잔뜩 사서 일주일 치를 냉동하잖아.

- 그 집 빵 좀 줄 테니 비교해봐. 그리고 젊은 부부를 도와야지. 마을 빵집이 문 닫으면 어떻게 될지 상상해봐!

- 그러네, 그렇지만 매번 퇴근길에 빵을 사야겠다고 생각은 하는데, 마을 쪽으로 통과하지도 않고 또 깜빡할까 봐 걱정 돼. 게다가 대형마트에서 사면 더 빠르니까. 내 장봉을 그런 눈으로 좀 쳐다보지 마. 네가 돼지를 보여준 뒤로 사샤는 이제 장봉을 안 먹겠대. 내가 장봉을 덜 사니 넌 좋겠어. 그래서 아이에게 스테이크를 해주고 있어.

- 사샤에게 내 암소들도 소개해 줘야겠네….

- 그만둬, 잔느. 걔는 칼슘이 필요해. 그 애를 비건으로 만들건 플렉시테리언인지 뭔지로 만들건 다 좋은데. 우린 곤충과 씨앗은 못 먹어.

- 어쨌든 곤충도 100년 안에 사라질지 몰라….

라고 나는 투덜거렸죠.

오 분노! 오 절망! 나는 나의 동물들 곁에서 위안을 얻으려고 초원으로 갔지요.

잔느

추신: 쥘리에트, 난 당신이 글을 잘 쓴다고 생각해요. 등위접속사와 관련된 당신의 '약점'을 난 모르겠던데요. 에스테르는 우리의 온갖 작은 결점까지 주목하는데, 그러는 게 좋긴 하죠!

쥘리에트가 잔느에게

말라코프, 2019년 4월 19일

잔느,

이 편지에 나의 대화체 연습이 포함되어 있음.

에스테르가 요구한 대화체 연습에는 좋은 점이 있네요. 당신의 편지를 읽으면서 웃었어요. 당신이 마을 빵집을 지켜주고 계시는 걸 보니 좋네요. 안타깝게도 프랑스인들의 빵 소비가 점점 줄고 있잖아요. 빵의 명성은 이미 오래전부터 훼손되었죠. 너무도 많은 빵집이 질 나쁜 빵을 팔고 있어요. 빵은 살찌게 하는 악마가 되었고요. 프랑스 인구의 절반이 감염된 것처럼 보이는 글루텐 불내증은 말할 것도 없죠. 프랑스인들은 슈퍼마켓에서 빵을 사기로 선택하면서 빵의 감각적인 특질을 무시할 만큼 미각을 잃은 걸까요? 우리 제빵업자들은 통밀빵을 탄생시켰죠. 몸매를 신경 쓰는 여성들은 통밀빵만 고집합니다. 영양가도 많고, 오래 보관되고, 소화도 잘된다고 하죠. 하지만 (이건 당신한테만 하는 말이에요) 캉파뉴나 전통 빵보다 맛있지는 않아요.

돼지와 소를 기른다는 말씀은 안 하셨는데. 채식주의자세요? 나는 고기는 거의 안 먹지만 생선과 달걀은 많이 먹어요. 생선장수의 딸이니 당연하다고 말씀하시겠죠.

니콜라와 나는 진전되고 있어요. 그이한테 내가 돌아왔을 때 왜 그렇게 고약하게 굴었는지 물었죠. 그는 나에 대해 어떻게 생각해야 할지 알지 못했고 내 반응이 겁났다고 대답하더군요. 너무 지쳐서, 할 수만 있었다면 얼마간 떠나서 나랑 아델만 남겨두었을 거라고요. 이 말에 정말 마음이 아팠어요. 받아들이기 힘들지만, 그의 입장이 되어 생각해 보았죠. 나라도 그처럼 행동했겠다 싶더라고요. 글쓰기가 내게 큰 도움이 돼요. 즉각 응수하지 않게 하죠. 그가 글로 쓰는 대신 내 얼굴을 보며 그 모든 걸 말했더라면, 나는 겁에 질리고, 그의 말을 왜곡하고, 그가 나를 아직 사랑하는지 모르겠다고 해석했을 테고, 그러니 우리가 헤어지는 게 낫겠다고 결론지었을 겁니다.

어젯밤, 부모님의 꿈을 꾸었어요. 그리고 울면서 깨어났어요. 우울증이 극에 달했던 날들처럼 나는 숨이 막혔죠. 출산 때 이후로 두 분을 다시 보지 못했어요. 아델이 태어난 지 하루밖에 안 됐을 때였죠. 손녀딸 앞에서 넋이 나간 두 분을 보는 게 나로선 극도로 고통스러웠어요. 내게 일어난 일에 아연한 상태였고, 나와는 무관한 일처럼 느껴졌거든요. 부모님이 앞에 계시는 것이 나의 출생을, 입양을 떠올리게 했어요. 본의 아니게 내게 고통을 안겼죠. 그 시절에 나는 상황을 객관적으로 보지 못했지요. 그래서 두 분이 떠나길 바랐어요.

부모님께 편지를 쓸 준비가 되길 기다리고 있어요. 이 글쓰기 아틀리에에 참여하기 전에는 두 분에게 편지를 쓸 생각조차 못했어요. 내게 일어난 일을 두 분께 설명하기에 편지는 얼마나 멋진 방법입니까? 나는 너무도 취약해서 말을 찾는 것도 힘들고 내 감정을 담아내는 것도 힘들어요. 내가 두 분을 얼마나 사랑하고 두 분께 얼마나 빚을 졌는지 부모님이 아시면 좋겠어요.

부모님은 트루빌에서 생선가게를 하셨어요. 힘들게 일하셨지요. 꽁꽁 얼어붙은 날 새벽 6시에 얼음 속에 손을 집어넣는 건 재미나지 않죠. 저는 두 분께 이렇게 말하곤 했어요. "쥘리에트는 지구에서 가장 뜨거운 난로예요". 그러면 두 분은 들고 있던 모든 걸 내려놓으셨죠. 칼, 생선, 상자…. 나는 두 분의 얼어붙은 손을 내 두 손으로 감싸고 호호 불어드렸어요. 두 분은 "아! 훨씬 낫네. 우리 손이 따뜻해졌어"하고 웃으셨죠. 두 분은 나의 놀이에 기꺼이 동참하셨고, 내가 입으로 한 행동이 엄청난 일이라도 되는 듯이 깜짝 놀란 표정을 지으셨어요. "잠깐만, 지금 손님이 있잖아"라거나 "나중에 하자, 지금 바쁘니까"라고 말하며 나를 밀어낸 적이 단 한 번도 없었어요. 손님들이 기다려야 했죠. 방과 후에는 가게 안쪽에 자리 잡고 책도 읽고 숙제도 했어요. 일요일 오후에는 아버지와 배를 탔죠. 낚시를 한 게 아니라 항해하며 바다도 보고 얘기도 나누었지요.

– 쥐쥐야, 저기 지평선 보이지, 그거 네 거야. 네 엄마와 내가 여기 있는 건 너한테 지평선과 멋진 미래를 안겨주기 위해서야.

– 멋진 미래가 뭐예요?

– 그건 네가 커서 직업을 갖고 네가 좋아하는 곳에서 사는 거지.

– 아빠는 멋진 미래를 갖고 있어요?

– 내 미래는 눈부시지. 네 엄마랑 네가 여기 있으니까. 전에, 너 없는 지평선은 지금과 같은 색깔이 아니었어. 여기서 행복하지 않니?

– 행복해요. 저는 무슨 직업을 갖게 될까요?

– 뭐든 네가 하고 싶은 걸 해. 네겐 생각할 시간은 많아.

– 제가 뭘 원하는지요?

- 그렇지.

- 학교 선생님?

- 그래, 안 될 것 없지?

- 생선장수?

- 그것도 좋지.

- 수의사?

- 그래.

- 우주비행사?

- 그래. 그렇지만 조심해, 성공하려면 엉덩이에서 손가락을 빼야 할 거야. 그냥 저절로 되는 건 아니거든. 내가 방금 한 말을 엄마한테는 하지 마!

우리의 대화는 언제나 이렇게 끝났죠. 나는 아빠에게 온갖 직업들을 나열했고, 마지막에는 꼭 이 판결문을 들어야 했죠. "엉덩이에서 손가락을 빼야 할 거야", 그러면 나는 웃음을 터뜨렸죠. 부모님이 그리워요.

우정을 담아,

쥘리에트

추신: 이번에도 답장이 늦어서 미안합니다. 대화를 쓰려는데 영감이 떠오르지 않다가, 갑자기 유레카! 했어요.

<u>잔느가 사뮈엘에게</u>

베르쥐스-쉬르-손, 2019년 4월 10일

친애하는 사뮈엘,

(이 편지에서 나의 대화체 연습을 보게 될 겁니다.)

사뮈엘의 어머님은 정말 훌륭한 분이시군요. 나라면 어머님처럼 일상에서 절망과 분노, 그리고 아마 폭력까지를 견디지 못했을 겁니다. 나는 동물들과는 용감하지만, 인간을 상대로는 그렇지 못해요.

그래요, 유카를 알죠. 아주 유용한 앱이지만 쓴다는 걸 종종 잊어버려요.

사뮈엘에게 벤이 형과 같다고 생각하고 말할 권리가 왜 없다는 건지 모르겠네요. 그 친구는 쥘리앵이 사망하기 전에 이미 형 같았잖아요. 그 후로 사뮈엘과 친구 사이에 뭔가 달라진 게 있나요? 아니죠, 그러면 쥘리앙을 배반하는 게 아니에요.

시위에 참여할 때는 조심하세요. 그저 깨부수기 위해 오는 멍청이들은 친구가 아니니까요. 동성결혼 반대 시위나 인공수정 확대 반대 시위에는 가담하지 않으면 좋겠어요. 그러는 것 같진 않습니다만.

어제, 나는 이웃집 꼬마 사샤와 함께 산책을 했어요. 사샤는 열 살이에요. 부모님은 친절하지만, 아주 명석한 분들은 아니죠. 아이는 아주 똑똑해요. 제발 이 아이를 망치는 일이 없어야 할 텐데요. 우리의 대화를 옮겨 적어 볼게요.

– 있잖아요, 잔느 아줌마, 내가 이제 장봉 안 먹는 거 알아요?

– 그래, 네 엄마가 말해줬어. 엄마는 썩 좋아하지 않던데. 네가 알프레드와 로베르와 친해져서 그러나 봐.

– 네, 맞아요. 내가 그 애들을 먹는 게 상상이 돼요?

– 안 되지. 그럼 장봉 대신 뭘 먹어?

– 특별히 없어요.

– 아, 그렇구나. 햄버거스테이크도 안 먹어?

– 안 먹을 것 같아요. 아줌마는 반대해요? 스테이크 먹어요?

지난밤에 비가 내렸어요. 나는 물웅덩이를 피해 걸었고, 사샤는 풍덩거리고 웅덩이에 뛰어들며 재미있어 했지요.

– 각자 하고 싶은 대로 하는 거야. 사샤. 난 안 먹어. 햄버거스테이크가 무슨 동물인지 알아?

– 그럼요. 참 나, 소잖아요.

– 정확해.

나는 아이의 손을 잡고 풀밭으로 데려가 나의 암소들을 소개하고 싶은 걸 참았지요. 벌써 이런 모습이 상상이 되었거든요. "쓰다듬어 봐. 저 눈이 얼마나 순한지 보여? 잠깐만, 더 볼 게 있어! 내가 이렇게 둘 사이에 서면… 자… 기다려봐… 이렇게 소들이 머리를 내 어깨에 기대.” 그러면 사샤는 집으로 돌아가 어머니에게 앞으로 절대 쇠고기를 먹지 않겠다고 말할 테고, 그러면 나는 사샤와의 산책에 작별을 고해야 할 테죠.

- 오늘 오후에 엄마랑 내가 뭘 하는지 알아요?

- 아니, 얘기해줘. 너, 발 젖은 것 아냐?

- 아뇨. 내 생일 파티 초대장을 만들어요. 열한 명이나 열두 명이 올 거예요.

- 그렇네, 다음 주가 네 생일이구나!

- 나중에 아줌마의 당나귀 쇼콜라를 만질 수 있을까요?

- 그러면 좋겠네. 쇼콜라에 대해 어떻게 생각해?

- 만져보고 싶어요. 아주 부드러울 것 같아요. 엄마는 브리스를 초대하길 바라는데, 난 걔를 좋아하지 않아요. 걔는 안 착해요. 생일 파티 때마다 오는데, 엄마 아빠들이 우리에게 강요하기 때문이에요.

- 브리스라면, 신체 장애가 있는 아이니?

- 네.

- 걔가 오면 좋잖니. 걔에겐 쉽지 않겠구나….

- 아줌마도 다른 어른들과 똑같아요. 걔가 장애인이기 때문에 초대해야 한다는 거잖아요. 걔는 아무한테도 안 착해요.

- 어쩌면 걔가 너희들처럼 걷고 달릴 수 없어서 질투가 나고

슬픈지도 몰라.

– 바로 그거예요. 또 어른들과 똑같이 말하네요.

나는 웃었어요. 끔찍한 말이지만, 난 아이가 이해되었지요. 찡그린 얼굴을 한 브리스는 호감을 사지 못하는 거죠. 그 아이에게서 미소나 인사나 고맙다는 말을 듣는 건 어려운 일이었겠죠. 부끄럽게도 이제야 기억이 났어요. 작년인지, 아니면 2년 전이었는지도 모르겠네요. 그 아이에게 내 동물들을 보여주겠다고 했었어요. 그 후로 그 아이에게 연락조차 하지 않았네요. 까맣게 잊은 겁니다.

– 개한테 마지막 기회를 줘봐. 진짜 마지막 기회. 초대하고, 네가 친구들과 함께 너희들 놀이에 개를 끼워줘. 개가 할 수 있는 놀이에 말이야. 네가 그런 걸 할 준비가 안 되었다면 사실 개를 초대할 필요는 없지. 내가 개를 옹호하려는 게 아니라, 너희가 개한테 관심을 기울이지 않고 혼자 내버려둔다는 확신이 들어서 그래. 내 말이 틀렸니?

– 개는 오자마자 텔레비전에 비디오 게임을 틀어달라고 해요. 게다가 개를 방해하면 안 되고요.

– 초대를 부모님이 아니라 네가 한 것처럼 해봐. 그게 같은 초대가 아니라는 걸 개도 느낄 거야. 나는 시도해 볼 필요가 있다고 생각해.

우리는 집으로 돌아가기 전에 빵집에 들렀어요. 나는 사샤와 부모님을 위해 뺑오쇼콜라와 전통 바게트 빵을 샀지요. 우리는 아주 천천히 걸었고, 산토끼 한 마리가 우리 바로 앞으로 지나갔고, 또 한 마리가 지나갔죠. 아이는 더는 내게 브리스 얘기를 하지 않았고, 내 제안에 대해 어떻게 생각하는지도 말하지 않았어요. 그저 생각에 잠긴 듯 조용히 있었죠. "어떻게 하면 쇼콜라가 내가 만지도록 가만히 있을까요?"

바로 이 모든 것 때문에 난 이 아이를 사랑해요. 그 고집, 그 솔직함, 목적을 이루기 위해 기꺼이 노력을 쏟는 모습 말이에요. "인내심을 가져야 해. 그뿐이야. 쇼콜라에게 이야기는 할 수 있어. 네가 하고 싶은 건 다 말해. 노래도 불러줄 수 있어. 그러면 너한테 차츰 익숙해질 거야."

자기 집 앞에 도착하자 아이는 내게 뽀뽀를 하더니 이렇게 말했어요. "아무리 그래도 브리스가 그렇게 행동하면 안 되잖아요."

잔느

<u>사뮈엘이 잔느에게</u>

4월 14일

제 대화체 연습이 이 편지에 들어 있어요.

안녕하세요 잔느,

제 대화체에 이런 걸 해도 되는지 모르겠지만, 벤과 루와 제가 〈왕좌의 게임〉에 관해 나눈 대화를 옮겨 적습니다. 딱히 다른 아이디어가 없어서요. 루는 여자 사람 친구예요. 걔는 부모님과 함께 이 시리즈를 본대요. 우리 얘기를 이해하실지 모르겠네요.

사뮈엘: ㅋㅋ 레딧에서 사운드바이트를 하는데, 전투의 MVP가 누구였냐고 묻는 부분이 있더라.

벤: 결과 나오면 던져줘.

사뮈엘: 예스.

사뮈엘: 어, 이러면.

사뮈엘: 용 두 마리와 고스트가 다 살아 있는 모양이네.

벤: 그래, 이 에피소드 진짜 엉망이다.

루: ???

루: 고스트야 그렇다 치고, 존의 용은?

루: 이름이 뭐더라.

루: 비세리온?

루: 걔 안 죽었어?

벤: 아, 라에가르.

벤: 아냐, 둘 다 살아 있나 봐!

루: 그래, 근데 너무 이상해.

루: 분명히 제대로 떨어졌는데….

《누구를 위하여 종은 울리나》를 읽기 시작했어요. 쉽진 않지만
붙잡고 있어요. 선택의 여지가 없잖아요. 형의 책을 몽땅 읽겠다고
결심하지 않았더라면 이 책은 아마 포기했을 거예요. 공산주의자,
공화주의자, 팔랑헤당, 파시스트, 국제여단, 마르크스주의 통일노
동자당 사이에서 좀 헷갈리지만, 인터넷에서 찾아보며 읽으니 괜
찮습니다. 이 소설에는 상황이 다르게 진행되었으면 싶은, 굉장히
잔혹한 장면들이 있어요. 참을 수 없는, 제가 찾던 말이 바로 이겁
니다. 책으로도 이런 감정을 느끼는 게 가능한지 몰랐어요. 영화로
야 가능하죠. 파블로의 마을에서 파시스트들이 저지른 학살은 끔
찍해요. 기억나세요? 그 사람들은 시청에 갇혔다가 한 명씩 나오
는데, 농민들이 그들을 기다리고 있죠. 농민들은 쇠스랑과 몽둥이
를 들고 절벽 아래까지 울타리를 쳤고, 죄수들은 절벽에서 뛰어내
려야만 하죠. 절벽 아래에는 강이 있고요. 시간이 흐르면 흐를수록
농민들은 점점 취해갑니다. 분위기는 험악해지고, 자꾸만 험악해
지더니… 욕설과 조롱이 난무하는 도살장으로 변하죠….

부모님은 제가 책을 읽고 있다는 걸 알지 못합니다. 방에 틀어
박혀서 읽거든요. 두 분이 나를 보지 않으면 좋겠어요. 제가 형의

책을 읽고 있다는 걸 아시면 어떻게 생각하실지 모르겠어요. 제가 형을 흉내 내려 한다고 생각하실거예요. 두 분이 그런 생각을 한다면 정말 짜증 날 것 같아요.

사뮈엘

<u>니콜라가 쥘리에트에게</u>

파리, 2019년 4월 11일

나의 쥘리에트,

당신, 나아졌네! "그래, 근데 확실치는 않아…" 같은 말은 하지 마. 사족도 달지 말고. 눈앞에 훤히 그려져. 당신이 딸과 함께 폭소를 터뜨리고, 프랄린이 들어간 브리오슈를 맛보고, 그것이 당신에게 새 케이크에 대한 영감을 주고(당신 머릿속의 알 수 없는 과정을 통해). 나는 당신이 프랄뤼스의 브리오슈를 사서 한 겹 한 겹 벗겨 냄새를 맡고, 오랫동안 씹고, 혀와 입천장 사이로 굴려 보는 모습을 상상해.

난 당신이 바위처럼 단단해서 어떤 형태의 우울에도 끄떡없을 거라고 생각했지. 내 생각이 틀렸어. 이제 다시는 당신을 바라보며 나도 저렇게 강하고 열정적인 여자처럼 되고 싶다는 생각을 안 할 거야. 당신은 그렇게 강하지 않아. 그렇게 쾌활하지도 않아. 내 말은, 당신이 단지 그렇지만은 않다는 거야. 나는 새롭게 발견한 그 취약함이 너무 좋아. 사실 전혀 새로운 게 아니지. 처음부터 당신 안에 있었던 거잖아.

나의 무미 예찬은 "아몬드 블루 랍스터, 구운 아티초크, 설탕에 잰 유자껍질"이야. 달걀흰자로 만든 물방울 형태가 될 거야. 풍미를 크레셴도로 차츰 올려서, 유자의 강력한 향이 물방울의 중심에, 마지막 한입에 놓이게 될 거야. 노자의 이 구절을 메뉴판에 올릴 생각이야.

짠맛과 신맛은 우리가 좋아하는 모든 것에 들어 있지만, 최고의 맛은 중심에 자리하고 있어 결코 끝이 없다.

당신의 제분소 계획은 나도 마음에 들어. 알렉스와 조엘과는 이미 같이 일해봤으니 서로 다툴 위험은 거의 없겠지. 서류가 다 준비되면 망설이지 말고 아르망에게 연락해봐. 사업성이 있는지 그가 얘기해줄 거야.

아버지 생신이라 아델과 함께 부르그에 다녀왔어. 할아버지와 손녀가 함께 있는 걸 당신이 봤어야 하는 건데. 영화의 한 장면 같았어! 내가 아버지께 말씀드렸지. "아버지, 아델이 누군가에게 이렇게 애정을 표현하는 건 처음이에요. 아이가 할아버지만 바라보네요." 내 말에 아버지가 기뻐하는 게 느껴졌어. 하지만 세상 무슨 일이 있어도 아버지는 인정하지 않을 거야. 아버지는 곰이시잖아. 자존심 강하고. 그러면서도 친절한 분이시지. 아버지는 어깨를 으쓱하더니 이렇게 투덜거렸어. "난 대단한 사람이 아니라, 저 아이 할아버지일 뿐이야." 할아버지와 손녀가 첫눈에 반한 게 아닌가 싶어. 어머니와 내가 배제된 뭔가가 둘 사이에 일어났어. 나는 엄청 질투가 났지. 아버지의 얼굴에서는 놀람과 행복이 동시에 읽혔어. 이 이야기를 글로 쓰지 않고 말로 했더라면 당신은 내가 과장한다고 했겠지. 맹세컨대 과장이 아니야. 아델이 할아버지를 마주 보고 무릎 위에 앉아 할아버지의 눈썹과 코, 뺨, 입을 만지작거렸다니까. 그리고 활짝 웃었어. 그러더니 반쯤 일어나서 제 머리를 할아버지 어깨에 기대고는 움직이지 않았어. 은총의 순간이었지….

어머니는 눈앞의 광경을 믿지 못했어. 아침부터 저녁까지 석 달째 손녀를 돌보고 있는 어머니는 그런 애정 표현을 누리지 못했거든. 어머니는 웃으며 말했어.

– 이건 정말 최고다!

– 네 딸이 벌써 다 알아버렸구나. 아버지가 의기양양하게 말씀하셨어.

– 무슨 말씀이세요?

– 너희가 꼬마였을 때 내가 너희들에게 어떻게 했는지 기억나

니?

   ─ 어… 아뇨, 어떻게 했냐고요?

   ─ 너희 둘한테 무엇 하나도 그냥 넘어가는 법이 없었지. 너희들은 똑바로 행동해야 했어.

   ─ 그거야 알죠.

   ─ 그런데 네 딸은, 예고하건대, 모든 권리를 누리게 될 거야. 그게 너와 쥘리에트의 마음에 들든 아니든. 조부모는 이런 데 쓰이는 거야. 손주들이 하고 싶어 하는 대로 하게 해주지.

   난 당신이 여기 있으면 좋겠다 싶었고, 당신이라면 뭐라고 대답했을까 생각했어. 아델과 나는 당신을 기다리고 있어. 시간이 느리게 느껴져.

   N.

   추신: 당신 꿈속에서라도 당신이 내 앞에 발가벗고 있는데 혼자 폭우 속으로 사라지고 싶지 않아.

쥘리에트가 니콜라에게

말라코프, 2019년 4월 15일

니콜라,

내 붕괴의 원인으로 돌아가서 몇 마디 말로 그걸 묘사해야 한다면 난 이렇게 쓸 거야. 아델을 보았을 때, 그리고 처음으로 내 품에 안았을 때, 나는 압도당했고, 한 가지 의문에 사로잡혔어. 우리 엄마는 어떻게 나를 버릴 수 있었지?

살면서 모든 단계마다 왜 어머니는 나를 버렸을까 자문하게 되었지. 그냥 궁금했을 뿐 그 이상은 아니었어. 나는 나의 생모를 거리를 두고 생각했어. 마치 나와 별 상관없는 사람처럼. "왜 나의 어머니는 나를 버렸지?"가 아니라 "왜 그 여자는 나를 버렸을까?"라고 생각했으니까. 그 낯선 여자를 나는 이해할 수가 없었어. 아델이 태어나고 나서야 나는 "어떻게"라는 질문을 제기하게 되었지. 나를 태어나게 한 그 여자가 나의 아이와 나 사이에 끼어든 거야. 그 여자는 나를 아홉 달 동안 뱃속에 품었고, 나의 첫울음을 들었고, 아마도 나를 바라보았을 테고, 품에 안고 뽀뽀까지 했을 테지. 그런데 어떻게 나를 버릴 수 있었을까? 어떻게 내게 아무것도 남기지 않고 떠날 수 있었을까?

이제는 그 여자는 아델과 나 사이에 끼어들지 않아.

나는 회복의 길로 접어들었어.

지난주, 의사가 아델을 병동보다는 집 근처 공원으로 데려가 보라고 제안했어. 의사는 내가 더이상 그들의 도움이 필요 없다고, 마지막 검진의 시간이 가까웠다고 판단한 거지. 그저께 날씨가 좋기에 우리는 조르주-사르 공원으로 갔어. 어머님에게는 아무 말도 하지 않았어. 난 긴장했지. 산후우울증을 앓아서 자식과 함께 있는 게 뭐랄까… 좀 특별한 엄마들과 어울리는 데 익숙해 있었으니까. 아마도, 그런 엄마들은 더 불안하고, 덜 자연스럽고, 더 방어적이겠지. 우리는 별일 없이 잘 지냈어. 내가 다른 엄마들이 자식에게 하는 것만큼 아델에게 편안하진 않았지만. 다른 엄마들에게서는 그 모든 게 자연스럽고 본능적인 것처럼 보여. 아델과 나는 열 달 뒤에 서로를 알아가고 있잖아. 난 그걸 받아들이고(그래야지), 나의 부재가 우리의 미래 관계에 해가 되지 않을 거라고 믿으려 애써. 아델이 미소 지으며 나를 바라볼 때 나는 아이와 하나가 돼. 아이의 눈길에서 아이가 나를 용서하고, 나를 사랑한다는 걸 읽어. 점점 더 자주, 애정의 물결이 나를 행복으로 감싸. 여보, 내게 일어나고 있는 일에 당신도 기뻐?

애정과 키스를 담아,
쥘리에트

추신: 당신의 무미 예찬이 아주 성공할 거라고 확신해. 그렇지만 당신 요리가 너무 '지적인' 요리가 되진 않도록 조심해.

장이 에스테르에게

파리, 2019년 4월 16일

안녕하세요 에스테르,

튈르리 정원에서의 대화:

지난 일요일, 갑자기 무슨 충동이 일었는지 나는 닥스훈트를 데리고 다니는 남자를 만나러 갔어요. 그 남자가 평소에 앉아서 쉬곤 하는, 죄드폼 박물관 근처의 벤치에 앉아 그를 기다렸죠. 멀리서 그가 오는 게 보였어요. 그는 내 옆에 앉았어요. 발코니에서 볼 때는 훨씬 젊고, 마르고, 민첩해 보였는데, 그는 일흔쯤 된 것 같았어요.

― 안녕하세요, 방해해서 죄송합니다만. 제가 매일 아침 일곱 시쯤 발코니에서 내려다볼 때 개를 데리고 지나가시는 분 맞으시죠? 저는 저 위에 삽니다. 저기 6층의 와인색 커튼이 달린 창문 보이시죠?

― 네, 제가 맞습니다. 다른 누군가가 또 그 시간에 닥스훈트를 데리고 산책하는지 모르겠지만요. 그럴 수도 있죠. 흔한 개니까요.

나는 그가 여름이고 겨울이고 똑같은 베이지색 레인코트를 걸치고 있었다는 걸 깨달았어요. 그와 몇 센티미터 떨어진 곳에 앉아 있으니, 해진 소매와 의심스러운 청결상태가 눈에 띄었지요. 처음엔 생각했어요. "이런 멍청이! 노숙자에게 말을 걸고 내가 어디 사는지 알려주다니." 그 남자가 튈르리를 자주 찾았기에, 나는 그가 어려운 처지일 수 있다는 생각을 못 했던 겁니다.

－ 이 녀석 이름이 뭡니까?

－ 딸입니다. 벨랭다.

－ 몇 살입니까?

－ 여덟 살이에요. 개 키우세요?

－ 아뇨. 개를 좋아하지만 집을 자주 비우고 여행을 많이 해서 키우기가 쉽지 않아요.

－ 세상을 돌아볼 수 있다니 운이 좋으시군요. 난 프랑스는 손바닥처럼 잘 알지만, 외국은 전혀 모릅니다. 내년 여름에 아내와 함께 어쩌면 카나리아 제도로 떠날지도 모르겠어요.

－ 이 동네에 사세요?

－ 네, 카스티글리온 길에 삽니다.

그는 재밌다는 듯이 나를 바라보더니 입을 다물었어요. 나는 안심이 되었죠.

－ 그러면 이웃이네요.

－ 네, 맞아요. 이웃입니다. 하지만 나는 8층에 삽니다. 아내와 개와 함께, 하녀방 두 개를 쓰죠.

나는 바보처럼 멍하니 서 있었어요. 딱 한 번 낯선 사람과 얘기를 나눴는데, 가난에 허덕이는 사람이 걸리다니 내 운명인가 싶더군요.

 – 당신을 불편하게 만들고 싶지 않으니 그런 얼굴 하지 마세요. 당신 탓이 아니잖아요. 하지만 당신이 '이웃'이라고 말하는 방식이 마치 우리가 같은 세계 사람인 것처럼, 안도하는 듯 보여서요. 그 방 두 개에서 우리는 잘 지냅니다. 익숙해졌거든요. 그리고 벨랭다를 위한 튈르리도 있죠. 이 동네 사람들은 모두 엉덩이에 빗자루를 달고 다니는 것 같긴 하지만, 이젠 신경 안 씁니다.

 나는 웃었죠.

 – 왜 발코니에서 그렇게 사람들을 바라보십니까? 난 알 수 없지만, 전망이 멋지겠어요. 그렇죠? 우리 방에서는 하늘이 한 조각밖에 안 보여요. 그것만 해도 나쁘지 않지만요.

 – 마음이 편안해지니까요. 어떤 면에서, 산책하는 사람들과 함께하는 거죠. 은퇴하셨습니까?

 – 그렇다고 할 수 있죠. 일은 안 하니까요. 그렇지만 받는 연금은 많지 않아요. 당신은 직업이 뭡니까?

 – 사업요.

 – 사업이라고요? 재밌네요. '사업'이라고 대답하는 사람들은 두 부류로 나뉜다는 걸 이미 확인했죠. 자신이 하는 일을 안 좋아해서 거기에 대해 말하고 싶어 하지 않는 경우이거나, 사기꾼이죠. 그러면?

나는 다시 웃었습니다. 닥스훈트를 데리고 다니는 남자가 마음에 들더라고요.

― 잘 보셨습니다. 저는 사기꾼은 아닙니다. 은퇴 전에는 뭘 하셨습니까?

― 광대였죠. 그리고 재밌었죠.

― 광대요? 재밌네요.

― 방금 제가 한 말이잖아요. 광대였고, 재밌었다고요.

이번에 나는 정말로 웃음이 터져 나왔어요.

― 일찍 시작했어요. 아이들을 웃게 하는 게 좋았죠. 아주 어려서부터 그런 욕구가 나를 사로잡았어요. 심지어 지금도, 형편없는 연금을 받지만, 후회하지 않습니다. 난 빨간 코를 단 어릿광대였고, 커다란 신발에 알록달록한 멜빵 바지를 입었죠, 상상되시죠? 흰 광대와 함께 나는 물싸움, 뺨 때리기, 불협화음 트럼펫 연주 등, 고전적인 광대놀이를 했어요. 연이어 사고를 치고 거듭 넘어졌고, 나는 실수의 왕이어서, 실수로 내 친구를 바닥에 쓰러뜨리곤 했어요. 어깨에 갈퀴를 메고 있다고 갑자기 돌아보면 꽈당! 친구가 얼굴을 정통으로 얻어맞았죠. 아니면 물 호스를 손보려는데 쏴아! 친구가 발부터 머리까지 젖었죠. 그렇지만 나는 수리에 몰두하느라 그걸 알지 못했고요…. 이런 개그들은 세대를 거듭하며 아이들을 포복절도하게 하죠.

― 그만두신 지 오래되셨어요?

- 예순한 살에 관뒀죠. 아내가 병들어서 아내를 돌보려고 그만두었어요. 아내는 이제 완쾌되었어요. 어쨌든 난 그만두고 싶었죠. 지쳤고요. 내가 아내를 만난 건 쉰 살 때였습니다. 아내는 서커스단원이 아니라 이 동네에서 청소부로 일했어요. 몇 년 동안 한 이탈리아인 여성을 위해 일했는데, 그분은 자주 오지는 않지만 아내를 마음에 들어 해서 우리를 하녀 방에 묵게 해준 거예요. 9년째 여기서 살고 있어요. 아내는 여전히 청소일을 하고 있고, 우리는 부인이나 그분 가족의 누군가가 파리에 올 경우를 대비해 집을 정리해 두죠. 나는 매일 저녁 모든 게 괜찮은지 확인합니다. 그래서 부인은 안심하죠. 결혼하셨습니까? 아이들이 있으신가요?

- 이혼했고, 아이들은 다 컸습니다.

- 아이고, 혼자 계시면 안 되죠. 정신 건강에 안 좋아요! 사업가 선생님과 좋은 시간을 보냈는데, 나는 이제 집에 가 봐야 합니다. 안 그러면 걱정할 사람이 있거든요.

- 만나서 기뻤습니다. 다시 뵙기를 바랍니다.

우리는 서로 미소를 지었지만 악수는 하지 않았습니다. 그는 친절함이 몸에서 배어 나왔어요. 나는 그가 개를 데리고 떠나는 걸 바라보았죠. 내가 그에게 이름을 묻지 않았다는 걸 깨달았을 때는 그를 붙들기에 너무 늦었더라고요. 광대, 나는 카스티글리온 길에 사는 광대를 알게 되었답니다.

에스테르, 이 이야기가 마음에 드셨습니까?

당신 생각엔, 허구일까요, 사실일까요?

장

<u>에스테르가 장에게</u>

릴, 2019년 4월 20일

안녕하세요 장,

어머니-딸 사이의 (대화 아닌) 대화

마지막 문장까지 광대 이야기를 믿었어요. 당신은 정말 이야기꾼의 재능이 있습니다. 허구인지 사실인지? 얘기해주세요.

오늘 아침, 내 딸과 함께한 아침식사 때 분위기는, 뭐랄까요… 짜릿한 긴장감이 감돌았죠. 이번 주에 딸은 시험을 봐야 하는데, 시험공부를 안 해서 그 대가는 내가 치릅니다. 나는 익숙해요. 나도 대화체를 써야 하니, 이 기회에 우리의 대화를 들려드릴게요.

　- 안녕, 엄마.

- 우리 천사, 잘 잤어, 자몽 주스 줄까?

- 악몽을 꿨어. 시험 꿈을 꿨는데 끔찍했어. 흰 자몽이 분홍 자몽보다 정말 더 맛있는데.

- 얘야, 시험공부를 좀 했더라면 잠을 더 잘 잤을 텐데? 악몽을 꾼 걸 보면 적어도 네가 시험을 완전히 신경쓰지 않는 건 아니라는 걸 알 수 있네. 흰 자몽은 없어. 빵집 옆 슈퍼마켓에도 없었어. 자, 빵 좀 먹어.

- 엄마는 내가 악몽을 꾸는 게 당연하다는 거야! 빵 안 먹을래. 너무 탔어.

- 당연히 아니지. 네가 공부하는 거야 당연하다고 생각하지만, 악몽은 다르지. 넌 시험 잘 볼 거야. 확신해. 내 타르틴 너 줄게, 네가 좋아하는 스타일이야.

- 싫어, 시커멓게 탄 부분이 있잖아. 내가 새로 만들래. 니나한테 걔네 엄마가 흰 자몽을 어디서 사는지 물어봐야겠어.

- 시커멓다는 말이 나와서 하는 말인데, 너 마스카라가 좀 과하지 않니….

- 엄마, 그만해! 수학 시간에 다른 아이들과 다른 문제를 받아서 왜 그런지 생각하느라 시간을 다 흘려보내는 꿈을 꿨단 말이야. 백지 답안지를 선생님에게 냈더니, 선생님이 이렇게 말했어 "음, 너 답안지는 금방 채점하겠네!" 버터에서 이상한 냄새가 나는 것 같은데? 한번 맡아봐.

– 아니, 냄새 안 나는데.

– 난다니까.

– 무슨 냄새?

– 상한 냄새.

– 지난주에 산 거야. 5월 10일이면 유통기한이 한참 남았어.

– 그렇지만 오류가 있을 수도 있잖아. 이게 그 증거고.

– 내년 여름에 크로아티아에 가면 어떨까 생각했어. 마틸드가 작년에 다녀왔는데 아주 좋았대. 스플리트 맞은편 섬에 작은 집을 빌려서 지냈는데….

– 뭐, 엄마가 원한다면야, 그렇지만 난 기차로 갈 수 있는 곳이 좋을 것 같아. 지구를 위해서는 비행기를 최대 일 년에 한 번만 타야 해. 그리고 올해는 이미 한 번 탔잖아. 간단해. 비행기 승객 한 명이 1킬로미터를 갈 때마다 탄소 285그램이 배출되는데, 기차로는 14그램이야. 그리고….

– 알았어, 나중에 보자. 나 나가야 해. 네가 치워라. 사랑해.

– 나도.

일하러 가는 게 유난히 행복한 아침도 있죠.

에스테르

추신: 언젠가 내 딸을 만나면, 당신이 일 년에 2백 번 비행기를

탄다는 말은 하지 마세요. 혹시 그 애가 당신 잔에 독을 넣을지도
몰라요.

<u>장이 니콜라에게</u>

파리, 2019년 4월 24일

안녕하세요 니콜라,

(나의 대화체 연습을 보실 겁니다.)

"당신 같은 유형은 내가 싫어하는 걸 다 갖춘 사람"이라는 말
고마워요. 정말이지, 에스테르와 당신 사이에서 나는 재판을 받
는 기분입니다. 그렇지만 나는 두 분 다 좋습니다. 놀랍죠.

나의 양심은 어디로 갔을까 생각합니다. 몇 년 전에 사라졌죠.

어제 전화로 어머니와 말다툼을 했어요. 이 나이에 어리석은
짓이죠. 어머니가 여든 살이 넘으셨으니, 말다툼도 시효가 지났
을 때인데 말이죠. 맥락을 보여드리기 위해 우리 부모님에 대해
간략하게 설명할게요. 어머니는 변덕스러운 부르주아이고, 아버
지는 어머니의 모든 변덕을 받아주는 나약한 분이에요. "여보, 당
신 하고 싶은 대로 다 해요." 이게 아버지가 즐겨 쓰는 말이지요.

어머니는 옹플뢰르에 있는 두 분의 집을 팔려고 내놓았다고 내게 전화하셨죠. 나는 정말 화가 났어요. 어머니는 별장을 사서 좀 살다가 얼마 후에 되파는 걸 아주 좋아합니다. 어머니에게는 모든 게 지나가고, 모든 게 깨지고, 모든 게 싫증 나죠. 어머니의 남편은 집안일, 이사, 서류 준비, 공증인이나 부동산 중개업자와의 약속을 도맡지요. 옹플뢰르의 집은 편리하고, 단층인 데다가 멀지 않은 곳에 이웃이 있는데, 호감 가는 사람들인 모양이더라고요. 나는 그 집이 부모님의 마지막 집이 되길 바랐죠. 시골을 좋아하고 계단 오르내리는 걸 힘들어하는 아버지에게 그 집은 완벽했어요.

— 니스의 아파트를 봤어. 아주 쾌적해.

— 아버지는 옹플뢰르를 좋아하시잖아요, 아니에요?

— 너도 알잖니, 네 아버지는 어디에서도 잘 지내.

— 엄마, 꼭 화분에 심은 식물 얘기라도 하시는 것 같네요. 아버지가 그 집에 애착을 품고 있는 건 어머니도 아시잖아요.

— 네 아버지는 다 컸어. 자기가 뭘 원하는지 아들이 말해줄 필요 없다고. 게다가 이 집에 넌 발 한 번 안 들였잖아.

— 그게 무슨 상관이에요? 내가 거기 안 가봐도 아버지가 그 집에서 편안해하신다는 건 알 수 있죠. 얼마 전만 해도 어머니는 그 집이 너어어무 좋다고 하셨잖아요. 아버지는 어머니한테 절대로 반대 안 하시고요…. 그리고 이사, 매매, 서류 준비는 전부 아버

지가 신경 쓰실 거잖아요? 늘 그렇듯이! 어머니는 그런 생각이나 하세요?

— 맙소사! 너 광우병 소고기라도 먹었니! 장, 너 무슨 문제라도 있어? 제발 나한테 좀 더 존중하는 태도로 말하면 좋겠구나.

나는 JFK 공항 홀에서 미친 듯이 왔다갔다하며 울부짖었죠. 어머니의 속물스러운 말투를 흉내 내진 말았어야 했는데. 그건 너무 심술궂은 짓이었죠. 손에 땀이 나서 축축했어요. 안전요원과 여행객들이 나를 삐딱한 눈으로 바라보았지만 나는 아랑곳하지 않았어요.

— 니스에 가면 아버지는 심심할 거라고요. 아버지는 그 도시를 좋아하지 않잖아요. 어머니는 그런 건 생각조차 안 하시죠. 평생 한 번이라도, 단 한 번이라도 아버지가 기뻐하실 걸 생각해서 옹플뢰르 집을 그대로 둘 순 없어요? 그게 그렇게 힘든 일이에요?

— 네 아버지에게 뭐가 필요한지는 너보다 내가 더 잘 알아. 그래서 내가 하고 싶은 건….

— 어머니가 하고 싶은 건 제발 이번만이라도 무시하세요. 아빠에게 또 이사를 강요하시잖아요. 아무리 그래도 이건 미친 짓 아니에요?

내 심장 박동이 고막을 때렸어요. 얼른 진정하지 않으면 심계항진 발작을 일으킬 것만 같았죠. 그런데 미칠 듯한 욕망이 치밀어 올랐어요. 어머니에 대해 내가 생각하는 온갖 고약한 말을 쏟

아내고 싶은 욕구였죠. 온몸이 분노에 사로잡혔고, 머리는 폭발하기 직전이었어요.

　─ 나도 말 좀 하자면, 네가 나한테 상냥하게 말하면 좋겠구나. 나도, 네 아버지처럼 나이 들었고….

　─ 제가 살면서 저지른 가장 바보 같은 짓이 뭔지 아세요? 어머니에게 변덕스러운 아이처럼 행동하길 그만두라고 말하기 위해 이 모든 시간을 기다린 겁니다….

　어머니가 그대로 전화를 끊어버린 건 잘하신 거죠. 난 어머니가 얼마나 어리석고 허영심 많은지 말할 참이었거든요.

　장

<u>니콜라가 장에게</u>

파리, 2019년 4월 28일

　안녕하세요 장,

　파리의 독백.

　나는 헬멧에 대고 언제나 혼잣말을 많이 해요. 헬멧이 내겐 배

출구 역할을 하죠. 이 도시에서 오토바이를 타면서 긴장을 안 하기란 어려워요. 목적지에 도착하면 무사히 도착해서 안도감이 들지요. 자, 파리를 가로지르러 떠나봅시다!

미안하다고, 뭐가 미안해? 내가 안 보여, 이 멍충아, 네가 휴대폰을 들여다보고 있으니 그렇지! 그 빌어먹을 사륜구동으로 날 들이받을 뻔했잖아. 네놈이 창문 밖으로 더러운 낯짝을 내밀고 욕설이라도 퍼부으면 난 네 백미러를 부수고 네놈 낯짝에 주먹을 날리고 사라질 거야. 프레도가 브뤼셀 외곽에서 살 거라고 떠났을 때, 난 그에게 6개월이면 파리로 돌아올 거라고 말했지요. 그런데 저 새끼는 왜 오른쪽으로 붙지 않는 거지? 내 생각이 틀렸어요. 벌써 3년이나 됐거든요. 프레도는 거기서 나무와 벌들과 함께 평화롭게 살고 있지요. 말도 안 돼. 저 자식은 저기 완전히 멈춰 섰네! 또 공사야? 그럼 난 어디로 가? 프레도가 좀 허황되긴 하지만, 이젠 그 친구가 떠나면서 나한테 한 말을 이해하겠어요. "난 이 도시를 좋아해. 그렇지만 더는 여기서 살고 싶지 않아. 여긴 요구가 너무 많아. 내 에너지를 한쪽으로 모을 수가 없어. 소용돌이에 휘말리게 돼." 그가 옳아요. 우리는 끊임없이 요구받고 있죠. 저 작자 미친 거 아냐? 이렇게 차로 막히는데 전동킥보드에 애를 태우고 다니다니. 그리고 저 아가씨는 보행자라는 이유로 온갖 권리가 있다고 생각하는 거야? 차들이 시속 2킬로미터로 가고 있으니 망정이지, 안 그랬으면 예전에 병원행이야. 정말 꼴통이네, 게다가 고래고래 소리까지 지르고 있잖아! 그리고 저기, 스쿠터 타고 장난치는 저놈은 저러다 골로 가지. 나도 급해, 너만 바쁜 줄 알아, 이 멍청아? 이게 꿈이야 뭐야? 저기도 도로에 구멍을 뚫고 있잖아! 앞에 있는 저 작자는 전화하면서 운전하고 있는 게 분명해. 내가 따라잡을 때까지 딱 기다려, 이 망할 자식….

니콜라

기다리기

니콜라가 쥘리에트에게

파리, 2019년 4월 18일

나의 쥘리에트,

당신이 나아져서 내가 기쁘냐고? 그 말로는 부족해. 한 마디로, 내 지평선이 갑자기 밝아졌어. 당신이 돌아올 날만 기다리고 있어. 거의 집착 수준이야.

어제는 마리 이모를 보러 갔다 왔어. 내가 도착했을 때 텔레비전을 보고 계셨지. 간호사가 나를 새 병실로 데려다주었는데, 예전 방보다 낫더라고. 크기는 조금 더 작지만, 창문이 공원 쪽으로 나 있어. 에스테르가 대화체를 써보라고 하니 우리가 나눈 두서

없는 대화를 전해줄게.

　- 이모, 잘 지내셨죠?

　- 내 옆에 앉아봐요, 아저씨. 그리고 천천히 말해요. 당신이 누군지 모르겠어요.

　- 조카 니콜라예요. 실비와 클로드의 아들요. 이모가 좋아하는 꽃과 케이크를 가져왔어요.

　- 아냐. 내 조카 니콜라는 아저씨보다 젊어요. 지금 시간을 보니 수업 듣고 있겠네요.

　시작부터 안 좋았어. 이모를 품에 안고 이렇게 말하고 싶어졌어. "이모 말이 맞아요. 내가 어렸을 때는 훨씬 상냥했죠. 내 나이야 아무려면 어때요." 이모는 텔레비전을 보려고 고개를 돌렸어. 시시한 프로였고, 이모는 제대로 보고 있는 것 같지 않았어. 이모의 눈길 속에서는 공허 말고는 아무것도 읽을 수가 없었어. 날씨가 화창해서 나는 공원으로 산책을 가자고 제안했지. "그래요, 그럼", 이모는 무기력한 목소리로 대답했어. 벽장에서 이모의 외투와 찍찍이가 달린 스탠 스미스 신발을 꺼냈어. 이모가 그 신발만 좋아한다고 간호사가 내게 미리 알려줬거든. 이모가 신발 끈 묶는 법을 잊어버린 모양이야. 우리는 접수처 앞을 지나갔지. 이모가 내게 말했어.

　- 여긴 끔찍해요. 다행히 난 오늘 저녁에 집으로 돌아가요.

　- 이모, 오늘 저녁에는 집으로 못 가실 것 같은데요. 그리고 여

긴 끔찍하지 않아요.

　– 자꾸 나를 이모라고 부르지 말아요. 내가 무슨 말을 하는지는 내가 안다고요.

　이모는 기억을 잃었어도 권위적인 면모는 그대로 간직하고 있었지. 밖으로 나오자, 이모가 내 팔을 붙잡았어.

　– 엄마가 이모한테 대신 뽀뽀를 전하래요. 수요일에 이모를 보러 들를 거래요.

　이모는 아무 대답도 하지 않았어.

　– 방은 괜찮아요? 부족한 건 없어요?

　침묵. 잠시 후 이모는 말했지.

　– 실비는 나한테 꽃을 가져오지.

　나는 이모가 당신 동생의 방문을 기억해서 기뻤어. 내가 이 말을 전하면 어머니도 기뻐하실 테지. 이모는 정신은 온전하지 않지만, 몸은 여전히 날렵해서 공원에서 거의 뛰다시피 했어.

　– 저도 꽃다발을 가져왔잖아요. 하얀 꽃, 보셨죠? 이모가 하얀 꽃 좋아하는 걸 내가 알지요.

　– 자동차 타고 왔죠. 잘됐네요. 나도 같이 떠날 수 있겠어요.

　– 아니에요, 이모. 자동차가 아니라 스쿠터를 타고 왔어요. 초콜릿케이크는 좀 있다가 드실 거죠? 휘낭시에를 드시겠어요?

　– 그래요. 그런데 누구세요?

　– 니콜라예요, 조카. 실비와 클로드의 아들. 부르앙브레스에

사는 조카요.

 - 그래, 니콜라, 네가 누군지 잘 알지.

이모가 드디어 반말을 했지. 그때쯤 이모가 나를 조금씩 기억하기 시작하신 것 같았어.

 - 제게 딸이 생겼어요. 이름이 아델이에요. 11개월 됐어요. 엄마와 같이 와서 이모한테 얘기했잖아요.

 - 아델… 좀 늙은이 이름 아니냐?

 - 어… 그렇게 생각하세요?

 - 그래, 그래 보여. 너는 어떻게 사는지 얘기 좀 해볼래? 난 좀 지루하거든. 여기선 맨날 재미없는 것만 물어. "밥 잘 먹었어요?", "잘 잤어요?", "필요한 것 없어요?", 그런데 아무도 나한테 이야기는 안 해줘.

나는 레스토랑, 주방 직원들, 메뉴에 새로 추가한 요리들에 관해 얘기했지. 레스토랑을 막 시작했을 때 이모가 아들과 함께 식사하러 온 적 있다는 것도 말했어. 손녀를 돌보느라 파리에 와서 지내는 이모의 동생 얘기도 했고, 마흔 살에 다시 어머니와 사는 게 쉽지 않다는 것도, 당신과 내가 어떻게 지내는지도 얘기했어…. 이모는 내 얘기에 귀를 기울이는 것 같았어. 이모의 눈길이 반짝였거든. 내가 꿈꾼 게 아니었어. 내가 말을 끝내자, 이모가 말했지. "아주 좋아, 이 모든 게."

우리는 벤치에 앉았고, 더는 아무 말 안 했지. 이모의 방으로 돌아와서 이모에게 케이크와 작은 숟가락을 드렸어. 이게 다야. 내가 이모에게 먹을 것을 챙겨드리다니. 내가 어렸을 때는 엄격하고 까다롭고, 집안의 지성이었고, 대학교수이자 종교역사학자로 인상 깊었던 이모에게 말이야. 나는 울지 않으려고 이를 악물었지.

난 점퍼를 입었어. 이모가 나랑 같이 떠나려 할까 봐 겁이 났지만, 더는 그런 생각을 안 하시더라고. 이모에게 볼인사를 했어. 내가 떠날 때, 이모는 뒤돌아보지 않고 창밖을 바라보고 있었어. 난 마음이 무너져 내렸지.

N.

추신: 당신이 나 말고 누구에게 편지를 쓰는지 안 물어봤네. 에스테르야?

<u>쥘리에트가 니콜라에게</u>

말라코프, 2019년 4월 25일

니콜라,

산모 심리상담과 의사들과 마지막 면담을 했어. 난 의사들이 우리를 내쫓는다고 말했지. 한 의사는 짐짓 화난 표정을 짓더니 아델과 내가 잘 지낼 거라고, 내 담당의사가 계속 나를 지켜볼 거라는 말로 나를 안심시켰어. 그는 산모 심리상담 병동이 환자를 돌보고 보호하지만, 그곳이 더는 벗어날 수 없을 고치가 되어서는 안 된다고 말했어.

우리의 퇴원을 축하해주려고 작은 파티를 준비해뒀더라고. 아이들은 아델에게 장난감을(곰인형과 블록 장난감 등, 당신도 봤겠네) 선물했어. 눈물이 나더라고. 다음날 난 그들에게 파이와 바스크 지방 케이크를 보냈지.

마리 이모님 일은 안타까워. 지난번에 집에 들렀을 때 어머님한테 들었어. 어머님이 부르앙브레스로 돌아가시면 이모님이 가까이 있을 수 있도록 그곳에 거처를 알아보신다고 하셨어. 아델을 데리고 같이 이모님을 보러 갈까, 괜찮지?

대화체를 써야 하는데, 영감이 안 떠올라. 난 작가 놀이를 하는 게 아니라 당신에게 말하고 싶은 거니까. 다른 편지 상대에게 대화체를 써보았어. 내 상대는 에스테르가 아니라 잔느야. 잔느, 기억나? 아주 대단한 여성이지! 리옹에서 피아노 선생이었는데, 지금은 시골에서 동물들과 함께 혼자 살고 계셔. 그분에게 속내를 털어놓았고, 편안했어. 아주 친절한 분이야. 내게 큰 도움을 주셨어. 훌륭한 피아노 선생이었는지는 모르겠지만 훌륭한 상담의가 될 수 있었을 그런 분이야. 잔느에게 글쓰기 아틀리에가 끝나면 카멜리아에 한번 오시라고 초대했어(고기는 안 드셔). 당신도 분명히 그분을 좋아할 거야. 그분의 이름을 딴 케이크를 만들어볼까 생각하고 있어. 그만큼 잔느한테 정이 들었다는 의미지!

집으로 돌아가기 전에 아마도 정신과 상담의와 괴로운 상담을 몇 차례 해야 할 거야. 내 일은 아직 끝나지 않았거든. 그 후엔 혼자서 천천히 해결해야 해. 누구도 나를 도울 수 없어. 나의 우울한 시기가 당신한테 너무 영향을 미치지 않으면 좋겠어. 이제 나는 다시 일어설 수 있고, 상황을 객관적으로 바라볼 수 있어. 날 기다려줘. 터널 끝에서 지켜봐 줘. 내가 당신에게 부탁하는 건 이뿐이야. 용감하고 멋진 나의 병사, 당신에게.

애정과 입맞춤을 담아,
쥘리에트

잔느가 사뮈엘에게

베르쥐스-쉬르-손, 2019년 4월 18일

안녕 사뮈엘,

울적하지만 식탐 가득한 짧은 독백.

침대에서 왜 나가야 하지? 누구를 위해? 기다리는 사람 하나 없는데. 지평선에 보이는 것도 없고, 전망도 없어…. 내가 어떻게 여기까지 오게 된 걸까? 내 동물들과 함께 시골집에 혼자 살고 있으니. 참 비장도 하지. 위안 삼을 피아노조차 없어. 나오는 건 한탄뿐이야. 일어나야 하는데. 커피를 한 잔 마시고 나면 어떻게 되겠지. 케이크나 만들어볼까? 잔뜩 만드는 거야. 라디오를 크게 틀어놓고 시작해야지. 누가 초인종을 눌러도 듣고 싶지 않아. 쾅! 퍽! 철퍼덕! 꽈당! 펑! 소리를 내고, 벽장 문을 쾅쾅 닫고, 바쁜 듯이 뛰어다니니 좋네. 빵 굽는 시간을 잘 맞춰야 해. 머리를 비우고, 좋아, 숨 쉬는 게 좀 편안해지네. 벌써 오후 1시잖아. 마지막 케이크가 오븐에 들어가 있어. 거울 속 저게 나야? 얼굴에는 초콜릿, 머리카락엔 설탕을 묻히고, 손가락은 끈적거리고 뺨은 새빨간 저 미친 여자가? 캐러멜 크림, 사과파이, 배 샤를로트, 초콜릿 무스를 연달아 만들었어. 올 사람은 아무도 없는데, 누가 저걸 다 먹을까 몰라. 그렇지만 기분은 나아졌어. 아이고, 이 부엌! 지뢰밭이네. 내가 미쳤나 봐. 병원에 가두기에 딱 좋겠어. 아침에 일어나기 힘들다고 이런 난장판을 만들다니.

사뮈엘이 친구들과 나눈 대화를 솔직히 나는 하나도 이해 못했지만, 좋은 아이디어였어요.

으으으… 사뮈엘이 편지에서 말한 헤밍웨이의 소설 장면이 또렷이 기억나요. "참을 수 없는"이라는 적확한 말을 찾았네요. 엄청난 책이죠, 안 그래요?

사뮈엘이 독백을 어떻게 쓸지 어서 읽고 싶어요.

곧 봐요.

잔느

<u>사뮈엘이 잔느에게</u>

4월 23일

나의 독백: 형의 머릿속에서

나, 쥘리앙은 나의 죽음에 대해 말하지 않았어. 내가 겁이 난다고도 말하지 않았지. 그렇다고 그 생각을 하지 않았다는 건 아니야. 너무 아플 때면 난 샘에게 소리쳤지 "저리 가!" 난 드라마도 보지 않았고, 외출도 삼가고, 여자애들을 생각하는 것조차 피했어. 아플 때나 겁날 때면 난 공격적으로 변했지. 난 내 몸이 싫었어. 내 몸은 오래전에 나를 배반했고, 제 기능을 못 했어. 가끔은 나를 이렇게 만든 부모님도 싫었어. 부모님에게는 내색하지 않으려고 애썼지. 마음으로는 두 분의 잘못이 아니고, 두 분이 나를 위해 목숨이라도 내놓았을 거라는 걸 알았거든. 때때로 동생도 미웠어. 걔는 병들지 않았는데도 뿌루퉁하고 학교에서 빈둥거리기만 했으니까. 나는 재밌는 사람이 될 수도 있었어. 흉내도 잘 냈고. 온갖 사람들이 병원에 드나들어서 흉내낼 게 많았지. 의사, 간호사, 잡역부들, 그중 몇 사람은 몇 년 전부터 알고 지낸 사람들이었어. 내가 가장 흉내를 잘 낸 건 플로린이었지. 왜냐하면 플로린은 말이 샜거든. 어릴 적엔 그런 흉내가 우리를 웃게 했지. 플로린은 가장 친절한 간호사였어. 그리고 틱 장애가 있는 의사 장도 특이한 경우였지. 퇴원해서 집으로 돌아갈 때가 제일 행복했어. 그럴 때마다 내가 완쾌되었길, 더는 아무 일도 닥치지 않기를 바랐지. 통증이 다시 나타나거나 무척 피곤해지면 내가 먼저 병원으로 돌아가겠다고 했어. 가족 안에는 더이상 내 자리가 없었어. 엄마는 간호사들만큼 나를 돌보지 못했고, 나 때문에 일하러 가지도 못했고, 아버지는 내가 토하거나 열이 오르기만 하면 겁에 질렸지. 상황이 안 풀려서 집에 계속 머물러야 했고, 다시 떠나기가 망설여질 때면, 나는 세상에서 가장 사랑하는 사람들이 나를 위해 아무것도 할 수 없고, 나를 지켜줄 수도 없다고 나 자신에게 되뇌었어. 비록 사실일지라도 그런 생각을 하는 건 끔찍했어. 그 때문에 나는 더 외로웠지. 집과 병원은 전혀 다른 두 세계였어. 낮과 밤처럼. 나는 생각했지. "왜 하필 나야?" 대답은 없었고, 내 기분은 바닥으로 추락했지. 몸이 완전히 망가지고 아팠지만 분노도 치밀었어. 난 대학을 좋아했어. 곧 그곳으로 돌아갈 수 있겠지, 그렇게 생각했어. 뒤처진 시간을 따라잡지는 못할 테지만 그런 건 중요하지 않았어. 대학은 나이와 상관없이 갈 수 있는 곳이니까. 중학교나 고등학교와는 다르잖아. 난 문학 공부를 이어갈 테고, 어쩌면 책을 쓰거나 대학교수가 될 거야. 이런 생각이 나를 살아 있게 지탱해줬어. 내게도 한 자리가 마련된 그런 미래를 상상했던 거야. 다른 사람들처럼 말이야.

부모님과 동생 사뮈엘에게 작별인사도 하지 못했어. 내가 죽을 줄은 몰랐거든.

독백 끝.

진로상담 선생님 얘기를 해드려야겠어요. 불안을 가라앉히려고, 나야 아무래도 좋다고, 금세 끝날 거라고, 그냥 아빠를 기쁘게 해드리려고 가는 거라고 스스로 되뇌었어요. 그런데 그렇지 못했어요. 스트레스를 엄청 심하게 받았죠. 그 상담 선생님에게 아무 할 말이 없었어요. 공부도 안 하고 시험을 볼 때 같은 기분이었죠. 그리고 학교에도 다시 발을 들여놓고 싶지 않았어요. 전에 제가 다녔던 학교였더라면 절대 안 갔을 겁니다. 다블롱 선생님을 처음 보았을 때 마음에 들진 않았어요. 선생님은 제가 좋아하지 않는 유형이었죠. 마르고 무뚝뚝하고, 머리는 엄청 짧고, 눈은 레이저 같았어요. 그러니 상황이 나아질 리가 없었죠. 선생님은 나를 도우려는 거라고, 궁금한 점이 있으면 답해주겠다고 했죠. 제가 묻고 싶었던 건 그저 시간이 얼마나 걸릴 거냐는 거였지만, 참았어요. 아버지 때문에 그분에게 등을 돌릴 수가 없었죠. 우리는 먼저 온갖 사소한 것들에 관해 얘기했어요. 제가 온종일 뭘 하는지, 제가 좋아하는 시리즈물은 뭔지. 그분도 〈피키 블라인더스〉, 〈나르코스〉를 보더라고요. 그분이 그 얘기를 해서 좀 놀랐죠. 그분은 제가 편치 않아 하는 걸 알아채고는 친절하게 대해주려고 애썼죠. 글쓰기 아틀리에를 이분은 재미있어했어요. 저는 뭐가 그리 재밌는지 모르겠더라고요. 제게는 심각한 일인데 말이지요. 글 쓰는 게 쉽지는 않지만, 점점 더 좋아진다고 말했죠. 그리고 당신에 대해서도 말했어요. 그리고 내가 책을 읽기 시작했다는 것도요. 그 선생님은 내가 어떤 종류의 책을 읽는지 알고 싶어했죠. 글쓰기 아틀리에가 끝나도 독서를 계속하고 싶은지도요. 나는 그렇다고 대답했어요. 그 둘은 상관없는 일이라고요. 형의 책에 관해서는 얘기하지 않았어요. 한 시간이 지나고도 나는 이분의 사무실에 그대로 남아 있었는데, 더는 참을 수가 없었죠. 그 모든 질문으로 뭘 하려는 건지 물었어요. 그러자 다시 만나자고 하더군요. "다음엔 학생의 미래에 대해, 가능한 진로에 관해 얘기해봐요. 그동안 학생이 삶에서 하고 싶은 걸 전부 생각해봐

요. 어떤 공부, 어떤 직업, 어떤 스포츠를 원하는지… 머리에 떠
오르는 모든 걸 종이에 적어 보세요. 나도 생각해볼 테니.” 그런
데 저는 머릿속에 떠오르는 모든 걸 잔느에게 이미 얘기하고 있
잖아요. 그분에게 백지를 내미는 나를 떠올려 봅니다. 꼭 내가 그
자리에 있는 것만 같네요. 그 선생님과 다시 만날 생각이 들지 않
아요. 고역이었어요.

《누구를 위하여 종은 울리나》는 읽으면 읽을수록 좋아져요.
사랑 이야기도 나쁘지 않고요.

사뮈엘

토요일마다 마르고는 청소를 한다. 쥘리앙의 방부터 시
작한다. 가끔 그곳을 진공청소기로만 청소할 수도 있을 텐
데, 차마 그러지 못한다. 그녀는 문을 살짝 열어둔다. 사뮈
엘이 형의 방에 들어온다는 걸 발견했다. 아들이 그곳에서
뭘 하는지는 알지 못한다. 쥘리앙의 책들을 닦다가 두 권이
없다는 걸 알아차린다. 샘이 독서를 시작했나 생각한다. “그
렇다면 놀랄 일인데, 잘됐네. 아이가 나아졌고, 뭔가에 관심
을 기울인다는 뜻이니까.” 그녀는 안도한다. 얼마 후에는 에
릭 파이의 책이 사뮈엘의 서랍 속 티셔츠 위에 놓여 있는 걸

본다. 그녀는 아들을 축하하고 격려하려다 망설인다. 그러다 모든 걸 망칠지도 몰라서다. 아이가 이 사실을 알리고 싶었다면 엄마가 보지 못하도록 책을 감추려 하지 않았을 테니까. 그녀는 이미 충분히 많은 걸 망쳤다. 샘이 말수가 적고, 자신감 없고, 내성적인 성격이 된 데는 그녀의 잘못이 크다. 그녀는 쥘리앙의 질병에 온통 짓눌려 있었다. 둘째는 홀로 자랐다. 부스러기밖에 누리지 못했다. 사랑의 부스러기, 존재와 관심과 지지의 부스러기. 사뮈엘은 옆으로 밀려났다. 그녀와 남편은 둘째 아들을 충분히 돌보지 못했다. 불공평했다. 그녀는 그걸 알았지만, 어쩔 수가 없었다. 쥘리앙의 상태가 다시 나빠질 때마다 그들은 질병의 늪 속에 다시 빠져들었다. 암과의 투쟁 외에 더는 아무것도 중요치 않았다. 외출 약속을 취소하거나 둘째 아들의 시험 점수를 확인하는 걸 잊었거나, 농구 등록을 갱신하는 걸 잊었을 때 그녀는 좌절한 채 혼잣말을 하곤 했다. "샘에게 또 형편없는 엄마가 되었어". 쥘리앙이 죽은 후, 그녀는 어떻게 사뮈엘에게 다가가서 용서를 구해야 할지 알지 못했다. 깊은 고랑이 둘을 갈라놓고 있다. 이제야 그 고랑의 깊이를 깨닫고 있는데, 너무 늦은 것만 같다. 아들은 부모의 태도에 대해 불만을 표현하거나 한 번도 화를 낸 적이 없다. 그 오랜 세월 동안 단한 번도. 차라리 화를 냈으면 좋았을 텐데. 아들이 칩거한

저 침묵만 없앨 수 있으면 좋을 것 같다. 부모가 아들의 소극성을 질책할 때조차, 아들의 얼굴엔 아무 표정이 없다.

마르고는 죄책감이 얼마나 사람을 피폐하게 망가뜨리는지 누구보다 잘 안다. 죄책감의 다양한 형태와 그것이 낳는 고통을 연구하기에 교도소보다 나은 곳이 없다. 약한 불에 서서히 죽이는 죄책감이 있고, 내면에서부터 갉아먹는 죄책감이 있고, 미치게 만들어 폭력과 죽음을 부르는 죄책감이 있다. 그녀의 죄책감은 이중적이다. 사라진 아들과 자신이 방치한 아들을 향한 죄책감이다. "죄책감이 발목을 잡고 나아가지 못하게 가로막는다. 그것은 나를 마비시켜 나를 세상에서 가장 사랑하는 이로부터 멀리 떼어놓는다". 그녀는 한숨을 쉰다.

장이 에스테르에게

튀니스-파리, 2019년 4월 26일

안녕하세요 에스테르,

나의 독백을 보냅니다: 광대의 아내, 니콜.

창문 귀퉁이로 보이는 저 작은 하늘 조각을 내가 얼마나 좋아하는지! 저걸 보면 젖은 행주 냄새가 나는 이 방을 벗어나 산책하고 싶어진다. 어떤 비스트로에서 나는 것과 같은 축축한 냄새다. 이 냄새를 없애려고 온갖 방법을 시도해 봤다. 온종일 환기하고, 초를 켜보고, 삼나무도 사오고, 선풍기를 내내 켜두기도 했다. 그러나 냄새는 언제나 돌아왔다. 내가 막스에게 "냄새나지? 오늘 아침에도 냄새가 여기 있네"라고 말하면, 그이는 눈을 감고 숨을 깊이 들이쉬지만, 아무 냄새도 맡지 못한다. 잠을 제대로 못 잤다. 상황이 나아질 것 같지 않다. 이번 주에 이웃이 야간근무를 한다. 그 사람이 새벽 4시경에 돌아오는 소리가 들렸다. 그는 뭔가를 차려 먹고, 라디오를 볼륨 낮춰서 켰고, 복도 끝에서 샤워를 했다…. 어쩔 도리가 없다. 이렇게 다짐해도 소용없다. "자자, 다른 걸 생각해". 마치 내가 성경 종이만큼 얇은 벽 너머에 있는 것처럼 이웃의 동작 하나하나가 눈앞에 그려졌다. 그는 신발을 벗고, 부엌 쪽으로 걸어가서, 물을 틀고 찬장을 열어 서랍을 열고 그릇을 꺼내고 의자를 빼낸다…. 미칠 것만 같다. 왜 나의 뇌는 이웃집에서 시간을 보내지 말고 내게로 돌아오라고 해도 내 말을 듣지 않을까? 나는 아침마다 피곤해서 이 집에 대해 투덜거리며 막스에게 이사하고 싶다고 말하지만, 그건 불가능한 일이다. 그는 갈 데가 어디 있냐고 묻는다. 난 대답할 말이 없다. 내가 계속 투덜대자, 그는 바깥에서 오래도록 돌아오지 않는다. 내가 뭘 투덜대나. 우린 여기서 괜찮게 지내는데. 방 두 개는 서로 통하고, 공용 화장실과 샤워실은 깨끗하고, 엘리베이터도 이용할 수 있다. 월세 없이 우리는 한껏 즐긴다. 극장에도 가고, 주말에는 레알의 중국 뷔페 식당에도 간다. 그리고 막스만 있어도 나는 행복하다. 그가 나가면 나는 그 틈을 타서 종종 그의 광대 옷과 나비넥타이, 모자와 구두를 꺼내 거풍한다. 그리고 그것들을 침대 위에 올려둔다. 나는 그 화려한 색깔들을 좋아해서 초록색 벨벳 바지, 면과 펠트로 된 빨간 재킷, 모자에 손을 얹고 쓸어본다. 모자는 내가 직접 커다란 해바라기를 꿰매놓은 것이다. 우리에게 아이들이 있었더라면 막스는 아이들 앞에서, 그리고 손주들 앞에서도 광대 노릇을 했을 것이다. 엘리베이터가 6층에 멈춰 서는 소리가 들린다. 그들이 돌아오는 소리다.

장

장은 에스테르가 작고, 갈색 단발머리에 날카롭고 조금 엄격해 보이는 얼굴, 그리고 안경을 썼으리라고 상상한다. 호감 가는 외모일 뿐, 그 이상은 아니다. 아무래도 좋다. 왜냐하면 이 에스테르는 그가 지어낸 이미지이기 때문이다. 그는 그녀가 글쓰기 아틀리에 참석자들의 사진과 함께 보낸 첫 메일을 다시 본다. 쥘리에트는 니콜라의 묘사와 닮았다. 예쁜 여성이다. 각진 얼굴에 헝클어진 갈색 머리, 검은 눈, 짙은 눈썹. 에스테르 위르뱅은 사진첩에 없다. 그녀가 피드백을 전화로 할지 아니면 메일로 할지 물었을 때, 그는 실용적인 이유로 메일을 선택했다. 지금은 그걸 후회하고 있다. 전화를 선택했더라면 적어도 그녀의 목소리를 들을 수 있었을 텐데. 그는 인터넷으로 그녀의 서점 세타리르 사이트에 접속해서 그녀의 사진을 찾아보고, 구글에서 "에스테르 위르뱅"을 쳐보기도 하고, "프랑수아 페르스발과 에스테르 위르뱅", "프랑수아 페르스발의 딸"을 검색해본다. 그렇게 해서 작가 페르스발의 이미지를 몇 장 찾았다. 그는 머리카락이 일찍 하얗게 센 모양인데, 그의 딸에 관한 건 아무것도 찾지 못했다. 그녀는 페이스북, 트위터, 인스타그램 어디에도 없다. 인터넷에서 그녀는 존재하지 않는다. 프랑수아 페르스발의 사진 뒷배경에서 짧은 갈색 머리의 여성을 볼 수 있는데, 그 여성이 에스테르라고 말해주는 건 아무것도 없다. 소셜 네트워크에는 에스테르 위르뱅이 한 명 뿐인데, 유튜브에서 2017년도의 비디오로 "자기 자신으로 사는 법"에 관해 설명하는 사랑스러운 여자아이다.

릴, 2019년 5월 2일

장에게

"좋아하는 것과 싫어하는 것", 나의 쉬운 독백.

나는 눈을 좋아한다. 우산을 싫어한다.

빨간 코트와 재킷을 좋아한다. 화장이 지나치거나 과하게 차려입은 여자를 싫어한다. 내 방에 둔 어머니의 조각상인 여인의 흉상을 좋아한다. 그것은 나를 지켜주는 나의 어머니다. 포크 음악을 싫어한다. 바흐와 보위를 좋아한다. 줄 서는 걸 싫어한다. 달리아를 좋아하는데, 이 꽃을 보면 나의 할아버지가 생각난다. 파란 꽃과 둥근 꽃다발은 싫어한다. 너무 많은 작가를 좋아한다. "예전이 좋았어"라고 말하며 고전만 읽는 손님을 싫어 한다. 마루아유 치즈를 곁들인 감자튀김과 파인애플을 좋아한다. 장봉 넣은 꽃상추를 싫어하고, 그걸 좋아하지 않는다는 사실에 놀라는 사람들은 더더욱 싫어한다. "어떻게 그럴 수가 있지? 잘 만들면 얼마나 맛있는데." 나의 부모님을 사랑한다. 나의 부모님을 싫어한다. 그렇게 죽어서는 안 된다. 침묵을 좋아하는 사람들을 좋아한다. 식당에서 음악이 나오는 게 싫다. 친절을 좋아한다. 보도에 앉은 노숙자를 못 본 척하는 나를 싫어한다. 의심하는 사람들을 좋아한다. 모든 극단주의자를 싫어한다. 부모님과 함께 찍은 사진 앨범 보는 걸 좋아한다. 내가 전혀 청하지 않았는데 나를 찾아오는 우울을 싫어한다. 쇼팽과 밴드 '더내셔널The National'을 좋아한다. 아양 떠는 목소리를 싫어한다. 옳은 걸 좋아한다. 인색한 사람을 싫어한다. 용감한 사람을 좋아한다. 물러서는 사람을 싫어한다. 서부극을 좋아한다. 뮤지컬을 싫어한다. 장 에슈노즈를 좋아하고, 필 굿 북스feel good books[19]를 싫어한다. 르 두아니에 루소[20]와 니콜라 드 스타엘을 좋아한다. 미술관에서 그림은 보지 않고 사진만 찍는 사람들을 싫어한다. 언젠가 긴 일본 여행을 하리라는 생각을 좋아한다. 젖은 개 냄새를 싫어한다. 라디오를 좋아한다. 텔레비전을 싫어한다. 관대함을 보이는 나를 좋아한다. 입을 벌리고 먹는 사람들을 싫어한다. 에드워드 엘가와 뱅자맹 비올레를 좋아한다. 비극으로 끝나는 사랑 이야기를 싫어한다. 안개를 좋아한다. 크루즈선을 싫어한다. 궂은 날씨를 좋아한다.

에스테르

<u>장이 니콜라에게</u>

파리, 2019년 5월 2일

안녕하세요 니콜라,

나의 독백입니다: 아버지의 머릿속에서.

"아, 네 아버지는 어디서도 잘 지내"라는 말이 들리더니, 아내는 자기 방으로 가서 문을 닫았다. 처음에 나는 아내가 누구에게 한 말인지 알지 못했다. 아들한테 한 말인지 나한테 한 말인지. 아내는 몇 분 뒤 격분한 채 다시 나와서 말했다. "아니, 대체 내가 무슨 꼴이람!", "날 아무것도 안 하는 사람 취급하잖아", "지 아버지를 위해 내가 얼마나 많은 걸 했는데, 이런 취급을 받다니". 왜 화가 났냐고 묻자, 아내는 대답했다. "장인데, 나한테 고래고래 소리를 질렀어. 당신이 이 집을 좋아하는데 왜 파는지 모르겠다잖아. 난 안중에도 없고!"

난 아무 말도 하지 않았다. 아무러면 어떤가. 나는 곧 죽을 텐데. 흥미로운 건 장의 반응이다. 그애답지 않다. 제 어머니를 바꾸기엔 너무 늦었다. 내 아들은 바보가 아니다. 아들도 그 사실을 잘 알고 있다.

50년을 거슬러 돌아갈 수 있다면 난 다르게 행동할 것이다. 나는 우리를 상상해본다. 만난 지 얼마 되지 않은, 한창 젊은 우리를. 우리는 레스토랑에 있다. 그녀는 내 맞은편에 앉아 있다. 그녀가 내게 또다시 불쾌한 지적을 한다. 나는 일어나서, 탁자를 세게 내리치며 소리친다. "그만해! 나한테 다시는 그런 식으로 말하지 마." 아니면 "정말 짜증 나게 하네!" 나는 그녀 얼굴에 그려진 경악과 분노를 음미한다. 아내는 내 눈길을 견디며 대답을 망설인다. 접시 위로 눈을 내리깐다. 물론 이런 일은 일어나지 않았다. 나는 아내의 변덕에 굴복하고, 저항하지 않고 비난과 질책을 감내했다. 접시에 박히는 코는 언제나 내 코였다. 아내 같은 여자가 나 같은 남자에게 관심을 가졌으니 난 운이 좋다고 생각했다. 그녀는 눈부셨다. 게다가 얼마나 우아하던지! 새파란 눈, 긴 금발 머리, 풍만한 입술, 달콤한 목소리, 가는 허리…. 그녀는 나의 이상형이었다. 내겐 돈 후안 같은 구석이 전혀 없었다. 스물일곱 살에 난 이미 머리카락이 빠지기 시작했고, 살이 쪘고, 통통한 손가락이 싫었다. 손가락은 나의 콤플렉스였고, 담배 때문에 누렇게 변한 이빨도 그랬다. 나는 굴뚝처럼 담배를 피웠다. 갈색 담배를. 이 공주가, 유혹의 여왕이 눈썹을 찌푸리고, 입을 뽀로통하게 내밀 때면, 화가 나서 가슴 위로 팔짱을 끼면, 난 웃었다. 그런 모습이 매력적이라고 생각했으니, 내가 얼마나 바보였는지. 그녀는 첫 만남 때부터 냉혹하고 속물 같은 모습을 그대로 드러냈다.

나는 그녀를 내 것으로 만들고 싶었다. 내게는 그녀를 살 만한 돈이 있었다. 그녀의 고약한 성격은 걱정이 되지 않았다. 우리는 함께 행복할 것이고, 시간이 가면서 그녀는 온화해지고 활짝 피어나리라 생각했다. 그녀가 그렇게 빨리 나를 경멸할 줄은 예상하지 못했다. 내가 그녀에게 맞서지조차 못할 줄은 더더욱 예상치 못했다. "더는 안 되겠어. 말해야겠어." "애들 앞에서 나를 이렇게 대하면 안 되지. 용납할 수가 없어". 나는 이 말을 수백 번 되뇌었다. 날이 가고, 달이 가고, 해가 갔지만 달라진 건 아무것도 없다. 왜 그런지 모르겠다. 처음 몇 년은 그녀를 잃을까 봐 겁이 나서였는데, 그 이후?

장이 나를 걱정해서 제 어머니에게 고함을 질렀다니 솔직히 기쁘다. 사실, 나는 옹플뢰르의 집을 그대로 두고 싶었다.

장

니콜라가 장에게

파리, 2019년 5월 5일

"10년 후의" 내 편지

안녕 장,

2019년 2월 15일, 정확히 10년 전 오늘, 나는 낯선 사람에게 처음으로 편지를 보냈지. 바로 너한테. "말도 안 돼. 글쓰기 아틀리에라니, 완전히 바보 같잖아", 너에게 편지를 쓰면서 속으로는 이렇게 생각했어. 지금이야 털어놓을 수 있지. 억지로 주고받은 그 편지 때문에, 열다섯 살 때 독일 펜팔과 나눈 다른 편지 교류가 생각났어. 어쨌든 알다시피 내겐 선택의 여지가 없었어. 그걸 다시 설명할 필요는 없겠지. 난 후회하지 않아. 쥘리에트가 돌아왔고, 난 친구가 생겼으니까. 우리의 10년 우정과 협력을 어떻게 기념할까 생각해봤어. 널 카멜리아로 초대하려고 해. 그리고 다른 건? 물론 네게 편지를 쓰는 거지. 이 기회에 만나서 내가 얼마나 행복한지 네게 말하고 싶어. 우리가 함께 보낸 순간들을 난 무척 좋아해. 너 없이는 '차이도 좋아'는 탄생하지 못했을 거야. 그래, 내가 널 밀어붙이긴 했지만, 우린 해냈어. 내가 나를 잘 아는데, 네가 함께해주지 않았다면 난 이 모험의 끝까지 가지 못했을 거야. 레스토랑 하나에 식료품점 두 개, 멋지지 않아? 우리는 장애인 열다섯 명을 고용했어. 상상이 가? 물론 넌 상상하겠지. 난 수다스러운 열정이 있고, 그건 어제오늘의 일이 아니잖아. 차라리 글로 표현하는 편이 낫지. 나처럼 너도 그 아이들이 자립심을 키우고, 일을 통해 피어나는 걸 봤잖아. 나와 함께하느라 너도 돈은 못 벌지만, 이런 성공이 돈보다 낫지, 안 그래?

이제 난 화덕으로 돌아갈 거야. 무미를 주제로 새 요리를 준비하고 있어. 유기농 메뚜기와 개미, 정원 허브, 간장 무스.

오다가다 또 보자고.

니콜라

잔느가 쥘리에트에게

베르쥐스-쉬르-손, 2019년 4월 29일

쥘리에트,

우리는 모두 누군가나 무언가를 기다리죠. 나는 딸을 기다려요. 청년 사뮈엘은 부모님이 그를 바라봐주길 기다리고요. 당신은 집으로 돌아갈 준비가 되었다는 느낌이 들길 기다리죠. 니콜라도 당신의 복귀를 기다릴 테고요. 에스테르가 우리에게 이런 질문을 던져도 좋았겠어요. "당신은 무엇을 기다립니까?"

당신이 아버지와 나눈 대화가 나는 참 좋더라고요. 고마워요.

당신에게 이야기 하나 해드려야겠어요. 몇 년 동안 나는 리옹

오페라 정기 구독권을 가지고 있었죠. 지난 9월에는 갱신을 망설였어요. 그곳에 가려면 운전을 해야 하는데, 리옹은 우리 집에서 30킬로미터나 떨어져 있어서 돌아올 때면 피곤하고, 정기권이 싸지도 않고 해서였죠…. 어느 날, 아마도 내 몸 상태가 아주 좋았던 건지 나는 반기를 들었어요. 내게 무슨 일이 일어나고 있나? 내가 더는 운전을 할 줄 모르게 되었나? 병들고 지쳤나? 아니었어요. 노화의 첫 함정은 포기라는 걸 깨달았죠. 나이가 들면 우리는 의욕이 줄고, 겁도 많아지고, 게을러져서 포기해버리죠. 아주 사소한 이유로도 기꺼이요. 우리는 움츠러들고, 서서히 그러나 확실하게 우리의 껍질 속으로 들어가요. 그 움직임은 거의 감지하기 어렵지만 실재합니다. 노화에 맞서 싸우는 건 우리가 건강하기만 하다면 계속할 수 있는 매일의 전투예요. 그래서 지금까지 눈에 띄지 않았던 나의 작은 굴복들을 쭉 적어 보았어요. 그 결과는 참담하더군요. 나는 저녁 약속도 덜 잡고, 극장에도 덜 가고, 클래식과 재즈 최신곡도 알지 못하고, 침대 시트도 덜 자주 갈고, 게을러서 제 머릿결에 맞지도 않는 샴푸로 머리를 감지요(이런 사적인 것까지 공유해서 미안해요, 쥘리에트). 나는 탐색을 계속 이어가고 있어요. 다른 것들도 발견하게 되겠죠. 나의 가장 소중한 취미 가운데 하나인 콘서트 관람을 포기할 뻔했다는 게 상상이 가십니까?

오늘 아침엔 마을 비스트로를 운영하는 뤼크과 함께 긴 산책을 했어요. 나는 그의 엉뚱한 면과 너그러움을 좋아합니다. 요즘

그는 시장과 주민들을 설득해서 마을에 이민자들을 받아들이게
하려고 애쓰고 있어요. 빈집도 많고, 손님도 없고 인수할 사람도
없어서 문을 닫은 상점들이 있고, 포도 재배자들은 일손을 구할
수가 없고, 노인들에겐 도움이 필요하다고 설득하지요. 나는 그
에게 그의 계획을 구체화하고, 문서로 작성하고, 수치화하라고
말하지만, 그는 그렇게 하지 않아요.

언젠가 당신이 나를 보러 오면 좋겠어요. 함께 산책을 합시다.
우리 집이 있는 언덕 꼭대기에 올라 시각적 오염이나 주택단지,
상업지구에서 벗어난 확 트인 풍경을 보게 해드릴게요. 포도밭
과 숲과 마을, 끝없이 펼쳐진 지평선만 보일 겁니다. 나도 파리로
가서 카멜리아에서 식사할 수 있다면 너무 기쁠 거예요.

우정을 전하며,
잔느

<u>쥘리에트가 잔느에게</u>

말라코프, 2019년 5월 6일

안녕하세요 잔느,

지금쯤이면 당신은 포기한 것의 목록을 다 작성하고 정리해 두셨겠군요. 늙기 시작하면 경계를 늦추지 말아야 한다는 걸 덕분에 분명히 깨달았어요. 내게도 훗날 당신처럼 끈기가 생기길 희망해봅니다.

이미 편지에 썼듯이, 제 부모님은 주택단지에서 살고 계세요. 규격화된 그런 주거지역이 조금은 안도감을 주는 면이 있나 봅니다. 은퇴하고 나서 두 분이 도심에 살기보다는 트루빌의 시골에 연립 빌라를 사기로 마음먹는 걸 보고 난 놀랐어요. 안전하며, 이웃이 가까이 있고, 부엌도 잘 갖춰져 있고, 거의 손질이 필요 없는 작은 정원이며 아주 편리한 지하 차고, "드레스룸과 샤워실이 딸린 안방"이라고 나한테 자랑하셨거든요. 홈시어러까지 갖추셨지요. 나도 당신만큼 이런 주택단지를 좋아하지 않아요. 하지만 (공중 수수료가 무료였다며) 좋은 거래를 했다고 생각하시고, 당신의 집이 개성이 있건 아니면 이웃 집들과 똑같건 신경 쓰지 않는 부모님을 이해해요. 두 분은 덧문 색깔(파란색이나 베이지색), 부엌(빨간색 또는 흰색), 그리고 바닥 색깔(밝거나 짙은 색)을 골랐죠. 그리고 그 이상은 요구하지 않았어요. 두 분은 많은 걸 요구하지 않았지요. 그들은 그 연립에서 편안해하십니다. 편리하고 안락하다고 생각하시죠.

나는 훨씬 나아졌어요. 내 아기와 함께 있을 때도 이젠 해를 끼칠까 겁나지 않아요. 아이에게 말을 걸고, 억지로도 아니고 떨지도 않고 미소지을 수 있어요. 아이에게 너라는 존재가 얼마나 경이롭고 자랑스러운지 말합니다. 아빠의 눈과 꼭 닮은 파란 눈에 대해, 엄마와 똑같은 검은 머리카락에 대해 말하지요. 그 머리카락이 제 외할머니를 닮은 건지 아니면 외할아버지를 닮은 건지는 모를 테지만, 그러면 어때요?

해가 뜨네요, 잔느! 이 모든 게 당신 덕분이기도 해요.

우정을 전해요.
쥘리에트

추신: 지난번 편지를 에스테르에게 보내는 걸 잊었어요. 한 장 복사해서 에스테르에게 좀 보내주시겠어요? 미리 감사드려요.

장은 마지막 과제를 수행하는 데 어려움을 겪고 있다. 10년 후의 자신을 상상하기가 힘든 것이다. 에스테르의 기분을 상하게 하지 않기 위해 애쓰지만, 그 아이디어가 우습게만 느껴진다. 그는 두 수신자에게 같은 편지를 보낼 것이다. 그러면 조금은 득이잖나.

며칠 후 그는 텔레포니 에 디지털의 두 창업자와 점심식사를 하며 퇴직 의사를 알릴 생각이다. 이어지는 몇 주 동안에는 변호사와 함께 퇴직 절차를 준비할 것이다. 결정을 내린 뒤로 그는 다른 건 생각하지 않는다. 사직은 오랜만에 그에게 닥친 가장 놀랍고 가장 흥분되는 사건이다. 그의 미래는 이 출발에 달려 있다. 아찔하다. 그는 협상이 마무리되기 전까지는 아무에게도 말하지 않겠다고 다짐했다. 그러고 나면? 커다란 암막 커튼이 그의 시야를 가린다. 아니, 완전히는 아니다. 글쓰기 아틀리에가 끝나면 그는 카멜리아에서 저녁식사를 할 것이다. 그는 니콜라를 알게 된 것이 기쁘다. 두 사람은 나이 차가 적어도 10년은 되고, 닮지도 않았고, 아무런 공통점도 없다. 여러 점에서 그들은 적대적인 형제 같지만, 서로를 존중한다. 많이. 장은 생각한다. 자신들이 운이 좋았던 걸까, 아니면 모두가 그런 걸까. 편지를 주고받는 것이 이만큼 속내를 털어놓게 하고 공감을 쌓게 하나. 모두가 서신 교환에서 즐거움과 자연스러운 친밀감을 얻을까. 편지에는 편지를 쓰는 사람들 사이에 각별한 관계를 형성하는 힘이 있는 걸까? 니콜라와 그가 어느 저녁식사 자리에서 만났더라면 어떻게 됐을까? 니콜라는 아마도 힙스터 같은 수염 뒤로 이렇게 투덜거렸을 것이다. "저 자식은 누구야? 내가 싫어하는 건 다 갖췄잖아." 그렇게 두 사람의 관계는 태어나기도 전에 죽어버렸을 것이다. 에스테르와는 사정이 다르다. 행복한 우연이 없다면, 그들이 다시 만날 아무런 이유가 없다. 그런데도. 글을 통해 만나는 에스테르가 그는 마음에 든다. 방법은 모르겠지만 그는 그녀를 만나서 이렇게 말하고 싶다. "모든 걸 고려해볼 때, 나의 가까운 미래는 꽤 흥미진진합니다."

지평선

<u>잔느가 사뮈엘에게</u>

베르쥐스-쉬르-손, 2019년 4월 30일

('10년 후' 나의 편지예요.)

사뮈엘,

2029년이 멋진 해가 되길 바랄게요. 우리가 첫 편지를 주고받은 뒤로 먼 길을 걸어왔네요! 이 편지를 부치느라 고생했어요. 우체국을 찾기가 너무 힘들었거든요. 자신을 그토록 의심하던 사뮈엘이 자기 길을 찾았군요. 사뮈엘, 보다시피, 삶이 우리를 위해 뭘 마련해두고 있는지 절대 알 수 없다니까요. 우리는 현재의, 그리고 닥쳐올 사건을 제어한다고 생각하지만 뒤돌아보면 그 길은 우리가 상상했거나 꿈꿨거나 두려워했던 길과 닮지 않고, 심지어 전혀 다르다는 걸 확인하게 되지요. 당신은 형의 죽음을 애도하고 죄책감을 내려놓은 날부터 한 걸음씩 내딛기 시작했죠. 그 과정을 즐기세요. 하지만 성공을 이미 이뤘고, 모든 게 자리 잡았다고 상상하지는 말아요. 그렇지 않으니까요. 당신이 노력하고 진정으로 원하는 게 있다면, 다른 큰 만족과 뜻밖의 시련도 경험하게 될 겁니다. 우리는 만족만 바라지만, 시련 없는 만족은 없어요. 그건 치러야 할 대가지요. 경계를 늦추지 말아요. 내가 드릴 수 있는 조언은 이것뿐이에요.

잔느

사뮈엘이 잔느에게

5월 8일

잔느,

다블롱 선생님을 다시 만났어요. 준비는 전혀 하지 않았어요. 저는 제 미래에 대해 생각하는 걸 좋아하지 않아요. 왜냐하면 아무런 욕구가 없으니까요. 어딘가에 속한 저를 상상할 수 없다는 게 참 이상하고 무서워요. 선생님은 제가 빈손인 걸 보고도 놀란 표정이 아니었어요. 제게 통신교육으로 대학입시를 보라고 조언해주셨어요. 혼자서 공부하는 건 쉽지 않지만, 도움을 받을 수 있고, 나한테는 그럴 능력이 있으니 해낼 수 있을 거라고, 의지의 문제라고 하셨죠. 저는 고심해볼 생각이에요.

'10년 후' 나의 편지.

얼마 전에 부모님을 뵈러 다녀왔어요. 어쩌다 그런 얘기가 나온 건지 모르겠지만 우리는 쥘리앙 얘기를 했습니다. 쥘리앙의 얼굴이 점점 더 기억나지 않는다고 서로들 털어놓았죠. 12년밖에 되지 않았으니 많은 세월이 흐른 것도 아닌데 형의 얼굴이 흐릿해지고, 세세한 부분을 잊었어요. 형 목소리의 음색 같은 것 말이에요. 어머니는 이제 잠들기 전에 울지 않으신다고, 아버지가 말씀하셨죠. 어쨌든 저는 그 집에 없으니 듣지 못하지요.

저는 지금 바닷가에 살고 있어서, 크든 작든 뉴스들에서 멀리 떨어져 지냅니다. 일부러 이곳을 골랐어요. 여기서는 그게 가능하기 때문이에요. 그 무엇도 내게 영향을 미치지 못하도록 나는 할 수 있는 모든 걸 합니다. 그래도 완전히 성공하진 못해요. 우리의 지구가 죽어가고 있는 게 보입니다. 하늘의 더러운 색이 수평선의 색과 뒤섞입니다. 사방이 똑같은 잿빛이에요. 그것이 우리의 시야를 가리고 눈과 목을 따끔거리게 합니다. 꼭 불 난 뒤의 잿빛 같은데, 이 잿빛은 바람이 불어도 흩어지지 않아요. 저는 그걸 재앙의 잿빛이라고 부릅니다. 바다는 점점 더 많은 쓰레기를 실어옵니다. 어떤 날 아침에는 바다가 더는 버티지 못하고 갑자기 굳어버릴 것만 같아요. 그건 바다가 포기하고, 우리와 우리의 쓰레기를 포기하겠다고 말하는 방식이죠. 나는 바다가 죽기 몇 분 전에 내가 무슨 말을 할지 이미 알고 있어요. "어, 이상하네, 파도 소리가 안 들려." 우리는 더는 희망도 없고 뒤로 돌아갈 수도 없는 그런 시기를 살아왔을 겁니다. 그걸 바로잡기에는 너무 늦었죠. 인간이 더럽히지 않은 구석이 남아 있다고 생각하세요?

이것은 제가 보내는 마지막 편지가 될 겁니다. 며칠 후면 우편함이 완전히 없어질 테니까요. 더 나쁠 것도 없죠. 우표 한 장 구하는 게 너무 힘들었거든요. 제가 우표를 찾으니까 모두 나를 이상하게 쳐다보았죠. 우리는 곧 만날 테니 괜찮습니다.

사뮈엘

파리, 2019년 4월 30일

쥘리에트, 이건 나의 독백이야.

그녀는 내 사랑.

그녀가 다시 새벽에 나를 깨울 테지. 죽도록 배가 고프다고, 그러면 나는 서둘러 아침식사를 만들어야 겠지. 나는 이불 속에서 돌아누워, 그녀의 머리카락에 얼굴을 묻고, 손을 그녀의 엉덩이 위에 얹을 테지. 달콤해라! 겨울에 우리가 일에 지쳐 녹초가 되면, 그녀는 소파에서 내게 몸을 기댈 거야. 우리는 함께 텔레비전 드라마를 볼 테고. 나는 그녀의 헐렁한 트레이닝복과 두꺼운 털양말에 기댄 채 툴툴거리겠지. 그래도 그녀는 아름다울 거야. 그녀는 또 그릇을 깰 테고, 한밤중에 발에 걸린 내 신발에 대고 화를 내겠지. 그녀는 내가 요리하는 거지 철학 논문을 쓰는 게 아니라는 걸 제대로 일깨워 줄 테고. 나는 그녀가 새로 개발한 빵에 열광하겠지. 그녀는 내가 마지막 날까지 마주칠 수밖에 없는 멍청이에게 덤벼들지 않도록 내 소매를 붙잡을 거야. 또한 그녀가 좋아한 최근 소설을 내가 읽겠다고 해놓고 시작하지도 않았다고 소리칠 테고. 그녀가 또 시간이 되기도 전에 떠나서 나는 부루퉁

한 표정을 짓겠지. 그녀 없이 일어나는 걸 너무 싫어하니까. 비행기나 기차나 자동차로 긴 휴가를 떠날 때면 그녀는 내게 입 맞추며 말하겠지. "정말 좋다!" 음악을 크게 틀어놓고 거실 한가운데에서 혼자 춤을 출 테고, 나는 그런 그녀를 바라보며 섹시하다고, 몹시 섹시하다고 생각하겠지. 전혀 뜻밖의 순간에 그녀는 내게 물을 거야. "우리가 참 운이 좋았다고 생각하지 않아?" 그리고 우리 인생이 걸린 문제라도 되는 듯이 내 대답을 기다릴 테지. 마치이 질문을 처음 던지기라도 하듯이.

N.

쥘리에트가 니콜라에게

말라코프, 2019년 5월 8일

니콜라,

나의 독백:

어쩌다 내 몸을 잃었는지 모르겠다. 거울 속 벌거벗은 내 모습을 바라보았다. 기쁨도 불편한 마음도 없이. 낯선 몸이 상당히 거리를 두고 서 있었다. 그건 더는 내 몸이 아니었다. 이상한 느낌이었다. 짜증도 자부심도 없었다. 저 몸은 탄력도, 살도, 밀도도 잃어버렸다. 나는 나의 가슴을, 다리를, 음부를, 엉덩이를 살펴보았다. 그런데? 아무 느낌이 없다. 나의 옛 콤플렉스들, 조심하지 않으면 바로 드러나는 나의 뱃살, 마음에 들지 않던 어깨, 겹쳐진 앞니를 떠올렸다. 그것들은 이제 더는 내게 중요하지 않다. 나는 내 몸을 보살폈고, 그 몸짓들을 안다. 내가 먹을 것을 제공하고, 씻기고, 옷 입히고, 따뜻하게 해준 이 몸이 더는 내게 속하지 않았다. 병든 이후로 나는 더는 남자들의 눈길에, 욕망의 대상이자 쾌락의 원천으로서의 내 몸에 신경 쓰지 않았다.

내가 나아지기 시작하자 내 몸도 같은 속도로 회복되었다. 혈색을, 밀도를, 형태를 되찾았다. 그것은 아름다움과 불완전함을 있는 그대로 드러냈다. 나는 그 몸을 바라보고, 만지고, 어루만지고, 냄새 맡았다. 그것은 덜 유령 같았다.

약과 화학물질 앞에서 내 성욕은 설 자리가 없었다. 하지만 다시 돌아왔다. 그 혈기와 격정이 나의 넋을 빼앗는다. 골방에 틀어박힌 수녀 같은 삶은 이제 끝났다.

내가 어떻게 내 몸을 되찾았는지 모르겠다.

쥘리에트

장이 에스테르와 니콜라에게

브뤼셀-파리, 2019년 5월 7일

에스테르와 니콜라,

10년 후:

창문으로 해가 지는 게 보입니다. 이제 나는 오염도, 숨 막히는 공기도 생각하지 않습니다. 침묵도 잊습니다. 우리를 가두는 고독을, 우리의 문을 강제로 부수는 로봇을, 우리 몸을 점령한 칩을 잊습니다. 내 행동 하나하나가 기록되고 분석되고 저장된다는 사실을 잊습니다. 이 모든 게 순식간에 일어났다는 걸 잊습니다. 더는 두렵지 않다는 걸, 내가 보호받고 있다는 걸 잊습니다. 나의 경계, 나의 건강, 지리적·심리적 정보를 잊고, 사방에 널린 화면을 잊습니다. 내가 영혼을 악마에게 팔았고, 내 자유를 안전과 맞바꾸었다는 사실을 잊습니다. 나무들, 끝없이 펼쳐진 들판, 눈밭의 큰 사슴들, 잔잔한 호수들, 하늘의 빛, 창고로 날아드는 박쥐들, 비행기에서 내려다본 광활한 대지를 가로지르며 선명하고 완벽한 선을 긋는 강물들을 기억합니다. 역사가 납치당했다는 걸 잊습니다. 얼어붙은 땅을 디딘 우리의 발길을, 얼음을 깨뜨리던 우리의 지팡이를, 우리의 실수를 알지 못하는 바다를, 삶이 우리에게 안겨준 놀라움과 그 신비들을, 파리에서 보낸 한가로운 일요일들을, 물에 젖은 낙엽들, 편물 수선사라는 자기 직업을 자랑스러워했던 여성을 기억합니다. 지구를 구하고 우리의 목숨을 구할 수 있었던 그때의 우리를 기억합니다. 늙은 바보가 되지 않겠다고 다짐했던 나를 기억합니다. 나는 예순세 살입니다. 아무것도 후회하지 않습니다. 이 모든 건 존재했고, 나는 그걸 겪어 알았습니다.

장

에스테르가 장에게

릴, 2019년 5월 11일

10년 후.

장,

상자들을 정리하다가 우리의 옛 편지를 보게 되었어요. 당신도 이따금 그 편지들을 생각하는지 모르겠네요. 나는 종종 합니다. 내가 글쓰기 아틀리에를 시작할 생각을 했다니 참 희한해요! 짐짓 놀란 척하지만, 나는 그 일에 대해 감동적인 추억을 간직하고 있어요.

따님이 쓴 최근 소설을 읽었습니다. 마음에 들었어요. 당신은 어떻게 생각하나요? 우리 서점에서 잘 팔고 있어요. 요즘 같은 상황에도요. 책 읽는 사람이 점점 줄어들고 있다는 사실은 당신도 아실 테지요. 가혹한 세월이에요. 예전에 내가 당신에게 했던 말을 기억하시는지요? 나는 여전히 내 직업을 사랑합니다.

이곳은 폭염이 기승을 부리고 있어요. 선풍기가 뜨거운 공기를 열심히 휘젓고 있는데도 나는 숨이 막혀 차가운 비와 눈 덮인 산을 꿈꿉니다. 에어컨을 설치했어야 했나 봐요. 시장 진열대에 과일과 채소는 거의 보이지 않고, 나무들은 말라 죽어가고 있어요. 물은 제한적으로 배급되고 있고, 올해는 시에서 공원에 꽃을 심지 않았어요 — 심어봤자 곤충이 없으니 무슨 소용이겠어요. 도심에서 자동차 운행이 점점 더 제한되고 있어 배달을 받기도 힘들어요. 제약만 늘어갑니다! 그렇지만 어쩌겠어요? 어디로 가겠어요? 지구 전체가 거대한 불판인걸요.

2주 전에 니콜라와 쥘리에트가 와서 함께 저녁식사를 했어요. 니콜라는 이곳의 새 와이너리를 방문해서 와인을 맛보았죠. 언젠가 릴의 들판이 포도밭으로 뒤덮이는 상상을 할 수 있으면 좋겠어요! 니콜라가 당신을 최근에 만났는데 잘 지내는 것 같다고 하더군요. 나는 화가 났죠. 당신이 니콜라에겐 소식을 전했다니 말이에요. 당신이 크로아티아에 새 올리브밭을 샀고, 당신의 올리브오일이 또 상을 받았다고 하던데요. 식료품점에 가면 나도 꼭 당신의 올리브오일을 찾습니다.

8월 첫 2주 동안 서점을 닫는데, 늘 그렇듯 휴가를 보낼 곳을 예약한다는 걸 잊었어요. 우리 함께 떠나면 어떨까요? 노르웨이로? 스웨덴으로? 아이슬란드로? 그린란드로?

에스테르

<u>잔느가 쥘리에트에게</u>

베르쥐스-쉬르-손, 2019년 5월 9일

쥘리에트에게, 독백

해야 할 일 목록을 만들 때면 아드리앙이 생각난다. <u>로베르와 알프레드의 먹이를 살 것</u>. 왜일까? 그이가 살아 있다면 우리는 어떻게 되었을까? 서로에게 싫증이 났을까? 싸우게 되었을까? 서로를 미워했을까? 왜 나는 목록 만드는 걸 좋아할까? <u>사샤 데</u>

려갈 것. 잊기라도 할까 봐, 시간에 쫓기기라도 하는 양. 베이킹소다. 그이가 아직 살아 있었다면 달라졌을 모든 걸 목록으로 작성해야 할까 봐. 그러면 그리움이 불쑥 덮쳐오는 일도 없고, 목덜미에서 그의 숨결을 느끼고, 그가 두 팔로 나를 꼭 안아주는 걸 느끼려고 눈을 감고 기도하는 일도 없을 테지. 좀 더 자주 거울 속의 내 모습을 바라보며 잘 늙어가고 있다고 생각할 테지. 음악을 크게 틀어놓고 듣지도 않을 테지. 그이가 그걸 싫어했으니. 난 좀 더 평온해졌겠지. 빗자루 살 것. 울타리 판자 주문할 것. 거실의 벽면 하나를 '인디아 옐로우'가 아니라 흰색으로 칠했으려나. 아직도 사랑을 나눌 테지(아마도). 빌뢰르반의 다르미앙 보호소에 전화할 것. 내 창문들이 이렇게 엉망인 상태는 아닐 테지. 우리가 여기 살고 있지 않을지도 몰라. 그가 주택단지를 견디지 못했을 테니까. 당근/감자/키친타올. 내가 혼잣말을 하지도 않을 테고. 화장실을 나오면서 문도 잘 닫을 테지. 변기 물도 매번 내릴 테고. 심각한 병이 들까 봐 겁도 덜 낼 테지. 독토리브 안과. 디안과 퐁타넬 부부에게 전화해서 집에서 저녁 먹자고 약속 잡을 것(24일이나 30일?). 매일 아침 뤼크 네로 커피 마시러 가지도 않을 테지. 울타리 견적서에 답장 보낼 것. 밤마다 아드리앙이 외출했고 곧 돌아올 거라고 상상하며 잠들려고 애쓰지 않을 테지. 오렐리를 포기하지도 않았을 테고. 바캉스도 갔을 테지. 이중 자물쇠? 이 글쓰기 아틀리에에도 등록을 안 했겠지. 이 독백도 쓰지 않을 테고.

우정을 담아,

잔느

<u>쥘리에트가 잔느에게</u>

말라코프, 2019년 5월 14일

잔느에게,

놓친 약속에 관한 독백.

새벽에 눈을 뜨면, 머릿속엔 오직 한 가지 생각뿐이다. 집으로 돌아가는 것. 마음이 급하다. 내가 여기서 뭘 하고 있지? 가족도 없이 이 골방에서. 가방을 집어 들고, 옷가지를 트렁크에 던져넣고, 이제 떠나면 된다. 그러나 일이 그렇게 되지 않는다. 내 행동을 예측하고 그 결과에 대해 생각해보아야 한다. 지금 벌어지고 있는 일은 피할 수 없었다. 나는 내 집 건물 문 앞에서 꼼짝 못 하고 가방을 든 채 인도 위에 서 있다. 아직 자고들 있을 텐데 예고 없이 들이닥치는 게 현명한 일일까? 나라는 존재가 놀랍고 놀랍다! 이 모든 걸 어째서 미리 생각하지 못했을까? 일단 문턱을 넘고 나면 어째야 하나? 니콜라를 깨울까? 아무 일도 없었던 것처럼 행동할까? 아침식사를 준비할까? 울음을 터뜨리고 아빠나 할머니를 찾을 아델을 돌봐야 할까? 세 사람 모두 내가 알지 못하는, 혹은 거의 모르는 저들만의 습관이 있을 텐데. 볼링장에 난입한 개, 내가 바로 그런 꼴이다. 내 집에 있는 낯선 여자 꼴이다. 젠장, 그런 건 받아들일 수가 없는데.

나는 그 자리에서 꼼짝도 못 한 채 우리 집 창문만 바라보며 내가 아직 망설이고 있다고 스스로 속이지만, 이미 일은 벌어졌다. 바로 그 순간, 집에 가기 전에 먼저 부모님에게 편지를 써야 한다는 생각이 든다. 그게 무슨 연관이 있는 건지 이유는 모르겠지만, 피할 수 없다. 먼저 편지를 쓰지 않으면, 이 문제는 마무리 지어지지 않을 것이다.

어머님이 발코니에 제라늄을 놓아둔 건 미처 못 봤다. 예쁘다. 눈물이 쏟아질 것 같다. 예전의 나를 되찾고 싶다. 태산처럼 큰일로 만들지 않고 결정을 내릴 줄 아는 나 말이다. 내가 싫다. 겁쟁이가 되어 버렸다. 떠나야만 한다. 관리인이나 가판대 주인에게 트렁크를 든 내 모습을 보이기 싫다. 그들에게 뭐라 말하겠나. 내 뇌가 경계태세에 돌입하고 마지막 순간에 겁에 질리지만 않았더라면 지금쯤 내 집에 있을 텐데. 하지만 이제 너무 늦었다. 택시!

쥘리에트

여행

<u>사뮈엘이 잔느에게</u>

5월 11일

안녕하세요 잔느,

사흘 전에 당신에게 편지를 쓴 걸 알지만, 꼭 이야기해야 할 것 같았어요. 형은 책장의 마지막 선반 끝에 여행 책자들을 정리해 두었더라고요. 세 권이 있는데, 모두 일본에 관한 책이에요. 그때까지는 그것들을 알아차리지 못했어요. 어제 아침, 그 책들을 뒤적이다가 형이 처음부터 끝까지 다 읽었다는 걸 알게 되었어요. 형은 사찰, 미술관, 거리, 섬 이름에 동그라미를 쳐두었더군요. 형이 갔다면 방문했을 장소들이죠. 제가 생각하기론 그렇습니다. 형이 일본 소설을 많이 읽는 것도 사실이에요. 이 여행 책자들을 보면 마치 매년 그곳을 가는 사람의 책처럼 보여요. 내 생각에 이건 형의 비밀이었어요. 병이 나으면 여행하리라고 생각한 게 분명했어요. 마지막에는 일본어 용어집이 있더군요. 몇몇 단어에 동그라미가 쳐져 있고요. 형은 그 단어들을 알았던 모양인데, 우리는 그걸 몰랐던 거죠. 그 책자 중 하나에서 형이 신문에서 오려둔 기사를 발견했어요. "죽은 이들과 대화하는 전화기". 좀 어처구니없지만, 저한테 아이디어를 준 이야기이니 한번 요약해 볼게요. 2011년에 일본 도호쿠 지방에서 발생한 쓰나미가 2만 명의 목숨을 집어삼켰는데, 오츠치라는 마을 주민의 절반도 포함되었답니다. 이타루 사사키라는 남자가 그곳에 전화부스를 하나 설치했어요. 전화선이 아무 데로도 연결되지 않아서 사람들은 그것을 '바람의 부스'라고 불렀죠. 사촌이 암으로 죽자 자기 정원에 그 부스를 세웠답니다. 사촌과 계속 소통하기 위해서였죠. 얼마 후 쓰나미가 닥쳐 그의 가장 친한 친구도 앗아갔지요. 두 달 뒤 친구의 시신이 발견된 날, 그는 친구에게 말하기 위해 전화부스로 갔대요. 그러자 다른 주민들도 그를 따라 애도할 죽음을 안고 전화부스를 찾기 시작했죠. 그들에게 편지를 쓰기도 하고요. 왜냐하면 그가 그곳에 '전화 노트'를 마련해 두었거든요. 지금은 열한 번째 노트가 쓰이고 있죠. 노트 속에는 사진들도 있대요. 기자들은 그 전화부스에 관한 기사를 썼고, 사랑하는 사람들에게 말하거나 편지를 쓰고 싶어하는 이방인들이 그곳을 찾아왔습니다. 잡지 〈롭스〉의 특파원도 "바람의 전화기, 그것은 사후세계를 향한 무인 우체국"이라고 썼죠. 그들은 부스를 찾은 사람들을 촬영하고 다큐멘터리를 제작했어요. 한 노인이 아내에게 이렇게 말합니다. "오늘은 날이 추워요. 당신이 있는 곳은 춥지 않기를 바라오. 얼른 돌아와요. 모두가 당신을 기다리고 있어. 같은 자리에 우리가 함께 살 집을 지을 생각이오. 잘 먹고. 잘 살아 있어요. 어디선가. 어디든. 난 너무 외롭소." 한 아버지는 죽은 아들에게 이렇게 말했다죠. "참사가 일어난 지 벌써 5년이 되었구나. 이 통화가 네게 닿는다면 내 말을 들어주렴. 종종 나는 왜 살고 있는지 모르겠구나. '아빠'라고 부르는 네 목소리를 듣게 해다오." 이 이야기들을 읽으니 울고 싶어졌어요. 일본에서는 산 자들이 죽은 자들에게 말을 걸고, 유령들이 경계를 넘어 산 사람들에게 신호를 보내는가 봅니다. 일본인들은 우리처럼 유령들에 대해 겁을 먹지 않나 봐요. 이런 생각이 참 좋더라고요.

기사를 다 읽고 나서 저는 날짜를 보았습니다. 등골이 오싹해졌어요. 형이 죽기 3주 전이었어요. 나는 밤새 고민하다가 결정을 내렸죠. 그날 저녁, 부모님이 저녁식사를 함께하려고 저를 기다리고 계셨는데, 두 분께 그 기사를 보여드렸어요. 저는 목소리가 떨려 편치 않았고, 아주 바보처럼 느껴졌지만, 끝까지 말씀드려야만 했죠. "형의 방에 있는 일본에 관한 여행책자에서 발견한 기사예요. 기사 날짜를 보세요. 셋이서 그곳에 가보면 좋을 것 같아요. 형이 그걸 바랐을 거라는 생각이 들어요."

형의 이름은 차마 내뱉지 못했어요. 바보 같죠. 부모님과 함께 있으면 이런 종류의 막힘 현상이 제 머리를 갉아 먹곤 해요. 이번 여행은 바로 그것 때문이지요. 어쩌면 셋이서 뭐든 얘기할 수 있기를 바라면서요. 쥘리앙에 관해 얘기하고, 무너지지 않고 좋았던 순간들을 떠올리기 위해. 그리고 우리도 앞으로 나아갈 수 있기 위해서 말이에요. 아버지가 기사를 집어드셨어요. 어머니는 일어나서 가까이 다가가셨죠. 두 분은 함께 읽으셨어요. 어머니는 서서 아버지 위로 몸을 숙이고 읽으셨죠. 아버지가 먼저 읽기를 끝냈습니다. 아버지는 아무 말 않고 일어서더니 욕실로 들어가서 문을 닫으셨죠. 저한테 눈길조차 주지 않고요. 어머니는 우시느라 계속 눈을 닦으셨죠. 눈물이 흘러 읽는 걸 방해했어요. 나는 두 분이 안 된다고 말할 줄 알았어요. 돈 때문은 아닐 테고요. 두 분이 이해하지 못하거나, 내 헛소리(헛소리이긴 하죠)에 동의하길 거부하거나, 음울한 이야기에 두려움을 느낄수도 있어요. 저희 부모님은 부유하지는 않지만, 지출을 많이 하지 않으시고, 휴가 비용도 많이 쓰지 않았죠. 도르도뉴에 있는 외할머니댁으로 갔을 뿐이니까요. 쥘리앙 때문에 외국 여행은 엄두도 내지 못했어요. 아버지가 욕실에서 나오셨어요. 아버지도 우신 모양이었는데, 나를 보며 말씀하셨죠. "네 엄마만 좋다면 이번 여름에 갈 수 있어. 마르고, 당신 생각은?" 어머니는 나를 보시더니 미소 지으셨죠. "내 남자들과 함께 일본 여행이라니, 더 바랄 게 없지. 그 전화부스가 정확히 어디에 있냐? 가이드북 좀 보여줄래?"

나는 어머니의 남자들이 둘일까 셋일까 생각했어요. 셋이어야 논리적일 테지요.

사뮈엘

<u>잔느가 사뮈엘에게</u>

베르쥐스-쉬르-손, 2019년 5월 16일

사뮈엘,

그 전화부스가 어떻게 생겼는지 인터넷으로 찾아보았어요. 초록색 지붕과 흰 벽이 참 예쁘더군요. 그 속에 있는 사뮈엘의 모습이 상상돼요… 우와! 그 여행을 부모님께 제안하면서 엄청난 용기를 보여주었어요. 부모님과 함께 곧 여행을 떠날 테고, 그러고 나서 대학입시를 보겠군요. 사뮈엘은 잘 해낼 겁니다.

이 편지가 우리 글쓰기 아틀리에에서 보내는 마지막 편지가 되겠지요. 우리가 계속 서로에게 편지 쓰기를 원한다면, 나는 아주 행복할 겁니다. 적어도 일본 여행 얘기는 들려줘요. 바람의 전화부스에 대해서도요. 진심으로 소식을 듣고 싶어요.

인생이 당신을 기다려요, 사뮈엘. 때로는 용기를 내고, 대담해야 바라는 걸 얻을 수 있다는 걸 깨달았죠. 빛 가운데 서 있도록 해요.

잔느

이어지는 몇 주 동안 그녀는 사뮈엘의 답장을 기다렸다. 헛수고였다. 글쓰기 아틀리에가 끝나자 청년은 펜을 내려놓고, 종이 냅킨을 치우고, 잔느를 잊어버린 것 같았다. 그녀는 실망했다. 그가 그저 선택의 여지가 없어서 석 달 동안 그녀에게 편지를 쓴 걸까 생각해본다. 아니다, 그럴 리 없다. 그랬더라면 사뮈엘이 마지막 계획을 그녀에게 얘기할 이유가 없었다. 그녀는 편지교환을 이어가고 싶었고, 적어도 그에게 작별인사는 하고 싶었다. 그는 '10년 후' 편지에서 말했다. "이것이 제가 보내는 마지막 편지가 될 겁니다"라고. 이 문장은 허튼 말이 아니었다.

<u>잔느가 쥘리에트에게</u>

베르쥐스-쉬르-손, 2019년 5월 17일

안녕하세요 쥘리에트,

에스테르가 원하는 대로, 나는 2029년으로 이동해야 할 겁니다. 하지만 그러지 않으려고요. 내 나이가 예순일곱이니, 여든 살을 앞둔 내 삶을 상상하는 것보다 훨씬 즐거운 전망이 있으니까요. 그렇잖아도 시간이 빨리 흘러가는데, 그걸 재촉하고 싶은 마음은 전혀 없어요. 10년 후면, 잘해야 나는 쇠약해졌을 테고, 최악의 경우엔 병들거나 죽었을 테니까요. 그런 계획은 아무 소용이 없죠! 너무 과거만 돌아보거나 미래만 내다보면 넘어져서 얼굴을 깰 위험이 있어요. 현재를 즐깁시다. 일상에서 나의 작은 포기들을 추적하고, 그걸 개선하려 애쓰는 것만으로도 내겐 충분합니다.

당신의 부모님이 주택단지에서 행복하시다니 기쁩니다. 부모님을 비난할 생각은 전혀 없습니다. 내가 원망하는 건 업자들이죠. 그들이 조금만 더 노력을 기울여 주변 풍경을 존중하며 개성 있는 집들을 건축한다면 당신 부모님도 집에 훨씬 더 만족하실 겁니다. 쓰레기장 대신 나무를 바라보고, 차 소리보다 새소리를 듣고, 이웃의 집과 똑같지 않으면서도 예뻐 보이는 집에서 산다면 훨씬 행복하실 거예요.

이번 주가 우리 글쓰기 아틀리에의 마지막 주였죠. 그래도 '10년 후' 편지를 내게 써주면 좋겠어요.

나를 믿어줘서 감사해요. 다시 만날 기회가 있길 바랍니다. 언제든 기쁘게 맞이할게요. 아델도 여기 오면 좋아할 거라 확신해요. 세 분 모두 오셔도 좋고, 두 분만 오셔도 좋습니다. 방은 많으니까요. 더 귀찮게 하지 않고, 이만 줄입니다.

잔느

<u>쥘리에트가 잔느에게</u>

말라코프, 2019년 5월 21일

10년 후.

친애하는 잔느,

11년 전 우울증을 겪은 이후로, 나는 더없이 명철하게 의식하며 현재를 살고 있어요. 공포를 경험했기에 순간순간의 행복을 소중히 여기게 되고, 그 순간이 끝나자마자 그리움이 커집니다.

"엄마, 무슨 생각해?" 내가 몽상에 잠긴 걸 보면 아델이 묻습니다. "별 생각 안 해, 우리 천사야, 조금 피곤할 뿐이야." 이 말은 사실이 아닙니다. 실은, 죽음이 임박하고 내 주변을 맴돌고 있다고 생각했을 때의 공포를 생각하고 있었으니까요. 난 살아남았습니다. 그 후로, 내 삶은 다른 색깔을 띠고 다른 질감을 갖게 되었어요. 더 밀도 높고 더 단단해졌죠. 나는 살아 있지만 죽음이 어떤 것인지 알고, 죽음이 우리를 스치며 우리 귀에 대고 낄낄거릴 때 불러일으키는 공포가 어떤 것인지 압니다. 입안에서 쇠 맛이 느껴지고, 몸은 통제되지 않고, 다리는 후들거리고, 손은 떨리고, 정신은 침몰하죠. 이건 결코 잊지 못할 거예요. 이런 경험에 준비된 사람은 아무도 없지요. 누구도 무사히 빠져나올 수 없어요.

오늘 아침, 우리 집 발코니에서 니콜라와 나는 아델이 개학 첫날을 맞아 중학교로 가는 모습을 바라보았어요. 아이는 인도 위에서 멈춰서서 고개를 들고 웃으며 우리에게 입맞춤을 날린 뒤 뒤돌아서 길모퉁이로 사라졌죠. 나는 창문을 다시 닫았습니다. 우리는 서로를 바라보았어요. 그가 나를 끌어안았죠. 나는 그에게 입맞추고 사랑한다고 말했고요. 우리는 같은 생각을 했고, 그걸 말할 필요조차 없었지요. 하나뿐인 우리의 딸 아델, 미셸 르그랑, 나의 부모님, 그의 부모님, 우리가 겪었던 일. 또한 부엌에서 우리를 기다리는 커피 생각도 했죠. 그리고 나는, 이유는 묻지 마세요, 베를린 장벽을 생각했답니다.

　　우정을 담아,
　　쥘리에트

　　추신: 나를 귀찮게 한다는 생각은 제발 그만두세요. 그랬다면 당신에게 편지 쓰기를 그만뒀겠죠. 초대해주셔서 고맙습니다. 그리고, 파리엔 언제 오실 거예요?

5월 22일

엄마, 아빠,

죄송해요. 엄마 아빠가 어떤 분이신지 제가 잘 아니 얼마나 걱정하실지도 알지요. 저한테 닥친 산후우울증은 누구도 겪지 않았으면 싶어요. 이젠 나았고, 그 모든 걸 겪은 게 헛되지 않았다고, 이젠 제가 전보다 훨씬 강해졌다고 말해야 마땅한데, 그런 말은 하지 않으려고 해요. 예전의 내가 더 좋기 때문이에요. 지금의 내가 되기까지 너무도 큰 고통을 겪어야 했으니까요.

한창 힘들 때는 엄마 아빠를 뵐 수가 없었어요. 너무 괴로웠을 거예요. 두 분을 원망하는 건 전혀 아니었고, 지금도 그래요. 하지만 두 분을 뵈면 제 출생을 떠올렸을 거예요. 그 이유만으로도 두 분과 멀리 떨어져 있으려 했어요. 혼돈에 혼돈을 더할 수는 없어서요. 죄송합니다. 두 분 잘못이 아닌데요.

저는 임신과 아델의 출생으로 힘든 시간을 보냈어요. 아이가 태어나면서 익명으로 태어난 나의 출생이 다시 수면 위로 떠올랐지요. 그것이 모든 자리를 차지해 버렸어요. 평생 처음으로 저는 아무 말도, 물건도, 작별 편지도 남기지 않고 나를 버린 그 '어머니'(이 여자를 나의 '어머니'로 생각한다는 게 얼마나 힘든지 모릅니다!) 때문에 무너졌어요. 아델은 제게 그 과거를 떠올리게 했고요. 저는 아이를 돌볼 수도, 사랑할 수도, 보호할 수도 없었어요. 더는 잠도 못 자고, 먹지도 못했지요. 내 아이를 사랑하면서도, 동시에 아이가 미웠어요.

앞으로 그 무엇도 예전 같지 않을 겁니다.

두 분 덕에 저는 멋진 어린 시절을 보냈어요. 최고의 어린 시절이었죠. 저는 운이 좋았어요. 큰 행운이었지요.

두 분이 아델을 다시 볼 수 있도록 제가 집으로 돌아오기를 기다리신다는 걸 아는 게 제 회복에 큰 도움이 되었어요. 두 분께서 니콜라에게 "이게 우리가 쥘리에트를 사랑하고 기다린다고 말하는 우리의 방식"이라고 참으로 멋지게 말씀하셨기 때문이에요. 그러느라 두 분이 얼마나 힘드셨을지는 차마 상상도 못하겠어요.

두 분을 끌어안고 싶은 마음이 너무도 간절합니다.

사랑합니다.

쥘리에트

아파트에는 정적이 감돈다. 쥘리에트는 바닥에서 소리 내지 않도록 트렁크를 들어올린다. 방문은 살짝 열려 있다. 니콜라는 자고 있다. 덧문 사이로 새어드는 빛조차 거의 없다. 달도 뜨지 않은 칠흑 같은 밤이다. 니콜라는 등 돌린 채 누워 있다. 무겁고 규칙적인 숨소리를 듣고 그녀는 그가 깊이 잠들어 있다고 짐작한다. 그녀는 침대 옆에 섰다. 니콜라에게서 눈길을 떼지 않고 천천히 옷을 하나씩 벗는다. 그리고 그의 곁에 누워 그의 등에 가슴을 밀착하고, 다리로 그의 다리를 휘감고, 그의 얼굴을, 머리카락을, 상체를, 배를, 성기를 어루만진다. 니콜라가 그녀의 손을 잡더니 입 맞추고, 자기 손바닥 속 그 손을 들어 향기를 마신다. 그가 돌아눕자, 그녀의 숨결이 그의 얼굴을 감싼다. 그는 그녀의 향기를 알아본다. 머리카락에서는 로즈마리 향이, 피부에서는 장미와 백단향이 난다. 그는 어둠 속에서 동그랗게 뜬 그녀의 눈을, 활짝 웃는 미소를 보고, 세차게 뛰는 그녀의 심장을 느낀다. 그가 너무도 기다려온 순간이었다.

nico-esthover@free.fr, juju-esthover@free.fr, jeanne.dupuis5@
laposte.net, jean.beaumont2@orange.com, samsam-cahen@free.fr

주제 : 글쓰기 아틀리에 종료

모두 안녕하시죠,

이 메일로 우리 아틀리에는 끝이 납니다. 여러분이 만족하셨기를,
몇 주 동안 여러분의 발전이 눈에 띄었기를 바랍니다. 저는 여러분의
편지를 읽으며 큰 행복을 맛보았습니다. 진심으로 말씀드리자면, 그
토록 강렬한 순간을 경험하게 될 줄 몰랐습니다. 예외 없이 모두가
적극적으로 참여해주셨고, 많은 걸 내놓으셨어요. 전화나 우편으로
여러 차례 제기된 질문이 하나 있지요. 여러분은 운 좋게 좋은 편지

상대를 만난 걸까요, 아니면 글쓰기 아틀리에라는 범주 내에서 편지를 쓴다는 사실이 서로를 더 잘 이해하게 해주어, 다른 관계만큼이나 강렬하지만 좀 색다른 관계를 경험한 걸까요? 어떠셨는지 모르겠습니다. 다만 이제는 제가 여러분을 조금 알게 되었으니, 우리 모두가 운이 좋았다는 말은 하고 싶습니다. 그뿐만이 아니죠. 우리는 예외 없이 모두 서로를 배려했고, 신뢰했지요. 편지 쓰기 아틀리에의 성공에 있어 이건 작은 부분이 아닙니다. 의견 충돌도 있었고, 마찰도, 화나는 일도 있었지만, 모두 지혜롭게 해결하셨습니다. 모두가 진심이었지요. 그것이 우리의 가장 큰 자산이었어요.

나의 엉뚱한 계획을 믿어주셔서 고맙습니다. 이 계획이 여러분이 사랑하는 사람들에게, 그분들이 지척에 살고 있을지라도 계속 편지를 쓰고 싶은 마음이 일게 했기를 진심으로 바랍니다.

에스테르

나는 라파엘을 데리러 역에 갔다. 그가 도착하기를 손꼽아 기다렸다. 그런데 이번 주말은 전혀 즐거운 일이 아니었다. 그가 오는 건 아버지의 유품 정리를 돕기 위해서였다. 아버지의 아파트를 성역으로 만들 생각은 없었다. 이제 앞으로 나아가야 할 때다. "아파트를 비우고 매물로 내놓아야 해. 나 혼자서는 못 할 것 같아." 라파엘은 조금도 망설이지 않고 돕겠다고 했다. 피아도 친절하게 돕겠다고 제안했지만, 나는 거절했다. 내가 이 일을 해낼 수 있을지, 감당할 수 있을지 알 수 없었기 때문이다.

나는 블룸포트Bloempot에 테이블 하나를 예약해두었다. 우리는 역에서 바로 그곳으로 갔다. 라파엘은 내가 불안해 보인다고 했다. 나는 글쓰기 아틀리에가 막 끝났으며, 장의 소식을 듣지 못하고 있다고 털어놓았다. 편지에서 그에게 좀 더 편안하게 대해주지 못한 게 마음에 걸렸다. 그는 외로움을 느낀다며, 증발할 생각을 한다고 썼다. 그와 그 주제를 가지고 농담처럼 얘기했지만, 날이 갈수록 그의 충동적인 말이 내겐 진지하게 다가왔다. 라파엘은 증발한 사람들에 관한 얘기를 완전히 터무니없는 것으로 여겼다. 그는 웃으며 말했다. "그게 무슨 개소리야?" 나는 발끈했다. 통계 수치를 대며, 일본에서는 이 현상이 흔하다고 말했다. 그리고 속내를 털어놓았다. "그이가 걱정돼." 라파엘은 침묵을 지키더니 내게 말했다. "그 남자가 네 마음에 든 게 분명해. 잘됐네. 정신이 좀 나간 사람 같긴 하지만. 내가 또 알게 된 건, 아버지 죽음 이후로 네가 사랑하는 사람들을 걱정한다는 거야. 그들이 갑자기 사라질까 봐 말이야. 이제 그런 걱정은 그만해." 나는 그가 상황을 과장하고 있고, 잘못 판단하고 있다고 응수했다. 그는 내게 웃어 보였다.

이튿날, 우리는 일찍 일어나서 평소처럼 아침을 거나하게 먹었다. 커피, 갓 짠 오렌지 주스, 타르틴, 저염버터, 잼, 꿀, 다크 초콜릿, 스크램블 에그, 뮈슬리[21]. 우리는 배불리 먹고 출발했다. 나는 상자와 쓰레기봉투를 잔뜩 챙겼다. 아버지가 돌아가신 뒤로 딱 한 번, 내 편지를 가지러 아버지 집에 간 적이 있었다. 그곳은 넓고 환한 방들과 아름다운 18세기 가구들이 갖춰진 멋진 아파트였다. 아버지는 심미안이 있었다. 우리가 걸을 때마다 마룻바닥이 삐걱거렸다. 딸의 도움을 거절한 건 잘한 일이었다. 물건 하나하나에서 추억이 떠올라 눈물이 쏟아졌다. 나는 슬펐지만 무섭도록 효율적으로 일했다. 이를 악물고 가차 없이 정리를 했다. 한쪽에는 버릴 것, 다른 쪽에는 엠마우스 공동체에 기증할 것으로 분류했다. 이사업체가 주중에 들러 어머니의 조각상들을 덩케르크에 있는 친구 집으로 가져갈 것이고, 그 친구는 집에 딸린 창고에다 그것들을 보관해둘 것이다. 조각상 대부분이 기념비적으로 컸다. 어머니는 가슴이 풍만하고 허벅지가 넓고 엉덩이가 큰 여성의 몸을 조각했다. 어머니의 남성들은 불거진 근육, 탄탄한 가슴, 달리 표현할 말을 찾기 힘들 만큼

---

21) 통곡물 압착 시리얼.

도드라진 성기를 갖춘 헤라클레스 같은 모습이었다. 고전적인 기법의 조각상들도 있고, 놀랍도록 현대적인 조각상들도 있었다. 웅장하고 어딘가 불안한 거대한 고양이 조각은 미야자키 하야오의 영화에 나오는 고양이를 떠올리게 했다. 그중 두 점은 내 아파트로 가져갈 생각이었다. 라파엘이 좋아하는 한 점은 그에게 주었다. 어머니가 살아 계셨다면 어머니의 예술이 어떻게 발전했을까 궁금했다. 라파엘에게 마음에 드는 건 뭐든 가져가라고 거듭 말했다. 이상하게도 그는 아버지의 책상 위에 아직 남아 있던 담배, 빨간 말보로 한 갑만 가져갔다. 그리고 책장에 놓인 사진 한 장을 골랐는데, 그의 어머니와 나의 아버지가 배에 타고 앉아 있는 사진이었다. 두 사람은 웃으며 카메라 렌즈를 응시하고 있었다. 나의 아버지는 열 살, 그의 어머니는 여덟 살쯤으로 보였다. 나는 그에게 사진첩을 맡겼다. 그리고 나중에 그걸 바라볼 수 있게 되면 되찾아가겠다고 말했다.

저녁은 우리 집에서 먹었고, 바젬으로 맥주를 마시러 갔다. 나는 라파엘에게 사뮈엘에 대해 말했다. 사뮈엘은 한 편지에서 죽은 형의 방을 정리하는 것이 장례식보다 더 고통스러웠다고 말했다. 한 인생이 상자에 담겨 강력 테이프로 밀봉되어 단 몇 시간 만에 사라졌다. 나는 사뮈엘이 느꼈을 감정을 더 잘 이해하게 되었다. 자살하지 않는 한, 우리가 금세 잊고 마는 그 섬광 같은 감정을. 우리 삶의 무의미를.

그리고 자신의 삶이 중요하다고 믿는 인간의 허영심을.

서로 만나기

장은 한 달도 전인 5월 7일에 마지막 편지를 쓴 이후로 에스테르에게 소식을 전하지 않았다. 그 후, 그는 변호사와 함께 텔레포니 에 디지털과 퇴직 조건을 꼼꼼히 협상해왔다. 그는 그녀에게 감사 전화조차 하지 않았다. 그녀가 그에게 메시지를 남긴 이후에도. 그는 그녀의 목소리 톤을 좋아해서 그녀의 메시지를 여러 번 들었다. 그녀가 걱정한다는 건 알아차리지 못했다. 그저 작별인사를 하려고 전화한 거라고 생각했다.

장은 에스테르를 만나고 싶을 뿐, 다른 건 중요하지 않다. 그녀를 만나지 못하면, 그냥 자기 아파트에 틀어박혀 잠이나 실컷 자고, 최대한 오래 자기 위해 수면제를 집어삼키고, 무슨 일이 일어나건 상관하지 않을 생각이다. 그는 릴의 클

라랑스 호텔에 3박을 예약한다. 오늘 아침, 기차를 타고 파리를 떠나기에 딱 필요한 것이었다. 그는 에스테르를 만나기 전에 마음껏 그녀를 관찰하고 싶다. 서점에 가면 그녀가 그를 알아볼 위험이 있다. 그녀는 그의 사진을 갖고 있다. 그는 기차에 자리잡고는, "이봐, 쉰세 살에 이런 짓을 하다니 한심하군. 숨바꼭질 말고 더 나은 건 못 찾았어?"라며 스스로를 꾸짖는다. 그건 그냥 하는 말이다. 오히려 그는 "안 보이면 안 걸리지" 놀이를 즐기며 들떠 있다.

그는 트렁크를 호텔에 놓고 도시를 둘러본다. 내일은 행운을 시험해볼 생각이다. 그는 시끌벅적하지만 정겨운 식당에서 혼자 저녁을 먹었는데, 마루알 치즈를 뿌린 감자튀김에 에스테르만큼 매료되진 않는다. 세상 모든 시간을 다 가진 듯, 목적 없이 발길 닿는 대로 걸을 수 있어서 행복하다.

그날 밤, 그는 잠을 설친다. 햇살이 그를 일찍 깨운다. 다시 러닝을 시작하기로 결심한 터라 그는 반바지와 새 아식스 운동화를 신고 시타델 공원으로 달려간다. 그의 달리기는 예상보다 더 처참한 수준이다. 그는 변명거리를 찾는다. 짓누르는 듯한 열기 때문이라고. 호텔로 돌아오는 길에 신문을 사고, 샤워를 하고, 방에서 아침식사를 한다. 그리고 휴대전화에 서점 주소를 입력하고 호텔을 나온다. 그는 들떠 있다. 서점 유리창 너머로라도 에스테르를 볼 수 있기를.

석 달 동안 밤마다 비행기에서 자기 삶을 말하게 해준 이 이상한 여자가 어떻게 생겼는지 알고 싶다.

서점 진열창은 청록색이었다. '세타리르'라는 간판은 노란 커리색 글씨로 적혀 있다. 장은 그 앞에 오래 머물지 않는다. 맞은편 인도에 꼼짝 않고 서 있다간 금세 눈에 띄고 말 것이다. 햇살 때문에 내부를 들여다볼 수도 없다. 그는 에스테르가 평소 점심을 먹는다고 한 뒤티윌 공원에서 기다릴 생각이다. 그에게 행운이 따라주면 그녀는 나타날 것이다. 약속을 상기하기 위해 수첩을 몇 번씩 다시 읽어야 했던 그는 이제 그녀가 자신에 대해 말한 모든 걸, 세세한 사실까지를 기억한다. 그는 환상을 품지 않는다. 그의 상상 속 에스테르는 아마도 현실과는 매우 동떨어진 얼굴과 몸매, 태도, 혈색, 옷차림을 하고 있을 것이다. 하지만 그래도 그는 그녀를 알아볼 것이다. 그녀는 벤치에 자리 잡고 책을 펼칠 것이다. 그러면 그는 알아볼 것이다. 기다리는 동안 그는 그 동네와 공원을 거닌다. 아고산 지대의 초록 오리나무와 미국산 붉은 참나무를 발견하고, 북부 도시에서 그런 흥미로운 식물들을 볼 수 있다는 데 놀란다. 장은 오고 가는 사람들을 지켜볼 수 있는 조금 외진 지점을 고른다. 12시 15분쯤 되자 사람들의 왕래가 많아진다. 커플들, 명랑하고 수다스러운 소녀들, 아이를 동반한 어머니들, 공부하는 두 소년,

휴대전화에 눈을 고정한 채 허겁지겁 샌드위치를 먹는 비즈니스맨들이 보인다. 그러나 책을 들고 혼자 있는 여자는 없다. 한 명이 있긴 한데, 에스테르이기에는 너무 젊다. 장은 희망을 접는다. 서점으로 돌아갈 생각을 하는 순간, 그녀가 길을 건너 공원을 향해 온다. 그녀를 알아보지 못할 수가 없다. 그녀는 키가 크고 날씬하며, 마돈나 같은 얼굴엔 주근깨가 점점이 박혀 있다. 붉고 긴 머리카락이 그녀의 붉은 재킷 위로 출렁인다. 청바지를 입고, 이 더위에 어울리지 않게 굽 높은 검은색 가죽 부츠를 신고 있다. 그녀가 단호한 걸음으로 장을 향해 걸어온다. 그러더니 마지막 순간에 방향을 틀어 그의 바로 뒤 벤치에 앉는다. 그는 차마 뒤돌아볼 엄두를 못 낸 채 생각한다. "이 여자는 나 같은 남자들의 마음을 어지럽히기 위해 온 거야". 그녀는 그가 상상했던 모습과 전혀 다르지만 에스테르라고 확신한다. 모든 게 떠오른다. 그녀 어머니의 붉은 머리카락, 붉은 재킷을 좋아하는 취향, 일기예보에 신경쓰지 않는 태도. "120까지 세고 돌아보는 거야. 붉은 머리카락과 엉뚱한 가죽 부츠의 여자가 책을 읽고 있다면 그녀가 맞아." 그러면 그는 일어나서 그녀에게 갈 것이다.

잔느는 쥘리에트가 보낸 소포 하나를 받는다. 이런 말이 적혀 있다. "안녕하세요 잔느, 내가 만든 최신 간식거리를 좀 보냅니다. 배송 중에 부서지지 않았으면 좋겠네요. 절인 청포도, 구운 호두, 카푸치노를 넣고, 겉은 살짝 캐러멜화시킨 잔느 브리오슈예요. 나는 집에 돌아왔어요. 쥘리에트"

니콜라는 매일 아침처럼 예약 노트를 확인한다. 장 보몽의 이름이 눈에 띈다. 오늘 저녁, 9월 20일 금요일, 두 사람 예약이다. 5월 초, 두 남자는 작별인사도 없이 편지 교류를 끝냈다. 쥘리에트는 집으로 돌아왔고, 니콜라는 더는 장을 생각하지 않았다. 장은 퇴직을 협상했고, 릴 행 기차를 탔다. 그리고 니콜라를 잊었다. 올여름 누아르무티에에서 휴가를 보내는 동안 니콜라는 장에게 전화를 걸어 카멜리아로 초대할 생각을 했다. 하지만 휴가를 끝내고 복귀하고도 여전히 전화를 걸지 않았다. 어쨌든 너무 늦어 버렸다. 그런데 장이 선수를 쳤다. 셰프는 관례상 영업이 끝날 때 손님들에게 인사를 하러 나오지만, 니콜라는 장을 위해 예외를 둔다. 20시 30분에 니콜라는 그의 도착을 통보받았다. 장의 시간 엄수는 놀랍지 않다. 그는 주방을 떠나 장을 만나러 리셉션으로 향한다. 그는 장이 훨씬 더 키가 크리라고 상상했었다. 두 사람은 멀리서 서로에게 미소를 짓는다. 조금은 어색하면서도 감격한 얼굴이다. 둘 다 똑같은 생각을 한다. 낯선 이에게 글로 속내를 털어놓는 건 쉽지만 실제로 만나면 그게 그리 쉽지 않다는 생각이다.

니콜라는 장과 악수하고, 그의 등을 손바닥으로 한 대 친다. "이렇게 보게 되어 정말 기쁩니다!" 사진에서는 장의 눈이 그렇게 파랗다는 걸 알아차리지 못했다. 그와 함께 온 여성이 몸을 돌려 그를 마주 본다. 그가 아는 여성이다… 에스테르다.

에스테르와 장은 시식 메뉴를 주문했다. 그린 아스파라거스, 성게, 타라마-레몬그라스 등으로 구성된 '봄의 뭔지 모를 무엇'은 제철이 아니어서 맛보지 못했다.

다음날, 아침식사 시간에 니콜라는 혼자서 웃는다.

- 당신 왜 그래? 쥘리에트가 묻는다.

- 기억나? 장이 어제 카멜리아에 예약했더라고 말했잖아. 그가 누구랑 왔는지 알아맞혀 봐.

- 모르겠는데.

- 에스테르!

- 에스테르, 글쓰기 아틀리에의 그 에스테르? 둘이 사귀어?

- 그래. 석 달 됐대. 장이 릴로 에스테르를 만나러 갔대!

- 잘됐네, 안 그래?

- 잘된 정도가 아니라, 멋지지. 내가 상황을 파악했을 때 어떤 표정이었는지 당신이 봤어야 하는 건데. 당신도 그 두

사람처럼 웃었을 거야. 어쨌든 난 우울한 장 보몽은 영영 알지 못하게 됐어. 두 사람이 우리를 릴로 초대했어. 당신 어때?

- 좋아. 가고 싶어. 아델 소리 못 들었어? 깼는지 가봐야겠어. 장이 릴에 정착한 거야?

- 아니. 릴과 파리를 자주 오간대. 주로 장이 움직이나봐. 이젠 일을 안 한대.

- 아델은 아직 자네. 얘기 좀 했어?

- 응. 내가 문 닫을 때까지 두 사람이 기다려줬거든.

- 재미있었어?

- 아주 재밌었지. 잠시 어색한 순간이 있었지만 오래 가진 않았어. 예전의 장을 잘 알진 못했지만, 일을 그만두고 사랑에 빠지면서 좀 달라진 것 같아. 전에는 편지 한 통으로 내 하루를 망쳐 놓았던 사람인데 말이지. 에스테르의 말로는 "그게 장에게 특별한 재능이 있다는 증거"라는 거야.

- 글쓰기 아틀리에 얘기도 나눴어?

- 그랬지. 잔느가 주말을 보내러 파리에 와서 우리가 카멜리아로 초대했었다는 얘기를 했지. 에스테르가 아주 기뻐했어. 에스테르는 잔느가 외로워한다고 생각해. 잔느가 보여주려는 모습과는 달리 말이야. 우리가 10년 후의 편지를 쓰지 않았다는 사실도 떠올리더라고. 당신이 돌아왔는데 우리가 계속 편지를 쓰는 게 이상하다고 생각했다는 게 이해

가 안 되나봐.

 - 아틀리에를 다시 할 거래?

 - 아, 그건 안 물어봤어. 그렇지만 우리 편지들을 모아서 우리만 좋다면 출판사에 출간을 제안해보고 싶대. 에스테르의 말로는, 우리가, 어제 저녁에 그녀가 쓴 표현인데, "대단한 괴짜들"이래. 글쓰기 아틀리에가 우리 모두의 삶에 상당한 영향을 미쳤다는 거야.

 - 당신은 그 제안을 받아들일 거야?

 - 안 될 것 없지. 당신은?

 - 아… 모르겠어.

바람의 전화부스

9월 15일

안녕하세요 잔느,

    일본에서 돌아왔어요. 부모님과 함께 8월 18일에 떠났는데, 15일 이후라야 비행기가 조금 더 저렴했거든요. 두 번 경유하는 여정인데도 부모님이 여행 비용을 보면 혹시 마음이 바뀌어서 가지 않겠다고 할까 봐 걱정했어요. 그런데 갔지요. 너무도 좋았어요! 우리는 도쿄에 도착했고, 거기서 나흘을 머물렀어요. 아버지의 옛 동료분이 우리를 재워주셨어요. 그분이 명소들에서 조금 멀리 떨어진 곳에 살고 계셔서 버스를 많이 타야 했지만, 그래도 좋았습니다. 저는 도쿄가 좋았고요. 부모님은 교토를 더 좋아하셨어요. 저는 회전초밥 식당이 좋았고, 어머니도 그러셨죠. 우리는 타워 꼭대기까지 올라갔고, 전자상가를 돌아보았고, 백화점, 예쁘장한 상점들, 게임센터도 구경했고, 공원, 절, 묘지도 방문했어요. 묘지는 어머니가 꼭 가보고 싶어 하셨죠. 떠나기 일주일 전까지만 해도 어머니는 일본인이 죽은 이들과 맺는 관계에 대해 전혀 모르셨는데, 인터넷에서 주소를 찾다가 그에 관해 얘기하는 블로그들을 보게 되셨죠. 그 후론 다른 것에는 관심이 없으셨어요. 우리에겐 아무 말도 안 했지만요. 어머니는 나중에 교토의 어느 묘지에서 산 사람들이 죽은 자들과 얘기를 나눈다는 생각, 묘지 곳곳에 자리하고 죽은 이를 지키는 붉은 조각상에 제물을 바친다는 생각이 마음에 든다고 털어놓으셨죠. 묘지엔 제단, 등불, 종탑, 기도를 적는 나무판이 있었어요. 제가 하려는 말이 조금 바보 같긴 하지만, 저는 그게 아주… 생생히 살아 있는 것 같더라고요. 물론 슬프지만 마음이 평온해지기도 했죠. 영혼과 징조를 믿고 싶어지더라고요. 이런 점에서는 저도 어머니를 닮아서, 죽은 이들이 삶에 한 발을 담그고 있다는 생각에 끌립니다. 프랑스에서는 죽은 이들을 애도하고 기억하고 그들의 무덤을 깨끗이 정돈하는 건 좋아하지만, 죽은 이들이 와서 우리를 흔드는 건 바라지 않잖아요. 그런 일은 우리를 두렵게 하니까요. 아버지는 우리를 따라다니시긴 했지만, 그런 건 아버지의 취향이 아니었지요. 그 후, 우리는 신칸센을 타고 교토로 갔어요. 아버지의 친구분 덕에 아파트 하나를 빌렸어요. 크지는 않았지만 좋았지요. 빌쥐프에 그런 아파트가 있으면 좋겠다고 생각했죠. 어쨌든 우리 집을 약간 일본풍으로 꾸며볼까 싶어요. 아버지는 사찰 방문을 좋아하셨죠. 저는 금방 질렸어요. 사찰은 아름답지만 두 곳만 보고 나면 다 똑같더라고요. 부모님과 함께 지내면서 날이 갈수록 긴장이 풀렸지만 쥘리앙 얘기는 하지 않았어요. 우리 중 누군가가 울음을 터뜨려서 여행을 망치게 될까 봐 불안했거든요. 우리가 대화를 나누는 모습은 흡사 낯선 사람들이 서로를 알아가는 듯한 인상을 풍겼을 겁니다. 어느 날 아침, 저는 부모님께 통신으로 대학입시를 보고 싶다고 말했습니다. 두 분은 다블롱 선생님과의 만남에 관해 그동안 아무 질문도 하지 않으셨거든요. 저는 심지어 아버지가 잊으신 건 아닌가 생각했죠. 제가 두 분께 이 말을 한 건 나 자신이 진중해 보이고 싶고, 두 분의 마음에 들고 싶어서였어요. 바보 같다는 건 알지만, 실제로, 일단 말을 내뱉고 보니 현실이 되었죠. 그리고 그 생각이 나는 마음에 들었어요. 다른 일로는 제가 부모님을 더 기쁘게 해드릴 수 없을 것 같았으니까요. 아버지는 동료분들이 나를 도울 수 있을 거라고 말씀하셨죠.

그리고 오츠치로 떠나야 했습니다. 그게 우리가 일본에 온 이유였지만, 우리는 저마다 내심 그 생각이 우스꽝스럽다고 생각했던 것 같습니다. 차마 서로에게 말하진 못한 채 다시 기차를 탔지요. 그곳에 도착해서 우리는 조금 둘러보면서도 머릿속엔 오직 그것, 쥘리앙과 바람의 전화기 생각뿐이었죠. 우리는 길을 물었습니다. 날씨는 무척 더웠지만 바람이 불었어요. 신문기사의 사진들을 보여주니 사람들은 주저 없이 조금 멀리 떨어진 언덕 꼭대기를 가리켰습니다. 저는 부모님보다 앞서서 걸었습니다. 갑자기, 그것이 내 앞에 서 있더군요. 분명히 그것이었죠. 초록색 지붕을 인 새하얀 부스가 들판 한가운데 자리하고 있었어요. 선반 위에는 검은색의 낡은 전화기가 놓였고, 그 옆에 공책이 보였어요. 내 뒤에 도착한 어머니도 부스를 보았고, 긴장한 듯 웃으셨지요. 어머니는 고개를 들어 하늘을 바라보셨어요. 하늘엔 구름이 떠 있었습니다. 아버지는 전화부스를 한 바퀴 돌고 나서 말씀하셨죠. "믿기 힘드네. 이렇게 황량한 곳에 전화기가 있다니. 당장 네가 뭘 하고 싶은지 모르겠구나. 난 저기로 들어가기 전에 시간이 좀 필요할 것 같아. 저쪽 구석에 좀 앉아야겠어…. 그리고 부스를 좀 그려야겠다." 우리는 아버지가 멀어지는 걸 바라보았죠. 부스가 아버지께 그림 그리고 싶은 욕구를 안긴 게 기뻤어요. 어머니에게 먼저 들어가고 싶은지 물었습니다. 우리가 함께 들어가지는 않으리라는 걸, 그럴 준비는 아직 되지 않았다는 걸 알았으니까요. 그건 너무 힘든 일이었죠. 그러기에 우리는 너무 수줍었고, 너무 오랜 시간 동안 서로 거리를 유지해왔지요. 한목소리로 죽은 이에게 말하며 우리의 눈물을 섞기는 힘들었어요. 어머니는 말씀하셨어요. "아냐, 네가 가고 싶으면 가. 기다리는 게 더 좋으면 그래도 좋고. 우리에겐 하루 종일 시간이 있으니까. 난 이 순간을 망치고 싶지 않아.” 어머니의 말이 무슨 의미인지는 감히 묻지 못했어요. 어머니가 부스 안에서 보낼 시간이 성공인지 실패인지를 어떻게 판단할 수 있을지 말이지요. 나는 준비가 되었어요. 내 방식대로. 미리 생각하지 않고 하고 싶은 말을 하기로 마음먹었죠. 부스 안으로 들어갔고, 문을 닫았어요. 부모님이 나를 쳐다보고 있으리라고 짐작했죠. 부모님에게 등을 돌린 채 나는 눈을 감았습니다. 나무와 풀, 습기 냄새가 났어요. 전화기를 들어서 내 귀에 댔습니다. 물론 쥘리앙이 내게 말을 걸어오지는 않을 테지만요. 신문기사에 증언한 사람들이 다시 떠올랐어요. 한 사람은 이렇게 말했죠. “네가 ‘아빠’라고 부르는 소리를 듣게 해다오.” 또 한 사람은 말했죠. “당신 대답을 듣고 싶은데 아무 소리도 안 들려.” 모두가 희망했지만 돌아오는 건 침묵뿐이리라는 것도 알았지요. 그럼에도 그 부스 속에는 묘한 분위기가 감돌았어요. 어쩌면 그곳에 모여든 그 모든 사람 때문인지도 모릅니다. 그 피신처는 희망과 고통, 삶과 내세, 사람들이 죽은 이들에게 털어놓은 온갖 말을 받아들였으니까요. 맹세코 그건 사실입니다. 모두가 그걸 느낄 수 있었죠.

부모님이 곁에 없었더라면 아마도 나는 울었을 겁니다. 고백하건대, 나는 울음을 참았습니다. 하지만 형에게 말했죠. 내 머릿속은 혼란스러웠습니다. “형, 보고 있지, 우리가 여행을 했어. 여기까지 형을 데려온 거야. 내가 제대로 이해했기를, 형이 원했던 게 이거였기를 바라. 난 형의 책들을 읽고 있어. 다 읽으면 원래 있던 자리에 갖다 둘게. 형은 나한테 엄격했잖아, 알지. 하지만 난 이해해. 내가 암에 걸렸더라도 틀림없이 똑같이 했을 거야. 그래도 둘이 함께 행복했던 시간들이 아직 있잖아. 할아버지와 할머니 댁에서 보낸 좋은 추억도 있고. 우리만의 오두막, 숨바꼭질 놀이, 아빠와 함께 축구를 했던 기억. 미끄럼틀이 열리던 때 수영장에서 놀았던 기억, 엄마와 함께 읽었던 이야기들. 난 형이 내게 신호를 해주면 좋겠어. 형이 있는 곳에서 잘 지내고 있다고 말해 줘. 아니면 부모님에게 말해줘. 형의 죽음에 더는 죄책감을 느끼지 않기로 마음먹었어. 그럴 이유가 없잖아. 형도 동의할 거라 확신해. 이제 노트에다 형에게 한 마디 쓰려고 해. 사실, 형에게 쓰는 것이기도 하고, 부모님에게 쓰는 것이기도 해."

나는 썼습니다. "형 없이 사는 법을 배우려고 해. 넷이 아니라 셋이서 사는 법을. 평생 형이 그리울 거야."

나는 밖으로 나왔어요. 그렇게 끝이었죠.

아버지는 그림을 그리셨어요. 어머니는 내 곁으로 오셨죠. 어머니에게 부스의 노트에 한 마디 남겼으니, 어머니도 읽어보실 수 있다고 말했어요. 어머니는 마음이 편안해졌냐고 물었죠. 나는 그렇다고 대답했습니다. 어머니가 내게 미소를 지었어요. 이번에는 어머니가 부스에 들어가셨어요. 어머니는 수화기를 들었죠. 나는 벤치에 앉아 풍경을 바라보았습니다. 마음이 평온해졌어요. 부스의 주인을 만나 보고 싶었지만, 그는 오지 않았어요. 어머니는 오랫동안 머물렀어요. 20분은 족히 되었죠. 부스에서 나온 어머니는 내 곁으로 와서 앉으셨고, 우리는 서로를 쳐다보지 않았어요. 어머니는 내 손을 잡아 당신 뺨에 댔고, 내게 고맙다고 말했습니다. 나는 돌아보았죠. 아버지가 부스 안에 있었고, 그림을 노트에 붙이고 계셨죠. 아버지는 테이프를 챙겨 오셨더라고요. 실은 모든 걸 준비해오셨던 거죠. 아버지는 쥘리앙에게 말을 걸려고 하지 않았던 것 같아요. 바로 나오셔서 보고 싶으면 가서 그림을 봐도 좋다고 말씀하셨죠. 그래서 나는 다시 부스로 돌아갔어요. 아버지는 부스와 주변의 나무들을 그렸더군요. 부스 안에는 내가 있었는데, 혼자가 아니었어요. 쥘리앙이 내 뒤에 서서 나를 꼭 끌어안고 있었지요. 아버지는 우리 둘에게 똑같은 옷을 입혔어요. 그날 제가 입고 있던 옷이었죠. 우리는 웃고 있었어요. 우리 둘 사이의 차이점이라곤 내 윤곽은 선명했는데, 쥘리앙의 윤곽은 훨씬 흐릿했다는 겁니다. 어렸을 때 우리가 똑같은 자세로 찍은 사진이 있어요. 나는 그걸 잊고 있었는데, 그 사진이 어디 갔는지 궁금해졌어요. 어머니는 아무 말도 쓰지 않았어요. 나는 휴대전화로 그림 사진을 찍었지요.

일본으로 떠나오기 전에 실은 쥘리앙의 소설 한 권을 가져올까 생각했어요. 일본 저자의 소설이었거든요. 그게 논리적이라는 생각이 들었지만, 내가 스스로 한 약속을 지켰어요. 왼쪽부터 오른쪽으로 한 권씩 다 읽겠다는 약속 말입니다. 그래서 존 어빙의 《가아프가 본 세상》을 가져왔죠. 돌아오는 비행기에서 소설의 사고 장면을 읽었습니다. 가아프가 두 아들 월트와 던컨과 함께 자동차를 타고 가던 중 사고로 월트는 죽고. 던컨은 형제를 잃죠. 거기서 나는 하나의 신호를 보았어요.

　잘 지내시길 바랄게요.

　사뮈엘

에릭과 루에게 특별히 고마움을 전하고 싶다. 그리고 나의 대모님 안-마리, 리옹의 파라그라프에서 글쓰기 아틀리에를 이끌어주신 작가 쥬느비에브 메주와 플로랑틴 레이에게 감사드린다. 나탈리 곤잘레스의 지지에도 감사드린다. 마지막으로 나의 소중한 편집자 카롤린 레페에게 고마움을 전한다.

73쪽에 인용된 증언은 《어머니들의 흔들림. 모성의 감춰진 얼굴》(랭스탕 프레장 출판사)에서 발췌한 것이다.

313쪽에 인용된 "죽은 이들에게 말하는 전화기" 기사는 〈롭스〉(2019년 6월 14일)에서 가져온 것이다.

"당신은 무엇에 맞서 싸웁니까?"라는 질문은 장 도르므송과 프랑수아 쉬로의 《소년, 무엇에 대해 쓸 것인가》(갈리마르/폴리오 출판사)에서 발췌한 것이다.

편지의 힘

나는 종종 오래된 손편지를 읽는다. 누군가 정성 들여 손으로 쓴 편지를 받으면 차마 버릴 수 없어 상자 속에 넣어두곤 했는데, 꽤 많은 세월이 흐르면서 큰 상자 하나가 편지로 가득 찼다. 프랑스로 떠나면서 남겨둔 1989년 이전의 편지들은 어디론가 사라졌고, 그 이후에 받은 편지들은 거의 그대로 남아 있다. 37년 묵은 편지부터 비교적 최근에 받은 편지까지, 내가 살아온 긴 시간의 조각들이 타인들이 보낸 수백 통의 편지에 생생히 담겨 있다. 나의 어머니가 지금 내 나이보다 젊었던 시절에 멀리 떠나 있는 딸에게 쓴 편지도 있고, 아들이 아주 어려서부터 때때마다 내게 쓴 편지도 있다. 다른 형제자매보다 유달리 나와 가까웠던 동생은 연서 같은 편지를 참 많이도 보내왔고, 변치 않는 우정을 증언하는 오랜 친구들의 다정한 편지, 출판이라는 일의 특성 때문인지 일로 만난 편집자들이 보낸 손편지도 꽤 있다. 한 번도 본 적 없는 낯선 이들로부터 받은 편지도 있다. 강원도의 어느 성당에서 도서관을 만드는 데 책이 필요하다는 소식을 듣고 책을 나눴을 때 감사의 마음을 전해온 수녀님의 편지, 중고책 하나를 인터넷 서점을 통해 주문했더니 책 주인이 정성껏 손글씨로 자신이 좋아하는 책을 누군가와 나누게 되어 기쁘다고 써 보낸 편지도 있다. 이 모든 편지는 말로 털어놓았더라면 아마 잊히고 말았을 감정과 생각들을 고스란히 품고 있어 읽을 때마다 마음이 출렁인다.

이 책을 읽으려고 첫 장을 펼치는 독자는 편지를 가득 모아둔 상자를 여는 셈이다. 이 책이 여섯 명의 인물이 주고받은 편지로 구성된 서간체 소설이기 때문이다. 프랑스의 북부 도시 릴에서 서점을 운영하는 에스테르가 편지쓰기 아틀리에를 열고, 거기에 나이도 직업도 저마다의 상황도 다른 다섯 인물이 함께한다. 형을 잃고 나서 학업도 중단한 채 상실감에서 헤어나지 못하는 스무 살의 청년 사뮈엘. 산후 우울증으로 인해 결별의 위기에 처한 부부 쥘리에트와 니콜라. 남편과 사별하고 딸과도 소통이 단절된 채 홀로 동물들을 보살피며 사는 노년의 여성 잔느, 삶의 의미를 잃은 채 공허하게 일에만 몰두하는 사업가 장이 이 편지 모임의 구성원들이다. 편지 쓰는 게 좋아서 참가한 이도 있고, 그저 호기심이 동해서, 혹은 마지못해 참가한 이도 있다. 이들은 서로를 알지 못한 채 편지를 주고받기 시작한다. 편지를 쓰는 이는 조금씩 자신을 내어놓고, 편지를 읽는 이는 상대의 말에 귀를 기울인다. 편지가 오가면서 차츰 인물들의 초상이 그려지고, 각 인물의 이야기가 펼쳐지고, 편지를 쓰는 이와 받는 이의 관계가 이어진다. 편지를 쓴다는 건 한걸음 떨어져서 자신의 마음속을 들여다보고, 읽을 상대를 생각하며 말을 고르고 문장을 다듬는 일이 아닌가. 자신의 속내를 찬찬히 살피고, 그것을 누군가에게 이해시키려고 공들이는 일이 아닌가. 상실, 고독, 분노, 우울, 죄책감 등… 누구라도 겪을 이런 감정의 응어리가 누군가의 속내에서 꺼내져 귀 기울여 들어줄 누군가에게 전달되고, 상대의 토닥임이 마음을 털어놓은 이에게 전해지는, 이 느린 소통 자체가 위로이고 치유가 된다. 석 달 동안 편지를 주고받으면서 인물들은 모두 이전과 달라진다. 이제 그들은 두려움, 불안, 상처, 분노, 죄책감을 떨치고 앞으로 나아간다.

인물들의 개별 이야기 너머로 드러나는 건 편지가 가진 힘이다. 차마 말로는 표현하지 못하는 마음을 털어놓게 하는 신통한 힘이 편지에는 있다. 성나고 상처 입고 굳게 닫혔던 마음들이 편지를 쓰면서 서서히 열리니, 모든 편지는 고백이다. 내 말에 귀 기울일 한 사람의 상대를 생각하며 쓰는 내밀한 고백이다. 또한 편지는, 핑퐁처럼 바쁘게 주고받는 문자와 달리, 시간을 들여 한결 숙성된 말을 담고, 기다림의 시간을 살게 한다. 편지를 쓰면서, 기다리면서, 읽으면서 우리는 느린 시간 속으로 들어선다. 편지지를 고르고, 말을 고심하고, 문장을 다듬고, 답장을 기다리는 순간순간을 음미하게 된다. 소설 속 인물들의 편지를 읽어 나가는 독자의 시간도 어쩌면 살짝 느려질지 모른다. 그리고 독자는 아마도 그 옛날에 손편지를 주고받던 시절의 설렘과 기다림을 잊고 살았음을 문득 깨닫고는, 편지가 쓰고 싶어질지 모른다. 혹은, 그저 다정히 안부를 묻는 누군가의 편지를 기다리게 될지 모른다. 잘 지내시나요?

2026년 3월

백선희

에스테르의 편지들

첫판 1쇄 펴낸날 2026년 3월 27일

지은이 | 세실 피보
옮긴이 | 백선희
펴낸이 | 박남주
편집 | 박헌우
마케팅 | 김이준

펴낸곳 | (주)뮤진트리
출판등록 | 2007년 11월 28일 제2015-000059호
주소 | 서울시 마포구 토정로 135 (상수동) M빌딩
전화 | (02)2676-7117 팩스 | (02)2676-5261
전자우편 | geist6@hanmail.net
홈페이지 | www.mujintree.com

ⓒ 뮤진트리, 2026

ISBN 979-11-6111-158-2 03860

* 책값은 뒤표지에 있습니다.